Von Monica Belle sind bei Bastei Lübbe Taschenbücher lieferbar:

15 172 Süße Laster
15 303 Die Küchenchefin
15 529 Die Genießerin
15 745 Die Lehrerin

Monica Belle

VENUSMOND

Erotischer Roman

Aus dem Englischen von
Sandra Green

BASTEI
LÜBBE

BASTEI LÜBBE TASCHENBUCH
Band 15 994

1. Auflage: Januar 2009

Vollständige Taschenbuchausgabe

Bastei Lübbe Taschenbücher in der Verlagsgruppe Lübbe

Deutsche Erstausgabe

Titel der Originalausgabe: »The Boss«
Published by Arrangement with Virgin Books Ltd., London, UK

Dieses Werk wurde vermittelt durch die Literarische Agentur
Thomas Schlück GmbH, 30827 Garbsen
Titelillustration: digitalstock.de
Umschlaggestaltung: Bettina Reubelt
Satz: Urban SatzKonzept, Düsseldorf
Gesetzt aus der Palatino
Druck und Verarbeitung: CPI – Ebner & Spiegel, Ulm
Printed in Germany
ISBN 978-3-404-15994-9

Sie finden uns im Internet unter
www.luebbe.de
Bitte beachten Sie auch: www.lesejury.de

Der Preis dieses Bandes versteht sich einschließlich
der gesetzlichen Mehrwertsteuer.

Erstes Kapitel

Ich habe mich noch nie so high gefühlt, als ich in mein Solo ging. Ich hackte die Stöcke schneller und härter zum Crescendo, das den ganzen Pub kreischend auf den Füßen hatte. Ich sprang auf, trat nach dem Bass, zerschmetterte einen Schlegel auf dem Rand der Schnarrsaite, warf den anderen weg, und als Josies Gitarre wieder hinzukam, vergrößerte ich noch den Riss in meinem Top.

Die anfeuernden Schreie zur Begrüßung meiner nackten Brüste trieben mich noch mehr an. Ich zog heftig an den restlichen Fetzen meines Tops, während die Musik sich zu einem metallischen Schrei erhob, viel lauter als die menschlichen, aber dann wurde sie schwächer und erstarb schließlich, und als die Stille einsetzte, gingen die Lichter an. Eine männliche Stimme, kräftig und autoritär, rief von ganz hinten im Pub.

»Dieser Auftritt verstößt gegen Bestimmungen des Councils. Sie werden bitte den nächstgelegenen Ausgang benutzen.«

Er erzählte noch mehr, aber ich ging schon dem nächstgelegenen Ausgang entgegen. Dann fiel mir mein Mantel hinter der Bar ein. Als ich ihn mir endlich geschnappt hatte, diskutierten Josie und Dave Shaw bereits mit der autoritären Stimme, und als ich mich vorbeischleichen wollte, drehte er sich zu mir um.

»Sie bleiben hier.«

Der freche Kerl zupfte doch tatsächlich an meinem Mantelärmel. Aber ich wand mich rasch aus seiner Reichweite. Wenn er Zeugen wollte, hatte er noch genug Leute da, die er befragen konnte.

»Ich bin schon weg.«

»Sie bleiben hier. Ich notiere Ihren Namen und Ihre Adresse, denn Sie sind eine der Verantwortlichen für den Gesetzesverstoß.«

»Ich? Wieso denn?«

Er versteifte sich. Sein Gesicht war gerötet, und seine Augen traten wie Spiegeleier hervor, und dann nahm seine Stimme einen noch muffigeren Tonfall an.

»The Dog und Duck hat keine Striptease-Lizenz.«

Es dauerte einen Moment, bevor ich begriff, was er sagte, und dann noch einen Moment oder zwei, bevor ich entschied, ob ich entsetzt oder amüsiert sein sollte.

»Das war kein Striptease.«

»Nun, die Vorschriften des Councils besagen ...«

»Ihre Council-Vorschriften können mich mal. Ich hab nur mein Top abgelegt.«

»Ein Akt anstößiger Entblößung, der durchaus Elemente des Striptease enthielt, und deshalb ...«

»Absoluter Schwachsinn! Striptease muss aufreizend langsam über die Bühne gehen, sonst bleibt das ›Teasen‹ auf der Strecke, Mann!«

»Die Geschwindigkeit, mit der Sie sich ausziehen, ist nicht von Belang.«

»Ist sie doch.«

»Nein, ist sie nicht.«

»Doch!«

»Nein. Hören Sie, ich diskutiere darüber nicht. Sie haben während Ihres Auftritts eine anstößige Handlung begangen, deshalb werde ich ...«

»Oh, Mann, Sie sondern solchen Schwachsinn ab! Ich werde für mein Schlagzeug-Solo bezahlt, nicht als Stripperin. Ich habe mir aus Versehen ein Loch ins Top gerissen. Bei einem Striptease hätte ich mich doch nicht hinter meiner Schießbude versteckt, oder? Ich hätte mich schön langsam entkleidet, hätte mal die eine Stelle entblößt und dann schnell wieder bedeckt, so geht das nämlich mit dem Necken und Reizen. Und ich hätte auch sexy Sachen angezogen, nicht so ein geripptes Top, sondern eher einen Spitzen-BH und ein passendes Höschen dazu, vielleicht auch noch Strapse und Strümpfe. Mögen Sie Strümpfe? Ich wette, Sie stehen drauf. Rot oder schwarz? Nein, ich kenne Typen wie Sie, ehrlich. Wahrscheinlich sind Sie pervers. Also lieben Sie weiße Wäsche. Vielleicht unter einer Schuluniform? Ja, ich wette, das ist Ihr Ding ...«

Ich gebe zu, ich redete mich in Rage, und ich hörte nur auf, weil ich sah, dass Josie hinter ihm verzweifelte Gesten machte, denn inzwischen schnappte er nach Luft wie ein Goldfisch auf dem Trockenen. Er hatte ein Notizbuch gezückt und trommelte mit seinem Kuli darauf.

»Namen und Adresse, bitte.«

»Okay, wenn es sein muss. Lisa Simpson, 742 Evergreen Terrace, Springfield.«

Er hatte die Hälfte notiert, ehe er abrupt aufhörte, aber diesmal war ich wirklich weg. Vielleicht rief er mir noch etwas hinterher, aber da war ich schon draußen und fühlte angenehm die Kühle der Nacht auf meiner verschwitzten Haut.

Nicht viele Leute hatten den Pub verlassen, sie hingen jetzt in den Eingängen herum oder bei ihren Autos. Sie warteten ab, ob sie noch mit weiterem Spaß rechnen konnten. Ich wollte in Richtung Parkplatz gehen und hoffte, dass ich jemanden fand, der mich zurückfuhr.

Man konnte sehen, welches Auto zur Amtsgewalt passte; es war ein blauer Astra, der diagonal zum Gehweg parkte. Leute wie er glauben immer, sie wären im Einsatz einer Anti-Terror-Truppe und dürften sich daher alles erlauben.

Er hatte sich nicht mal die Mühe gemacht, das Fenster zu schließen, und der Zündschlüssel steckte.

Nun ja, was blieb mir anderes übrig? Ich musste nach Hause, und der Typ war ein kompletter Arsch. Normalerweise hätte ich es nicht getan, aber ich bin allergisch gegen komplette Ärsche. Außerdem hatte er Akne.

Ich saß im Auto. Ich schaltete die Zündung ein. Wenn ich nicht über die Schulter geschaut hätte, wäre ich fast über Pete Manton gerollt. Er steckte den Kopf durchs Fenster.

»He, Fizz, neues Auto?«

»Gehört mir nicht. Es ist die Karre des Amtsarschs da drinnen. Steig ein oder zisch ab.«

»Bin schon drin.«

Ich fuhr los, noch bevor er die Tür zugezogen hatte. Unsere Abfahrt wurde vom Johlen und Gelächter der Leute begleitet, die begriffen, dass ich gerade die Karre geklaut hatte. Ich brauchte noch ein bisschen, dann lachte ich auch über das, was ich getan hatte und vielleicht noch tun würde. Pete war nett, und ich wusste, er hatte ein Auge auf mich geworfen. Aber das hatte Zeit. Erst mal musste ich Land gewinnen.

Wir würden natürlich gesucht werden, deshalb mied ich die Hauptstraßen und fuhr über die Wege, die durchs Marschland führten. Auf den langen Geraden zuckte die Nadel um die 130. Pete hielt sich geduckt an seinem Sitz fest, und mir stieg das Adrenalin in den Kopf. Ich liebe es, in einem gestohlenen Auto zu rasen; ein doppelter Kick, der mich über die trübe Realität in dieser kleinen spießigen Stadt erhob. Es ist so gut wie trommeln, besser als Sex, jedenfalls meistens (das sind die drei Dinge, die mich in meinen Teenagerjahren davor bewahrt haben, den Verstand zu verlieren).

Ich weiß, dass ich vielleicht geschnappt und vielleicht auch getötet werde, aber das juckt mich nicht. Das Leben gehört den Lebenden. Das verstehen Leute wie der Amtsarsch nicht. Wir wissen, welches Leben sie für uns vorgesehen haben: Wir sollen kleine höfliche Staatssklaven sein. Dann lieber ein großer Crash und darin brennen.

Das geschah auch beinahe, als wir auf der langen Geraden vor Brandon Bank waren, als irgendein Typ auf seinem Fahrrad aus dem Nichts auftauchte. Kein Licht, nichts. Er musste uns aber gehört haben, doch das brachte ihn nicht dazu, uns aus dem Weg zu gehen. Ich stieg auf die Bremse, wir ratterten durch den Kies und stießen gegen das Fahrrad – etwa eine Sekunde, nachdem er es losgelassen und sich in den Graben geworfen hatte.

Man weiß nicht, kann einfach nicht wissen, wie sich einhundertsechzig Kilometer in der Stunde anfühlen, bis man bei diesem Tempo die Kontrolle verliert. Ich dachte, ich wäre tot. Entsetzen und Selbstmitleid erfüllten mich, und dann kamen auch noch Reue und Hilflosigkeit hinzu. Dann war es vorbei. Zum Glück griffen die Räder wieder. Ich kannte das und hatte den Fuß vom Gaspedal genommen. Etwa zwei Sekunden war ich absolut in Kontrolle, und langsam nahm die Geschwindigkeit ab, und als ich es für sicher hielt, schaltete ich einen Gang hinunter. Dann überfiel mich die Reaktion; in allen Gliedmaßen kribbelte es, während ich verzweifelt um Luft rang.

Ich wurde immer langsamer und hielt schließlich auf einer verschlammten Wendeplatte für Traktoren an. Ich zitterte am ganzen Körper, legte mich im Sitz zurück und hielt die Augen geschlossen. Ich wollte schreien, wusste aber nicht, ob vor Angst oder wegen der gehobenen Stimmung. Ich wollte auch Sex, lieb umarmt und hart genommen werden. Bestätigung für mein Leben, Beweis für meine Existenz. Schließlich fand Pete die Stimme wieder.

»Himmel, Fizz!«

»Sage kein Wort mehr. Besorg's mir einfach.«

Ich streckte eine Hand aus und griff in seinen Schritt. Ich

drückte die volle weiche Masse durch den Baumwollstoff seiner Jeans. Er sah mich mit einem verwunderten Blick an, aber er hielt mich nicht zurück, als ich ihn herausholte und rieb, bis er steif wurde. Ich wollte ihn auf mir und in mir spüren. Er brauchte mich nicht anzutörnen, denn ich war schon da. Meine Gefühle hatten sich aufgebaut, seit ich die Stöcke in die Hand genommen hatte.

Aber sein Glied zuckte nur schwach in meiner Hand. Ich wusste, wie ich ihn auf Touren brachte. Ich beugte mich über ihn und nahm ihn in den Mund. Seine Reaktion bestand aus einem heißen Wimmern, gefolgt von einem überraschten Grunzen, als ich den Knopf für den Liegesitz fand. Er seufzte, und ich saugte ihn tief in mich hinein.

Der Schaft wuchs schnell, und seine Finger griffen in meine Haare, während die andere Hand am Reißverschluss meiner Jacke fummelte. Ich ließ das geschehen, denn ich hatte nichts dagegen, mich noch einmal nackt zu zeigen. Ein kurzes Zucken der Schultern, dann rutschte die Jacke hinunter, und ich konnte mich meiner Nacktheit in der kühlen Dunkelheit des geklauten Autos erfreuen.

Ich drückte die Innenbeleuchtung an, damit er mich sehen konnte und damit ich ihn sehen konnte; den Schaft zum Beispiel, der nass und potent aus der offenen Jeans ragte und genau das war, was ich jetzt brauchte.

Als ich mich wieder erhob, starrte er auf meine Brüste und rieb seinen Knüppel. Ich liebe es, wenn sich ein Mann an meinem Körper erregt, vor allem, wenn ich nackt bin. Ich nahm meine Brüste in die Hände, hielt sie ihm hin und streichelte die Warzen, was ein leises Stöhnen tief aus seiner Kehle auslöste.

Er griff nach mir, zog mich auf sich und presste seinen Mund auf meinen. Seine Hände griffen nach meinem Po, und er war so scharf darauf, dass er sich nicht entscheiden konnte, ob er ein bisschen fühlen, reiben und quetschen oder mir das Höschen abstreifen wollte.

Ich gab ihm eine helfende Hand und führte ihn zwischen meine Schenkel, während ich über seinen Körper grätschte. Sein Penis schob mein Höschen zur Seite, und er glitt tief in mich hinein. Sofort begann er zuzustoßen, viel zu hastig, aber ich hatte es verdammt nötig und wand mich auf dem Schaft hin und her, bis ich die richtige Reibung erzielte.

Ich hörte ihn grunzen und wusste, dass er bald kam, aber ich war noch nicht fertig, ich doch nicht. Während er sich seufzend zurücklegte, rutschte ich seinen Körper hoch, die Beine breit über seinem Torso, dann über seinem Gesicht. Im trüben Licht konnte ich nur seine Augen sehen. Sie blickten entsetzt.

»He, Fizz, nein …«

»Sei nicht ungerecht, Pete. Du bist gekommen. Jetzt ich.«

Seine Antwort bestand aus einem gedämpften Grunzen, als ich meine Pussy auf seinen Mund drückte. Ich hielt mein Höschen zur Seite, und es rieb sich Haut an Haut. Ich wetzte auf und ab, verfluchte ihn und verlangte, dass er zu lecken begann. Er gab nach, und seine Zunge schleckte an meinem Geschlecht; ein herrliches Gefühl, mit einem Orgasmus durchaus vergleichbar. Ich mahlte meinen Schoß gegen sein Gesicht, und meine Schenkel schlossen sich um seinen Kopf.

Lichter explodierten in meinem Schädel, und ich kam; ein heißer Orgasmus erfüllte mich mit blendender Ekstase. Eine tiefe Befriedigung nahm mich gefangen, und mit Genugtuung stieg ich von ihm ab. Ich stieß die Fondtür auf und trat hinaus in die Kühle der Nacht. Ich brauchte die frische Luft, und ich brauchte die Zeit, um mich zu fangen. Pete fand schließlich seine Stimme wieder.

»Du gehst ziemlich derb vor, Fizz.«

»Das hast du davon, wenn es dir so schnell kommt.«

Ich lachte, aber ich wusste nicht warum. Am ehesten noch wegen des Ausdrucks auf seinem Gesicht, aber dann verging mir das Lachen, als ich etwas weiter entfernt einen schnurrenden Motor hörte. Pete hörte es auch, und rasch kletterten wir über das Tor und ins Feld, bis wir an der Hecke glaubten, in Sicherheit zu sein.

Der unbekümmerte Kick der Spritztour im geklauten Amtsarschauto war seit dem Orgasmus verflogen, und Pete schien das auch zu fühlen, während wir uns duckten und sahen, wie sich die Lichter näherten.

Es war nicht die Polizei, nur ein ganz gewöhnliches Auto, und es wurde nicht langsamer, als es vorbeifuhr. Ich sorgte mich um den Radfahrer und um unsere Fahrt zurück. Petes Tür stand noch offen, das Licht brannte, und unter den Sitzen lagen zerknautschte Zeitungen. Ich zog eine heraus und musste lachen, weil es ein Pornomagazin war, ein ziemlich schmutziges. Pete gluckste, als er mich blättern sah.

»Verdammter Bastard! Er soll sich was schämen!«

Er hatte angefangen, einzelne Seiten herauszureißen, zusammenzuknüllen und in den Fußraum zu werfen. Ich spitzte die Ohren für den Fall, dass wieder ein Auto kam. Aber da war nichts. Die wenigen Geräusche klangen weiter entfernt.

Ich ging ein bisschen weiter und starrte hoch zum dunklen Firmament. Aber so dunkel war es da gar nicht; viele helle Sterne prangten über uns. Plötzlich sah ich ein Licht flackern, und Pete rannte auf mich zu und duckte sich tief, als erwartete er, dass es wie eine Bombe explodierte.

Es gab keine Explosion. Das Feuer breitete sich langsam aus, es blieb unter dem Sitz, den ich zum Sex zurückgedreht hatte. Pete nahm meine Hand, während wir das Auto brennen sahen. Es war eine süße Geste, und ich kuschelte mich an seinen Arm. Die Flammen schlugen höher, leckten am

Rücken des Fahrersitzes, und dann war Sekunden später der gesamte Innenraum ein einziges gelbes Flackern. Als der Benzintank in die Luft flog, gab es einen Knall, den man in Ely gehört haben musste. Wir fühlten die Hitzewelle, aber wir waren nicht in Gefahr.

Wir schauten nur noch einen Moment länger zu, freuten uns über die hoch schlagenden Flammen und wandten uns dann ab. Das Feuer musste meilenweit zu sehen sein, und es konnte nicht lange dauern, bis jemand kam, um sich den Brand aus der Nähe anzusehen.

Tatsächlich hatten wir gerade das offene Feld erreicht, als wir in der Ferne die Sirenen hörten, und kurz darauf sahen wir auch den flackernden Schimmer von Blaulicht. Wir rannten, duckten uns tief und flohen über den klebrigen Boden. Wir lachten beide, aus alberner Fröhlichkeit und nervöser Furcht.

Sie konnten uns nicht sehen, da war ich mir sicher. Sie wussten nicht, in welche Richtung wir gegangen waren, und außerdem würden sie zuerst die Wege absuchen. Erst wenn wir uns was ganz Dummes einfallen ließen oder großes Pech hatten, drohte uns Gefahr, aber wenn alles normal verlief, sollten wir ungehindert nach Hause kommen.

Vielleicht würde mich die Tat irgendwann einmal einholen. Ich sage nicht, dass mir das egal ist, aber die Sache war es wert gewesen – aufregende Kicks statt eines Lebens in tödlicher Langeweile.

Stundenlang waren wir unterwegs, wir sprangen über Gräben und zwängten uns durch Hecken, und die ganze Zeit redeten wir über Gott und die Welt. Und ganz egal, wie vorsichtig man war, der Schlamm spritzte während des Gehens immer die Innenseiten der Schenkel hoch. Trotzdem war es romantisch, und ich hatte mich bei einem Mann selten so wohl gefühlt.

Schließlich war es geschafft; erschöpft, dreckig und jubilierend. Pete verabschiedete sich vor meiner Haustür mit einem Kuss und einem Kneifen in meine Pobacke und mit der Frage, ob ich noch mal mit ihm ausgehen würde. Ich hatte unsere Aktion an diesem Abend gar nicht als Verabredung verstanden, aber man konnte sie natürlich so sehen. Irgendwie. Es war lustig gewesen, deshalb sagte ich ja und erwiderte seinen Kuss.

Im Haus war es stockfinster, und ich schaffte es, mich hineinzuschleichen, ohne jemanden zu wecken. Ich wäre am liebsten gleich ins Bett gefallen, aber mit diesen Dreckspritzern … Auf meinem Bett fand ich einen Brief, der offiziell aussah. Mir fielen die Augen zu, als ich den Umschlag aufriss und mich fragte, wer mir jetzt wieder an die Karre pinkeln wollte. Aber es war nur die Einladung zu einem Bewerbungsgespräch bei einer Firma, die sich Black Knight Securities nannte.

Ich hatte die Bewerbung nur meiner Mutter zuliebe abgeschickt. Nie hätte ich damit gerechnet, dass sie mich zum Gespräch einladen würden, nicht mit meiner bescheidenen Qualifikation. Ich war sicher, dass ich in hundert Jahren den Job nicht erhalten würde. Solche Sachen geschehen netten, adretten Mädchen mit vielen Einsern auf dem Abschlusszeugnis und nicht einer Retro-Punk-Röhre mit einer regelmäßigen Dröhnung.

Sie suchten eine Assistentin des Managements, vermutlich die glorifizierte Umschreibung für Telefonistin, Botengängerin für Hinz und Kunz, eben Mädchen für alles. Das setzte eigentlich blond und brav voraus, und beides bin ich nicht. Die Firma war auch auf Kabelfernsehen spezialisiert, Überwachungskameras und solche Dinge. Nun, ich verstehe auch etwas davon, aber ich glaube, dass ihnen mein Wissen auf diesem Gebiet nicht weiter hilft.

Trotzdem, ich musste hingehen und mir Mühe geben. Weißes Gesicht, schwarze Bluse, weiße Söckchen, schwarze Schuhe, schwarze Haare.

Als Mum endlich mit mir fertig war, sah ich respektabel aus, aber das war nicht mehr ich, nicht Fizz, sondern Miss Felicity Cotton. Ich ließ sogar zu, dass sie meine Haare zerstörte und meine purpurnen Strähnen in vorausschaubare honigblonde verwandelte. Ich tröstete mich damit, dass ich meine Spikes mit grünen und blauen Spitzen versehen würde, wenn ich den Job nicht erhielt.

Black Knight Securities war im neuen Industriegebiet im Süden der Stadt untergebracht, wo es auch die Schuhfabrik gegeben hatte, in der Dad bis zur Pleite der Fabrik gearbeitet hatte. Das allein reichte schon, dass mich eine Mordswut überfiel, wann immer ich da vorbeiging. Auch wenn es nicht die Schuld der Fabrik war, aber Mum und Dad hatten sich nach seiner Entlassung auseinandergelebt.

Offenbar richtete sich Black Knight Securities gerade erst ein. Es gab einen Ausstellungsraum mit hohen Glastüren, die jetzt weit offen standen. Ein Mann in einem weißen Overall verlegte rote Teppichfliesen. Er schien nicht der zu sein, der das Gespräch mit mir führen würde, deshalb trat ich an ihm vorbei, ein freundliches Lächeln auf den Lippen. Ich schritt durch eine Tür ins Lagerhaus, wo es gestapelte Kisten und Bierkästen gab.

Zwei Männer standen da und sahen stirnrunzelnd auf ein Klemmbrett. Beide trugen Anzüge, aber sonst waren sie sehr unterschiedlich.

Der eine sah wie ein Fuchs aus, ziemlich groß und sehr dünn, und die roten Haare waren kurz geschnitten, damit die drohenden kahlen Stellen nicht so schnell sichtbar sein würden. Seine Gesichtszüge sahen verkniffen und misstrauisch aus.

Der andere Mann war genauso groß, aber er hatte dunkle Haare und eine gute Figur. Das gute Aussehen wurde von der strengen Linie seines Kinns beeinträchtigt, das dem Betrachter mitteilte, wie humorlos dieser Mensch war.

Das waren genau die Typen, denen ich in den letzten zwei Jahren aus dem Weg gegangen war, denn ich hasste sie von Herzen. Ich würde niemals ihre Jobs wollen. Ich war sicher, dass sie eine schwache Frau hinterm Schreibtisch haben wollten, deshalb trat ich mutig vor.

»Hallo. Ich bin Felicity Cotton. Ich bin wegen des Jobs hier.«

Fuchs sah auf mich hinunter, eindeutig verärgert. Das Kinn des anderen Mannes wurde noch kantiger, und die Augen verwandelten sich in ein Stahlgrau. Er legte ein paar Blätter auf dem Klemmbrett um, bevor er etwas sagte.

»Miss Cotton? Ja, elf Uhr fünfzehn. Entschuldigen Sie, ich wusste nicht, dass Sie warteten.«

Ich hatte nicht gewartet, ich hatte mich verspätet. Ich war versucht, ihm das zu sagen, aber ich hielt mich zurück.

Er tippte wieder auf das Klemmbrett und wandte sich an Fuchs. »Würdest du das Gespräch mit Miss Cotton führen, Paul? Ich möchte die Überprüfung fortsetzen und komme danach zum Gespräch dazu.«

Fuchs nickte und führte mich zu einer Holztreppe. Von dort gelangte man zu einem Bürotrakt, der sich gleich an den Ausstellungsraum anschloss. Fuchs sah nicht sehr glücklich aus, und ich war sicher, dass ich schon verloren hatte, was bei mir eine seltsame Emotion aus Erleichterung und Verärgerung auslöste. Der Bürotrakt war eigentlich nur ein Balkon, von dem aus man ins Lagerhaus schauen konnte.

Überall lagen Teppichfliesen, in den Büros standen je zwei Schreibtische mit je einem Stuhl und einem Computer. Alles sah brandneu aus. Ich setzte mich, ohne darauf zu warten, dass er mir Platz anbot. Fuchs blätterte in Papieren, bevor er mich schließlich ansprach.

»Miss Cotton ... ja, hier haben wir Sie. Sie sind zwanzig Jahre alt, haben immer in dieser Gegend gelebt, und dies wäre Ihre erste Arbeitsstelle.«

Er hatte mich offenbar schon abgeschrieben, deshalb antwortete ich lässig: »Ja, stimmt.«

»Und womit haben Sie sich die Zeit vertrieben, seit Sie die Schule verlassen haben?«

Ich hätte am liebsten gesagt, dass ich Produkte von Firmen wie dieser getestet hätte, was zwar stimmte, aber ich traute mich nicht. Stattdessen hob ich die Schultern, auch wenn mir bewusst war, dass mein vierjähriges Versagen, einen Job zu finden, nun wirklich nicht für mich sprach.

»Dies und jenes. Sie wissen schon. Mal hier und mal da.«

»Sie waren auf Reisen?«

Ich nickte. Die Fahrt nach Wiltshire im vergangenen Jahr konnte als Reise durchgehen.

»Und wohin?«

Wiltshire schien nicht die richtige Antwort zu sein, aber da waren ja auch noch die Beschaffungsfahrten nach Calais. Bier und Schnaps.

»Kontinent. Hauptsächlich Frankreich.«

»Ich verstehe. Und warum war Ihnen das lieber als eine Vollzeitbeschäftigung?«

Mir fiel keine überzeugende Antwort ein, deshalb blieb ich bei der Wahrheit.

»Ich wollte noch eine Zeitlang ungebunden sein.«

»Und da Sie inzwischen ein wenig Kultur geschnuppert haben, sind Sie jetzt bereit für eine Karriere?«

Das hörte sich gut an, obwohl es nicht Kultur gewesen war, woran ich geschnuppert hatte.

»Ja.«

»Und was hat Sie dazu gebracht, sich für den Industriezweig des Sicherheitswesens zu entscheiden?«

Ich zögerte, denn es war wirklich eine blöde Frage. Sie wollten ein Mädchen für alles am Empfangstresen, also würde es mit meiner Karriere nicht so weit her sein, nicht viel anders, als würde ich Hamburger verkaufen, das globale Übel. Fuchs sah mich voller Erwartung an, deshalb musste ich irgendwas sagen. Mir fiel ein, was Pete mal gesagt hatte, als wir über die Kameras am Straßenrand gesprochen hatten.

»Es ist gegenwärtig die am schnellsten wachsende Industrie des Landes. Sie erfährt national und international eine immer größere Bedeutung und wird sich weiter ausdehnen.«

»Das ist eine sehr positive, proaktive Haltung, Miss Cotton. Glauben Sie, dass Sie davon etwas in die Firma einbringen könnten, wenn wir uns für Sie entscheiden?«

Ich hatte keine Ahnung, wovon er sprach, aber ich würde mir nicht die Blöße geben und ihn fragen, was man unter ›proaktiv‹ zu verstehen hatte.

»Ja.«

Er schien darauf zu warten, dass ich fortfuhr, aber mir fiel nichts ein, und irgendwann schaute er wieder in seine Papiere, offenbar in eine Liste mit weiteren Fragen. Ich wartete und ließ meine Blicke durch das große weiße Lagerhaus wandern mit seinen hoch gestapelten Kisten. Die meisten Kartons schienen irgendwelche Kameras zu enthalten, was bei mir Depressionen auslöste. Endlich schien Fuchs eine Frage gefunden zu haben.

»Was haben Sie in Ihrer Werkzeugkiste?«

Wieder zögerte ich, denn ich war nicht sicher, was er überhaupt gefragt hatte. Oder war das eine kodierte Umschreibung dafür, dass er erwartete, ich sollte ihm meine Brüste zeigen? Zum Glück erläuterte er, bevor ich entscheiden musste, ob ich ihm eine runterhauen oder ihm was für seine Augen bieten sollte.

»Was ich fragen wollte, Miss Cotton: Welche Fähigkeiten bringen Sie mit?«

»Oh, ich verstehe. Nun, ich weiß eine Menge über Kameras.«

Er wollte noch eine Frage stellen, überlegte es sich dann aber anders, langte über den Schreibtisch und reichte mir einen viereckigen schwarzen Kasten.

»Was sagen Sie denn dazu?«

Das Bild auf dem Kasten zeigte eine Überwachungskamera, aber erst als ich sie herausholte, erkannte ich, dass ich ein solches Modell noch nicht gesehen hatte; verdammt unauffällig. Schwarz, nicht größer als meine geballte Faust und geeignet, hoch auf eine Wand oder Mauer geschraubt zu werden. Big Brother wäre stolz gewesen. Fuchs wartete auf meine Meinung.

»Es ist eine Überwachungskamera für draußen, leicht auf Mauern zu installieren, unaufdringlich, und dieses Schild erschwert die Zerstörung mit einem Stein oder so etwas. Ich schätze den Blickwinkel auf drei Viertel eines Kreises, was eine Menge ist, und die Linse ist eine Zeiss, also erste Qualität. Sie kann von innen gesteuert werden, weil sie ein Zoom hat. Ich schätze, man setzt sie bevorzugt in Einkaufspassagen ein. Da steht, dass es sich um eine digitale Version handelt, also nehme ich an, dass sie Fotos auf einen Computer speist. Ich habe so ein Gerät vorher noch nie gesehen.«

»Das wäre auch nicht möglich gewesen. Es ist unser neues Angebot, ZX-4. Nachdem wir den Markt gründlich abgegrast haben, stand für Stephen und mich fest, dass es nichts Besseres gibt, was Preisleistungsverhältnis und technische Leistung angeht. Vergangenen Monat sind er und ich nach Korea geflogen, wo diese Kameras produziert werden. Man hat uns alle Möglichkeiten vorgeführt, die sich durch den Einsatz dieser Kamera ergeben. Was sich dem normalen Menschen beim Betrachten der Kamera nicht gleich erschließt, ist die Tatsache, dass sie in Verbindung mit einem Gesichtserkennungsprogramm genutzt werden kann. Sie speichert die Gesichter automatisch und gleicht zukünftig ab, ob ihr dieses Gesicht bekannt ist oder nicht. Man kann jedes Gesicht aus der Menge herausholen, bearbeiten und speichern. Ich bin sicher, dass Sie begreifen, wie wertvoll ein solches Gerät ist, wie nützlich, wenn es mit den Daten der Polizei oder anderer Behörden verbunden ist.«

Und dann wundern sie sich, warum die Leute Kapuzen tragen, dachte ich und drehte das schreckliche Ding in meiner Hand und suchte nach irgendeiner Schwäche. Man sah ihm an, dass es für die Installation ganz oben vorgesehen war, das hieß, man konnte das Objektiv nicht mit Farbe beschmieren, und mit einem Stein konnte man nicht so genau zielen.

Ich dachte darüber nach, was ich in den letzten Monaten alles angestellt hatte und ob der eine oder andere Schabernack schon von so einer Kamera festgehalten worden war. Die Kamera hätte mit mir schon eine Menge zu tun gehabt. Deshalb musste ich einfach fragen.

»Sind solche Kameras schon hier bei uns installiert worden?«

»Nein, aber nächste Woche besucht uns ein Ausschuss des Councils und lässt sich die Möglichkeiten mit dieser Kamera vorführen. Unsere wichtigste Marketingstrategie bezieht sich auf den Verkauf der geschlossenen Systeme, und unsere ersten Ansprechpartner sind Behörden. Die Präsentation unserer Produkte würde ein wesentlicher Teil Ihres Jobs sein. Das ist einer der Gründe, warum wir jemanden anstellen wollen, der oder die sich in der Gegend auskennt. Ich nehme an, Ihnen ist bewusst, dass es in Hockford und Umgebung eine hohe Rate von leichter Kriminalität gibt?«

»Eh ... ja.«

»Diese Region hat bei Autodiebstählen die höchste Quote im ganzen Land. Das war einer der hauptsächlichen Gründe, warum wir uns hier niederlassen. Wir sind eine aggressive, nach vorn gerichtete Firma, Miss Cotton, und wenn durch unsere Produkte die Straßenkriminalität in Kürze schon abnimmt, werden wir im ganzen Land auf uns aufmerksam machen. Deshalb suchen wir dynamische, proaktive Mitglieder unserer Teams, vielleicht wie Sie. Darüber hinaus würden Sie eine aktive wertvolle Aufgabe bei der Reduzierung der Straßenkriminalität leisten, wenn Sie bei uns arbeiten.«

Das stimmte. Ich konnte sie auf die Hälfte reduzieren.

»Sie hoffen also, dass das Council Ihr Überwachungssystem kauft, und damit werden dann die hiesigen Lumpen ... ich meine die Kleinganoven überführt?«

»Genau.«

»Aber werden sie nicht einfach weiter ziehen? Sie können nicht überall Kameras installieren.«

»Aber natürlich können wir das. Nun, fast überall. Das ist ja der Vorteil bei diesem System. ZX-4 ist ein teures, hoch effizientes Modul, dessen vornehmste Aufgabe es ist, Aufzeichnungen für das Gesichtserkennungsprogramm zu speichern. Dann haben wir noch preiswertere Module verfügbar, die einen Platz rund um die Uhr überwachen können, und an die Preise kann unsere Konkurrenz nicht tippen.«

Ich musste irgendwas sagen.

»Ist das nicht ein bisschen übertrieben?«

»Bei Black Knight Security haben wir einen null Toleranz Standpunkt. Wer nicht geschnappt werden will, darf das Gesetz nicht brechen. Wenn du nicht gegen das Gesetz verstößt, hast du nichts zu befürchten. Ganz einfach.«

»Aber was ist mit Abschreckung? Wäre es nicht besser, eine große, unübersehbare Kamera aufzustellen, damit erst gar keiner auf die Idee kommt, irgendwas anzustellen?«

Da lag fast was Verschwörerisches in seiner Stimme, als er mir antwortete.

»Sie betrachten nicht das ganze Bild. In diesem Stadium des Spiels brauchen wir den Sauerstoff der Öffentlichkeit, denn nur durch sie erzielen wir Ergebnisse. Wenn wir große, auffällige Kameras aufstellen, dann wären die ... wie haben Sie sie genannt? Lumpen?«

»Ja, Lumpen.«

»Sie wären jedenfalls vorsichtig. Nein, wir werden versuchen, das System zu installieren, ohne dass sie etwas davon bemerken. Eine Woche lang werden wir Gesichter sammeln, dann haben wir alles, was wir brauchen.«

Ich sah ihn voller Entsetzen an, aber das bemerkte er gar nicht. Stattdessen hüstelte er trocken, denn er hatte bemerkt, dass er sein großes Projekt mit etwas viel Begeisterung vorgetragen hatte. Wieder schaute er auf seine Papiere, von denen er die Fragen an mich abgelesen hatte.

»Ja, gut ... Miss Cotton, nur noch ein oder zwei allgemeine Fragen. Können Sie mir bitte eine Situation nennen, in der Sie durch Ihre eigene Initiative ein Problem gelöst haben?«

Ich könnte ihm ein gutes Beispiel nennen. Damals, als Dave Shaw den Streifenwagen geklaut hatte, bin ich ausgestiegen, bevor er sich mit den Bullen die wilde Verfolgungsjagd auf der M 11 geliefert hatte, aber das schien nichts zu sein, womit ich bei Fuchs Eindruck schinden würde. Dann dachte ich an das Bladders Konzert, als es mir gelungen war, hinter die Bühne zu gelangen, aber wie ich das geschafft hatte, konnte ich ihm auch nicht erzählen. Ich tat so, als überlegte ich mir verschiedene Optionen, dann schüttelte ich den Kopf.

»Ich sehe nicht, wie man überhaupt ein Problem lösen will, wenn man keine Initiative ergreift. Selbst wenn man auf die Straße geht und jemanden um Hilfe bittet, ist das schon eine Initiative. Aber wer nur dasteht und nichts unternimmt, der wird auch kein Problem lösen.«

Er sah leicht verdutzt drein, dann kam er mit der nächsten Frage.

»Arbeiten Sie am liebsten für sich allein, oder sind Sie lieber in einem Team?«

»Oh, ganz sicher als Mitglied eines Teams. Aber ich kann auch gut allein arbeiten, wenn es sein muss.«

Er nickte ernst.

»Was machen Sie, wenn Sie entspannen wollen?«

Darauf hatte ich eine spontane Antwort.

»Ich trommle.«

Er sah mich ein wenig überrascht an, dann nickte er wieder. Mr. Kantiges Kinn kam herein, lächelte freundlich, blieb aber am Geländer stehen. Ich lächelte zurück, vielleicht ein wenig nervös, nicht weil er so gut aussah, sondern weil die beiden mich aus der Fassung brachten. Ich kam mir wie eine Maus zwischen zwei Katzen vor, eine dürre Rotblonde und eine schlanke geschmeidige Schwarze.

Ich schien das Bewerbungsgespräch trotzdem überstanden zu haben, denn Fuchs packte seine Papiere zusammen und legte sie zurück auf den Schreibtisch.

»Ich danke Ihnen sehr, Miss Cotton. Ich bin Paul Minter, und mein Kollege heißt Stephen English.«

Kantiges Kinn streckte seine gewaltige Pranke heraus, die sich um meine eigene Hand faltete, während ich ein leichtes Schütteln versuchte. Fuchs bot mir auch seine Hand an, dann wandte ich mich ab, aber vorher baten sie mich noch, die nächste Bewerberin nach oben zu schicken. Es war eine Frau, älter als ich und klüger als ich, zweifellos geeigneter für den Job als ich. Sie sah sogar so aus, als könnte sie proaktive Initiative in einem teamorientierten Problemlösungsszenario zeigen.

Ich ging nach Haus und fühlte mich tief deprimiert. Niemand war da, und so warf ich mich aufs Bett und hing meinen schwarzen Gedanken nach. Offenbar hatte ich den Job nicht. Ich hätte ihn auch gar nicht gewollt. Aber schlimmer war das, was ich erfahren hatte. Die ganze Stadt und vielleicht auch noch die nähere Umgebung würden mit den kleinen hässlichen Dingern überschüttet werden, die Fuchs und Kantiges Kinn installierten.

Bald würde es unmöglich sein, ein bisschen zu fummeln, ohne befürchten zu müssen, dass irgendein heimlicher Perversling die Kameras scharf stellte und darauf achtete, dass nichts gegen die Sittlichkeit verstieß. Oder er gäbe dir anschließend einen herablassenden Rat über Geburtenkontrolle.

Nicht mal The Clash oder Dag Nasty oder Fat Lip konnten meine Laune heben. Sie schafften es nur, dass meine Gedanken noch schwärzer wurden, weil mir nicht einfiel, mit welchen Methoden wir das System der Überwachungskameras überlisten konnten.

Nun, ich konnte wenigstens alle warnen, damit Fuchs und Kantiges Kinn nicht so reiche Ernte an Lumpen einfahren würden, wie sie sich erhofften. Außerdem wusste ich, wonach ich zu suchen hatte, das sollte mir helfen. Aber bei der Technologie, die sie anwandten, würde es sehr schwer sein, sich erfolgreich zu verstecken.

Ich könnte natürlich mein kriminelles Leben aufgeben und eine vorbildliche Bürgerin werden, aber das wollte ich nicht, nicht wenn mir der Punk in den Ohren dröhnte. Leider ist es eine Sache, »Never Surrender« zu singen, und eine ganz andere, sich daran zu halten, und als ich zu »I Fought the Law« kam, konnte ich den Text nicht mehr aus meinen Gedanken verbannen.

Ich musste an meine Spritztour mit Pete denken, die war erst ein paar Tage her, und ich fragte mich, ob das meine letzte Untat gewesen war. Sie war schon ziemlich weit weg, ein verlorener Moment von Lust und Erregung, den ich so nie wieder erleben würde.

Das war natürlich Unsinn. Ich musste nur clever sein, dann gab es immer eine Chance, das System zu überlisten. Fuchs und Kantiges Kinn würden es nie schaffen, mich zu kontrollieren. Ich würde bald wieder um die Häuser ziehen, vielleicht mit einer Vollmaske als King Kong oder als Königin. Mal sehen, was das Gesichtserkennungsprogramm daraus machte. Darüber musste ich lachen, und ich fing an, von beiden Männern am helllichten Tag zu phantasieren. Ich überlegte, wie ich ihren üblen Plänen Paroli bieten konnte. Für mich jedenfalls stand fest, wer die Bösen in diesem Spiel waren.

Es war verblüffend, wie sehr sie sich auf manche Weise von den Männern unterschieden, die ich kannte, aber es gab auch Gebiete, auf denen sie gleich waren. Zum Beispiel wollten sie alle Geld verdienen – sogar Steve, wenn er Bierkisten aus Calais heranschleppte. Aber da endeten die Vergleichbarkeiten auch schon. Steve war voller Leben, voller Emotion. Er lachte immer, oder er war wütend oder schmutzig.

Er füllte meinen Mund mit kaltem Bier und zog dann meinen Kopf hinunter zu seinem Schoß, weil er das Gefühl meiner eiskalten Lippen um seinen Schwanz scharf fand. Es war unmöglich sich vorzustellen, dass Fuchs so etwas tun würde oder Kantiges Kinn, der eben Stephen war und nicht Steve.

Aber da hatte es diesen Moment gegeben, als Fuchs von meiner eigenen Werkzeugkiste gesprochen und ich geglaubt hatte, dass er mich testen wollte, ob ich zu jenen Assistentinnen gehörte, die persönliche Gunstbezeugungen gewährten. Nicht, dass ich es mit ihm getan hätte. In tausend Jahren nicht. Bei Kantiges Kinn sah das anders aus, denn er war ein attraktiver Mann, und ich hatte schon immer eine Schwäche für starke Männer.

Das ergab den Stoff für eine hübsche Phantasie, wenn ich mir vorstellte, dass Kantiges Kinn mich interviewte, die Fragen so einfältig und aufgeblasen wie vorher, aber dann ließ er die Bombe platzen, als er fragte: »Und was würden Sie sagen, wenn ich nach Feierabend eine Fellatio von Ihnen verlange, Miss Cotton?«

Ich würde ihm antworten, dass ich nicht auf die Uhr schaue und gern ein bisschen länger arbeite, wenn es dem Wohl der Firma dient, und dass ich die Bedeutung von Teamarbeit kenne, und wenn sexuelle Spannung seine Leistungskraft schmälert, würde ich ihm gern in meinem Mund Erleichterung verschaffen.

Das war ein köstlich schmutziger Gedanke, und ich legte mich bequemer aufs Bett, schob den Rock etwas höher und ließ die Schenkel auseinanderfallen. Einen Moment lang veränderte sich die Szene in meinem Kopf, und ich stellte mir vor, das mit Stephen English zu tun, was ich mit Pete getan hatte: Ich setzte mich auf sein Gesicht und zwang ihn dazu, mich ins Paradies zu lecken.

Irgendwie gelang diese Phantasie nicht; der Vorgang schien unangebracht, sogar unverschämt. Stephen war zu stark, um auf diese Weise abgehandelt zu werden.

Falls es bei uns zum Lecken kam, war es viel wahrscheinlicher, dass ich auf allen vieren lag, schrecklich entblößt, und vermutlich war ich es, die an ihm runterging.

Ich wollte mir selbst gegenüber nicht zugeben, dass ich mich bei ihm so unterwürfig fühlte. Ich wehrte mich gegen das, was mein Körper von mir verlangte. Aber der Gedanke war zu sexy, um ihn lange zu unterdrücken. Meine Hand griff zwischen meine Schenkel und berührte die feuchte Baumwolle meines Höschens. Ich malte mir die Szene aus. Sie fand nach Feierabend statt, denn wir arbeiteten beide länger. Plötzlich würde er in einer Stimme, die keinen Widerspruch duldete, verlangen: »Miss Cotton, Sie besorgen mir jetzt eine Fellatio.«

Es klang gestelzt und förmlich, aber das Resultat blieb gleich: Er stieß den Schwanz in meinen Mund, und ich sollte ihn saugen. Ich würde wahrscheinlich unter seinem Schreibtisch knien, am liebsten in meinem kleinen Kostüm, das ich jetzt auch trug. Es war verrutscht und zeigte meine Brüste und meinen Po.

Männer lieben das, wenn ein Mädchen sich beim Saugen entblößt, und er war keine Ausnahme. Ich spielte selbst mit mir, während sein Schaft in meinem Mund wuchs, und meine Finger vollbrachten wunderbare Dinge zwischen meinen Schenkeln und an einem Nippel.

Ich befand mich schon kurz vorm Orgasmus, aber es brauchte noch einen Moment, um mich auszuziehen, und so schob ich mein Höschen hinunter und hob den BH über meine Brüste. Das fühlte sich gut an.

Während ich mich weiter streichelte, stellte ich mir vor, dass er nicht weniger zerzaust aussah als ich, aber noch in seinem modischen Anzug, wobei ihm Schaft und Hoden aus dem Hosenstall hingen, lang und lebendig, ungeduldig auf meinen Mund wartend.

Dieses Bild hielt ich fest, während ich kam; die Augen fest geschlossen, mein Körper in Ekstase verspannt.

Zweites Kapitel

Steve gab Gas, als er den Van auf die M 11 zog. Er fand eine Lücke im Verkehr und schmuggelte sich auf die mittlere Fahrbahn, bevor er wieder redete.

»Denk dran, wir heiraten, und wir brauchen den Stoff für die Hochzeit.«

»Ja, ja, ja.«

»Fizz, kannst du endlich mal ernst sein? Ich habe viel Geld da reingesteckt.«

»Ja, Steve, aber was machen wir, wenn wir auf denselben Beamten wie letztes Mal stoßen? Oder vorletztes Mal? Wird er nicht denken, dass wir ein bisschen oft Hochzeit feiern?«

»Nee, so läuft das nicht. Tausende kommen täglich rüber, und kein Mensch wird sich an uns erinnern. Außerdem siehst du völlig verändert aus. Was hast du eigentlich mit deinen Haaren angestellt?«

»Mum hat darauf bestanden, dass ich manierlich aussehe, wenn ich zu dem Bewerbungsgespräch gehe.«

»Bewerbungsgespräch? Wozu willst du dich bewerben? Wozu brauchst du einen Job? Ich zahle dir was, und mit deinem Sozialgeld und deinen Gummipuppen ...«

»Das ist nicht viel, Steve, und jetzt kommt auch noch dazu, dass Dog and Duck uns nicht bezahlen, weil sie sagen, dass das Council ihnen im Nacken sitzt. Bei denen ist für die Rubber Dolls nichts mehr zu holen. Und den Job krieg ich auch gar nicht. Ich habe mich bloß beworben, damit Mum endlich Ruhe gibt. Du glaubst doch nicht, dass man mir den Job gibt.«

»Warum glaubst du, dass du ihn nicht kriegst?«

»Weil ich keine Erfahrung habe. Es wäre mein erster Job, vier Jahre nach meinem Schulabschluss. Aber wir müssen aufpassen. Ich war bei den neuen Leuten auf dem Hereward Trading Estate, weißt du, im neuen Industriegebiet. Da gibt es eine Firma, die ihr Sicherheitssystem ans Council verkaufen will. Hi-tech Kameras, die die Gesichter von Leuten wiedererkennen, sobald sie sie einmal abgelichtet haben.«

»Neugierige Typen gibt's, was? Aber ich habe von denen nichts zu befürchten.«

»Nein? Was ist, wenn du deine Waren auslieferst?«

»Woher wollen die wissen, dass ich den Stoff nicht im Supermarkt gekauft habe?«

»Ja, vielleicht. Aber du solltest trotzdem aufpassen.«

Er zog nach rechts, um ein paar Lastwagen zu überholen, und ich richtete mich gemütlich in meinem Sitz ein und beobachtete den Verkehr und die vorbeirauschenden Felder. Ich liebte es, aus der Stadt herauszufahren. Ich fühlte mich dann frei oder wenigstens weniger in der Falle, und dabei überlegte ich mir, wie es sein würde, in einem Büro zu arbeiten, jeden Tag dieselbe Routine, dieselben Gesichter. Todlangweilig. Und offenbar würde Stephen English sich nicht als der schmutzige Bastard meiner Phantasie erweisen und nur ein langweiliger Gockel sein. Ohne ihn wäre ich besser dran.

Ich begann mich durch Steves CD-Sammlung zu arbeiten und entschied mich für Radiohead als beste seiner bunt gemischten Sammlung, die hauptsächlich in die Neunziger gehörte. Er sang sofort mit, und seine Betonmischerstimme machte es völlig unmöglich, dass ich mich in das Lied verlieren konnte.

Ich sagte nichts, denn ich wusste, wenn ich ihn darauf aufmerksam machte, dass er nervte, würde alles nur noch schlimmer werden. Schließlich brach er ab, um seine Meinung über den Fahrer eines alten blauen Ford kundzutun, der auf der mittleren Spur mit sechzig dahinzockelte.

Schnapstouren bringen Spaß, besonders, wenn es nicht dein eigenes Geld ist, das auf dem Spiel steht. Ich liebe den Kick, einen dieser Bastarde reinzulegen, und das sind sie natürlich. Stellen Sie sich doch nur vor, dass Sie einen Job annehmen, der hauptsächlich darin besteht, andere Menschen unglücklich zu machen. Das gilt auch für Verkehrspolitessen und Firmen, die deine Räder festklemmen, damit du nicht weiterfahren kannst. Alles kleine Hitler. Ich kann mir überhaupt nicht vorstellen, wie sie mit sich leben können.

Die Gesetze sind ohnehin für den Arsch. Unsere Steuern sind viel zu hoch, das weiß jeder. Und werden sie gesenkt? Fick dich ins Knie. Sie kleben an jedem Penny, den sie dir entreißen können, und so haben wir die lächerliche Situation, dass du Alkohol in Frankreich und Belgien so preiswert kaufen kannst, dass es sich für Steve lohnt, dreihundert Meilen nach Calais und zurück zu fahren, die Fähre eingeschlossen. Okay, er ist ein Schmuggler, na und? Schmuggel ist nur ein Beweis für ungerechte Besteuerung.

Ich wäre gern ein Schmuggler gewesen. Okay, irgendwie bin ich einer, aber ich spreche von einem richtigen Schmuggler, der im achtzehnten Jahrhundert Gin aus Holland bringt. Irgendwo muss ich noch ein Buch haben, das Nan mir zum neunten Geburtstag gab und das die Burschen in ihren schweren Mänteln und ausgefallenen Hüten zeigte, Pistolen im Hosenbund und Messer in den Stiefeln. Einige der rauen Typen waren Frauen, und ich habe oft geträumt, eine von ihnen zu sein.

Erst Jahre später habe ich andere Tugenden der Schmuggler schätzen gelernt. Ich habe Rebellen immer bewundert, und jeder Mann, der sich einen Dreck um behördliche Vorschriften kümmert, muss hoch geschätzt werden. Für mich sind solche Dinge wichtiger als gutes Aussehen, wichtiger als Geld. Ja, ein Schmuggler war genau richtig, irgendein wuchtiger Kerl, der mich über einem Fass Gin ficken würde, während er drei Männer mit seinen Pistolen in Schach hielt.

Was ich bekam, war Steve mit seinem zerbeulten Ford Transit und seiner Vorliebe für riskante Blowjobs. Nun, wenigstens lief er nicht Gefahr, aufgehängt oder gevierteilt zu werden. Kein sehr romantisches Bild – aber wer weiß, vielleicht träumen Mädchen in dreihundert Jahren von den wagemutigen Bier- und Zigarettenschmugglern des frühen einundzwanzigsten Jahrhunderts?

Wir hatten uns für eine Nachtfähre entschieden, weil die Ticketpreise dann viel billiger sind und es generell weniger zu tun gibt. Jedenfalls hatte Steve das gesagt. Entscheidend ist das Timing. Man geht auf der letzten Fähre hinüber, sodass man noch die großen Supermärkte abgrasen kann, dann drückt man sich in Calais herum, bis man die letzte Fähre zurück erwischt. Das bedeutete auch, dass ich wenigstens einen Teil der Rückfahrt am Steuer sitzen würde, deshalb schloss ich die Augen und ließ meine Gedanken mit der Musik entschwinden. Ich musste wieder an den großen Schmuggler denken, der sich von hinten in mich hineinschraubte.

Als ich aufwachte, hatten wir die Autobahn verlassen und passierten die Gegend, in der es zum Channel Tunnel ging. Steve war schnell gefahren, und wir hatten viel Zeit. Ich konnte eine Diät Cola trinken und einen Beutel Chips vertilgen. Danach war alles ganz einfach, vertraute und angenehme Routine. Durch den Zoll und der Versuchung widerstanden, ihnen zu erzählen, dass wir internationale Terroristen auf dem Weg zu einer Konferenz über die neuesten technischen Errungenschaften sind. Dann auf die Fähre und aufs höchste Deck, um die friedliche See zu beobachten, während Steve sich den Mund mit Burgers und Fritten vollstopfte.

Es dauerte nicht lange, und wir waren in Calais und luden nicht mehr so viel nach, schließlich war das Gewicht, das wir dem Van zumuten konnten, limitiert. Das ist ein weiteres Problem, wenn man zu habgierig ist. Die Polizei lauert auf der A 20 und achtet auf die Achslasten, und dadurch sind die Bullen fast so ein großes Risiko wie die Bastarde vom Zoll.

Wir wollten kein unnötiges Risiko eingehen, deshalb haben wir Dover auf den Nebenstraßen verlassen und die Autobahn erst weiter nördlich angefahren.

Wir aßen in einem französischen Fischrestaurant, was ich ausgesucht hatte. Für Steve war es die zweite Mahlzeit an diesem Abend. Ihn schien das nicht zu stören. Er hatte die Hände auf seinem Bauch gefaltet, als wir draußen unseren Kaffee tranken. Er sah müde aus, und ich fragte mich, ob er jetzt sofort einschlafen würde, aber meine Sorge war unbegründet.

Kaum waren wir zum Terminal zurückgekehrt, parkte er den Van zwischen einem Lastwagen und einem großen Wohnwagen und hinter einem anderen Lastzug, deshalb war unser Fahrzeug eigentlich nicht einzusehen, es sei denn, jemand drückte sich die Nase an unserer Scheibe platt.

Ich wusste, was kam, und wusste auch, wie ich mich zu verhalten hatte. Ich täuschte Widerwillen vor. Darauf fährt er ab, und ich weiß nicht warum – aber ich auch. Selbst als er den Motor ausschaltete und Steve sich mir zuwandte, sein Gesicht ein großes schmutziges Grinsen.

»Wie sieht's denn mit meinem Blowjob aus?«

»Du bist nur ein dreckiges Schwein, weißt du das?«

»Nur wegen eines Blowjobs? Jeder liebt einen Blowjob.«

»Vielleicht. Aber normalerweise nicht so.«

»Ach. Fizz, stell dich nicht so an. Du hast mich das letzte Mal geblasen.«

»Das war ein besonderer Gefallen, den ich dir erwiesen habe. Das heißt nicht, dass du jedes Mal einen kriegst.«

»Nun, ich könnte wirklich einen weiteren Gefallen gebrauchen. Ich bin immer steif, wenn ich wach werde. Hier, schau mal.«

Er holte seinen Penis heraus, hielt ihn stolz in der Hand, zur Hälfte erigiert. Er begann ihn zu reiben und seufzte zufrieden, als das Blut in den Stängel pumpte.

Trotz meines nicht geringen Ärgers über die Art, wie er mich behandelte, gab es keinen Zweifel an meinem Instinkt: Ich wollte ihn in den Mund nehmen. Ich fand, ich hatte genug Widerstand gezeigt.

»Also gut. Aber nur, wenn du deine Bälle auch herausholst.«

»So hört sich das schon besser an, mein Mädchen.«

Er griff mit einer Hand in den Hosenstall und zog die Hoden heraus. Ich liebe diesen Anblick eines Mannes, Penis und Hoden hängen aus seiner Hose, sonst ist er voll bekleidet, oder auch nur ohne Jackett, wenn er einen muskulösen Torso hat. Es ist einfach schärfer, als ganz nackt zu sein.

Ich bückte mich, neckte ihn mit den Fingernägeln unter den Hoden und dann am langen dicken Schaft entlang, der inzwischen voll erigiert war. Er ließ mich eine Weile streicheln, dann hörte ich sein Grummeln.

»Nun mach schon, Fizz.«

»Schwein.«

Ich schaffte nur noch dieses eine Wort, bevor er meinen Kopf zu seiner Erektion führte, und seine Hand wand sich in meinen Haaren. Als ich zu saugen begann, spielte er in meinem Nacken, weil er wusste, wie scharf mich das macht.

Er gluckste, als ich noch wilder wurde, und aus den Augenwinkeln sah ich sein Gesicht, und er grinste auf mich hinab, während ich seinen Penis saugte und die Macht über ihn und die Lust genoss, die ich daraus bezog. Ich war nicht weniger heiß auf ihn als er auf mich.

Das war ein Teil des Kicks; dass auch der andere wusste, man konnte jeden Moment erwischt werden; vielleicht von einem Fahrgast im Abteil eines Gegenzugs oder von einem Offiziellen mit Ausweis und Taschenlampe. Wenn das Glück ihnen hold war, würden sie einen Blick auf mich erhaschen können, wie ich den Mund um seine Erektion presste.

Steve versuchte, mein Top auszuziehen, und ich ließ ihn. Ich wusste, dass der Anblick noch viel unanständiger sein würde. Mein BH sprang auf, als ich die Ösen geöffnet hatte, und ich genoss den Moment, in dem ich mich entblößte.

Ich fragte mich, ob ich weiter gehen durfte. Er strich über meine nackte Brust, und sein Atem ging schwer, während ich seinen Mund in Besitz nahm und seine Hoden drückte. Meine Hand ging zum Knopf meiner Jeans, und dann grunzte er auch schon und kam, viel zu schnell für meinen Geschmack, denn ich war noch nicht fertig.

Ich zog mich zurück, benommen vom Sex und mein Mund voll vom Geschmack nach Mann. Die Seite des Lastwagens war nur anderthalb Meter von meinem Fenster entfernt und blockierte jede andere Möglichkeit, gesehen zu werden. Nach ein paar Sekunden hatte ich Jeans und Höschen abgestreift. Jetzt war ich nackt von den Knöcheln bis zum Hals. Ich spreizte meine Schenkel weit und hörte sein geiles Grunzen.

»Ich hätte dich gevögelt, wenn ich gewusst hätte, wie scharf du bist«, sagte er.

»Ja, das hättest du tun sollen. Jetzt kannst du bei mir in den Keller steigen.«

»Du bist ein geiles Tier, Fizz.«

Seine Hand glitt zwischen meine Schenkel und begann mich zu reiben. Ein Finger zwängte sich in mich hinein, dann ein zweiter, aber das war nicht das, was ich wollte.

»Komm schon, Steve, leck mich. Ich hab's bei dir gemacht, also revanchier dich.«

»Ja, aber ...«

»Kein Aber. Leck mich, du chauvinistisches Schwein.«

Er ließ ein zweifelndes Grunzen hören, aber dann war er abgetaucht, und ich hob ein Bein, um seinen Zugang zu meiner Spalte zu erleichtern. Er begann zu lecken, und ich legte mich mit einem zufriedenen Seufzer zurück und spielte mit meinen Brüsten, während meine Gedanken sich damit beschäftigten, wie es wäre, wenn wir mal geschnappt würden.

Mir kam es, und ich drückte Steves Kopf im letzten Moment nach unten, damit ich einen Finger auf die Stelle legen konnte, wo ich ihn dringend benötigte. Er hörte nicht auf zu lecken; jetzt leckte er an den Innenseiten meiner Schenkel. Mein Körper wand sich ekstatisch hin und her, und Steve brach erst ab, als ich steif wie ein Brett dalag.

Nur ein paar Minuten später schritten Offizielle die einzelnen Fahrspuren ab und wiesen die Fahrer an, ihre Plätze einzunehmen, weil sie jeden Moment mit der Einschiffung beginnen würden. Bis Dover behielt ich mein dreckiges Grinsen im Gesicht.

Es war eine gute Tour gewesen. Wir verließen die Fähre – mit mir am Lenkrad. Der Zoll war kein Problem; irgendein Ärger am anderen Ende der Docks führte dazu, dass nur zwei Männer die Autos und Lastwagen aus dieser Fähre kontrollierten. Deshalb wurden wir einfach durchgewunken.

Ich fuhr durch die Stadt und hielt mich nur auf Nebenstraßen auf, bis ich die Landstraße nach Canterbury erreichte. Erst da fuhr ich auf die Autobahn.

Steve schlief weiter, bis wir fast zu Hause waren. Es war

noch dunkel, als ich anhielt. Ich ließ mich erschöpft aufs Bett fallen, dankbar für das Bündel Scheine in meiner Tasche und immer noch von schmutzigen Gedanken geplagt.

Ich wurde wach, als Mum mir eine Tasse Kaffee unter die Nase hielt. Dann sah sie mich missbilligend an und deutete mit dem Kopf auf die Kleider, die ich von der Tür bis zum Bett auf dem Boden abgelegt hatte.

»Aber wirklich, Felicity, du hast ja nicht mal ein Nachthemd angezogen.«

»Entschuldige. Ich war müde.«

»Nun, wenigstens geht es dir gut. Ich sorge mich um dich, wenn du so lange fährst. Und dann auch noch durch die ganze Nacht.«

»Wir teilen uns so lange Strecken, Mum. Das machen wir immer.«

»Ja, das wird helfen, aber ich verstehe nicht, warum Steven nicht einen seiner Freunde anspricht. Du wirst dir vom vielen Heben noch ein Rückenleiden zuziehen.«

»Er ist lieber in meiner Gesellschaft, und es sind doch nur ein paar Bierkästen.«

»Nun, ich will, dass du auf dich aufpasst. Da ist ein Brief für dich. Von der Sicherheitsfirma. Vielleicht hast du den Job ja doch bekommen.«

Ich bemühte mich sehr, interessiert und hoffnungsvoll auszusehen, als ich nach dem weißen Umschlag aus dem Bündel griff, das sie mir hinhielt. Auf der Rückseite sah ich den Namen Black Knight Securities und das Logo, ein Panzerhandschuh mit einer Kette.

Mum hatte offenbar beschlossen, nicht zu gehen, bevor sie den Inhalt des Briefes kannte, also nahm ich einen Schluck Kaffee und öffnete den Umschlag. Ich erwartete, den schon vertrauten Text zu lesen: ›Liebe Miss Cotton, Sie sind ein Lump, also verpissen Sie sich ...‹ Natürlich nicht so deutlich, sondern hochgestochen formuliert. Ich begann laut vorzulesen.

»›Liebe Miss Cotton, wir freuen uns, Ihnen die Position als Assistentin des Managers anzubieten …‹ Ich fass es nicht! Sie bieten mir den Job an, Mum!«

»Na, wer sagt's denn? Ich habe immer gesagt, du kannst es schaffen, wenn du dir Mühe gibst.«

Ich hielt mich zurück und sagte ihr nicht, dass ich den Job nicht wollte, dass ich ihn ablehnen würde, aber dann sah ich, was sie mir boten: 21 500 Pfund, und dazu noch ein jährlicher Bonus, der sich nach der Qualität der Arbeit richtete. Ich hielt die Luft an. Mit diesem Gehalt konnte ich mir ein eigenes Auto leisten. Ich würde es vielleicht sogar versichern.

Aber es war ein kompletter Verrat an allem, woran ich glaubte. Ich würde für den Feind arbeiten. Ich würde einer von ihnen sein. Oder nicht? Vielleicht konnte ich die Firma von innen unterwandern und ihren Plan vernichten. Nein, das war ein dummer Gedanke. Entweder arbeitete ich für sie oder nicht. Und wenn ich für sie arbeitete, hieß das, ich wurde Teil dessen, was ich bisher so sehr hasste. Auf der anderen Seite waren da die Schulden bei den Versandhäusern, die mir immer mehr aus der Hand glitten, und Mums Andeutungen, dass ich auch mal was zum Haushalt beisteuern sollte, häuften sich.

Vielleicht konnte ich den Job bloß ein paar Monate lang ausüben, lange genug, um ein bisschen Geld in der Tasche zu haben und lange genug, um Erfahrungen zu sammeln, mit denen ich einen anderen Job ergattern konnte, der auch gute Kohle brachte und nicht gegen meine Prinzipien verstieß. Wenn ich den Job nicht annahm, würde das keine einzige Kamera verhindern. Wenn ich aber an der Quelle saß, konnte ich dafür sorgen, dass jeder Bescheid wusste.

Das war doch die bessere Entscheidung, oder? Ich fühlte

mich immer noch wahnsinnig schuldbewusst, als ich einen Brief schrieb und sagte, dass ich die Position gern übernehmen würde. Meine Mutter schaute mir über die Schulter. Meine Schuldgefühle erreichten ihren Höhepunkt, als ich den Brief in den Kasten am Ende der Straße warf.

Ich hatte es getan. Ich hatte meine Seele verkauft. Nie hatte ich mir vorgestellt, so etwas mal zu tun. Wie sollte ich das nur meinen Freunden beibringen? Was sollte ich den Mädchen in der Band sagen?

Nicht, dass man von der Band viel bemerkt hätte. Wir waren eine Band, die nirgendwo spielte. Nachdem Dog and Duck uns rausgeworfen hatte, gab es nur noch eine Kneipe in Thetford, die uns mal gebucht hatte. Die Rubber Dollies waren tot, was die Zukunft anging.

Vielleicht eigneten wir uns nur noch dazu, Josies Nachbarn zu ärgern, denn bei Josie hatten wir immer geprobt. Richtig überraschend war das Ende nicht, denn das Council hatte uns von Anfang an auf dem Kicker gehabt, vom unbotmäßigen Krach bis zur gelegentlichen Entfernung unserer Tops während des Auftritts, und außerdem hatte es bei manchen Auftritten geharnischte Tumulte gegeben. Trotzdem konnten wir stolz sagen, dass wir nie Kompromisse eingegangen waren.

Ich musste es Josie und Sam und so vielen anderen Leuten wie möglich sagen, bevor sie hinter meinem Rücken über mich tuschelten, was unvermeidbar war. Es war verführerisch, bis nach dem Wochenende zu warten, aber ich sollte am Montag mit der Arbeit beginnen. Also musste ich sofort loslegen und es hinter mich bringen. Hoffentlich konnte ich ihnen klarmachen, dass ich drinnen nützlicher war als irgendeiner sonst.

Meine Füße waren schwer wie Blei, als ich mich auf den Weg zu Josie machte, und als ich sie sah, fragte ich mich, ob ich das überhaupt durchziehen konnte. Sie war vor der Garage und fummelte am Motorrad herum, dazu trug sie schmuddelige Jeans und eine Lederjacke. Ihre Sonnenbrille hatte sie auf den Kopf geschoben, und im Mundwinkel ihrer schwarz lackierten Lippen steckte eine Kippe.

Seit unserer Nacht im Dog and Duck hatte ich sie nicht mehr gesehen, und am Telefon hatte ich nichts davon gesagt, wie ich mein Aussehen verändert hatte. Deshalb sprach sie mich sofort darauf an.

»Scheiße, Fizz, was hast du mit den Haaren gemacht? Du siehst aus wie … ach, ich weiß nicht, wie eine in den Anzeigen, die Bakterien trinken.«

»Danke, Josie, du siehst auch gut aus.«

Ich beugte mich zu ihr, um sie zu küssen, was immer dieselben widersprüchlichen Gefühle auslöste, wenn ihre Lippen meine berührten. Wie sehr ich mich auch bemühte, sie wie jede andere Freundin zu behandeln, so unmöglich war es zu vergessen, dass sie Mädchen lieber hatte als Männer.

»Ich habe gehört, dass du in Frankreich warst. Hast du auch Wodka für mich mitgebracht?«

»Ja, aber alles ist bei Steve. Hör zu …«

»Prima. Kannst du das Ding mal halten, während ich versuche, da mal Ordnung zu schaffen?«

Ich war nicht angezogen, um mit Öl verschmierte Motorräder zu umarmen, aber natürlich half ich ihr. Sie war intensiv damit beschäftigt, mit einem Hammer auf den Motorblock zu klopfen. Ich wartete, bis sie fertig war, aber dann sprach sie schon, bevor mir das erste Wort eingefallen war.

»Ich habe den besten Auftritt für uns abgeschlossen. Auf dem Flugplatz der Yankees in Hockwold.«

»Du machst Witze! Wie hast du das denn geschafft?«

»War ganz einfach. Sam poliert den Schwanz eines Fliegerjungen.«

»Wann ist das denn alles passiert?«

»Nachdem du im Auto des Bastards vom Council abgehauen bist. Wir standen draußen, und er und seine Kameraden gingen an uns vorbei. Sie streckte einen Daumen raus und kletterte auf den Schoß des Jungen, der ihr am besten gefiel, und jetzt sind sie zusammen.«

»Und wann treten wir auf?«

»Am Samstag in einer Woche. Aber du musst dir mit deiner Frisur was einfallen lassen, Fizz.«

»Lass meine Haare in Ruhe. Meine Mum hat mir das eingebrockt, weil ich ein Bewerbungsgespräch hatte. Sie nervt mich schon seit Jahren. Aber diesmal hab ich den Job gekriegt.«

»Cool. Wie viel?«

»Einundzwanzig K.«

»Oh, Mann! Was machst du?«

»Ich arbeite in der neuen Firma im Hereward Trading Estate. Sie machen in Sicherheit und so.«

»Cool. Dann kannst du dir bald eine neue Maschine leisten, was?«

»Ich habe eher an ein Auto gedacht.«

»Hol dir ein Bike und einen Anhänger. Dann brauchen wir Steve nicht mehr, der unser Zeug überall durch die Gegend fahren muss.«

»Ja, gute Idee.«

Ich wollte ihr mehr sagen, aber sie schien nicht interessiert, und ich dachte, für mehr wäre immer noch Zeit. Vielleicht dann, wenn sie anfingen, die Kameras zu installieren. Sie überprüfte noch einmal die Innereien ihres Bikes, dann nickte sie zufrieden und wischte sich die Finger an einem öligen Lappen ab.

»Was machst du denn heute Abend?«, fragte sie.

»Ich will einen draufmachen«, sagte ich. »Ich habe ein bisschen Kohle von unserer Schnaps- und Biertour.«

Es war vielleicht meine letzte wilde Nacht. Von Montag an musste ich arbeiten, und wenn die Kameras einmal installiert waren, blieb mir nichts anderes übrig, als mich von der besten Seite zu zeigen. Während ich den ersten eiskalten Mix im Buzz Shack an die Lippen setzte, fragte ich mich, was ich tun konnte, um diese Nacht von allen anderen abzuheben.

Aber das fühlte sich erzwungen an. Alles, was ich bisher unternommen hatte, war spontan und nicht geplant gewesen, immer das Resultat von kurzfristigen und meist vom Alkohol beeinflussten Entscheidungen. Jetzt aber fiel mir nichts ein, entweder war es zu kindisch oder zu zahm oder das Risiko nicht wert. Ich dachte noch darüber nach, oder genauer: ich grübelte verzweifelt und spielte mit meiner Flasche Mix. Ich zupfte nervös an den Ecken des Etiketts, als ich direkt hinter mir eine Stimme hörte.

»Felicity?«

Fast wäre ich vom Barhocker gekippt. Niemand nennt mich Felicity, ausgenommen Mum, und die Stimme klang ausgesprochen männlich, tief und vertraut. Ja, sie gehörte Stephen English, und der schien überrascht zu sein, mich hier zu sehen. Er trug einen hellgrauen Anzug mit einer passenden Krawatte. Ziemlich viele meiner Freunde standen um mich herum, und ich rang um eine überzeugende Bemerkung. Er kam mir zuvor.

»Ah, Sie sind es also doch. Ich dachte, ich hätte Sie durchs Fenster erkannt und bin ein wenig überrascht, weil ich Sie hier nicht vermutet hätte.«

»Ich ... eh, ja, ich wollte nur auf einen Drink in die Bar. Eh ... möchten Sie auch einen?«

Irgendwie war ich mir sicher, dass er keine Mixgetränke wollte, und genauso sicher war ich mir, dass er die Kondensation auf der Flasche nicht nutzte, um das Etikett abzupulen.

Ich spürte, dass ich errötete, denn meine Wangen wurden heiß. Er sah sich in der Bar um. Alle sahen uns an, auch Pete, der schon angefangen hatte, mit mir zu flirten, und Dave Shaw und alle, die ich in den letzten zwanzig Jahren kennen gelernt hatte. Schließlich hörte ich Stephen Englishs Antwort.

»Nicht hier. Aber würden Sie mit mir ins Cuatro Cortado kommen?«

Das war eine Tapas Bar am anderen Ende der High Street; Mums Lieblingslokal, und normalerweise kein Ort, an dem ich lebend gesehen werden wollte, aber in diesem Moment wäre ich ihm überallhin gefolgt – nur raus aus dem Buzz Shack. Ich schluckte meinen Mix – Wodka und Limone – ein bisschen zu hastig und begann zu würgen. Er gab mir ein paar Klapse auf den Rücken, dann gingen wir hinaus.

Ich konnte die Blicke meiner Freunde fühlen und wusste, was sie dachten: Was will Fizz denn mit dem Anzug anfangen? Ich wusste auch, zu welchem Schluss sie kommen würden, Mädchen und Jungs gleichermaßen. Ihre schmutzigen Gedanken blieben auf der unvermeidlichen Spur: Er fickt sie. Mein Gesicht musste purpurn glänzen, aber Stephen English schien das nicht zu bemerken; er blieb auf dem Gehweg stehen und sah die Straße rauf und runter.

»An einem solchen Ort lernt man die Vorzüge des ZX-Systems schätzen«, sagte er.

Als ich stumm blieb, fuhr er fort: »Sie ist sogar ideal, eine Hauptstraße mit vielen lauten Bars auf kleinstem Raum. Die Gesichter können problemlos aufgezeichnet werden, und bei jeder Randale kann die Polizei die Rädelsführer identifizieren.«

Während er sprach, nickte er, sehr zufrieden mit sich selbst. Wir standen noch vor dem Fenster der Bar, die wir gerade verlassen hatten. Ich ging langsam die Straße hoch, weil ich nicht länger von drinnen beobachtet werden wollte. Ich wusste nicht, was ich auf seine enthusiastische Beschreibung erwidern sollte. Nach einem Moment folgte er mir und sprach weiter über sein bevorzugtes Thema.

»Wenn wir vorsichtig installieren, könnten die Module ZX-1 und ZX-2 von der Straße aus unsichtbar sein. Dann müssen wir nur noch versteckte Plätze für die automatische Gesichtserkennung finden, damit wir die ZX-4 und die ZX-5 einsetzen können. Je höher die Kameras hängen, desto besser. Damit umgehen wir das Problem mit den Kapuzen. Sie halten sich doch gewöhnlich nicht in dieser schrecklichen Bar auf, oder, Felicity?«

»Nein, nein ... Ich war auf einem Spaziergang unterwegs und bin am Fluss entlanggegangen. Plötzlich hatte ich Durst ...«

»Am Fluss entlang ist es schön, nicht wahr? Ich jogge jeden Morgen da entlang bis zur B Straße und dann wieder zurück.«

»Bis zur B Straße? Das sind ja Meilen!«

»Genau zehn Kilometer. Sie sollten sich mir mal anschließen.«

»Eh ... ja, nicht schlecht. Ah, da stehen wir schon vor dem Cuatro Cortado.«

Wir gingen hinein, und mir fiel sofort die eigenartige Luft auf, warm und fruchtig. Ich musste an Omas Küche denken, wenn sie das Weihnachtsessen zubereitete. Die Beleuchtung bestand aus einem braungelben Glimmen. Es gab keine Musik, nur den Pegel der Unterhaltung aller Gäste. Die meisten waren doppelt so alt wie ich. Zu meiner Erleichterung war Mum nicht da, aber ich kam mir auch so noch wie im falschen Film vor. Stephen English führte mich zur Bar.

»Was möchten Sie?«

»Eigentlich mag ich keinen Sherry. Er ist mir zu süß.«

»Ach? Dann verpassen Sie was. Richtiger Sherry ist trocken, nicht süß, ausgenommen Pedro Ximenez, der wahrscheinlich ein Spezialist fürs erste Mal ist. Es gibt drei verschiedene Sherrys; trocken, medium und mild. Jeder einzelne Sherry hat seinen eigenen Geschmack.«

Mit dem Mann hinter der Bar sprach er Spanisch, aber ich hatte den Eindruck, dass Stephens Spanisch nicht so gut war, denn es dauerte eine Weile, bis er sein Anliegen mit vielen Gesten vorgebracht hatte. Schließlich standen zwei kleine dunkelbraune Flaschen, zwei kleine Gläser und ein paar Schüsseln mit Knabbereien auf dem Tablett, das er zu einem Tisch trug, der direkt gegenüber der Bar stand.

Offenbar sollte ich meine Flasche nicht gleich öffnen und an den Mund setzen, aber das war auch schon alles, was ich wusste. Ich hatte keine Ahnung, wie ich mich verhalten sollte. Ich wartete also, bis er den Korken aus der Flasche geholt hatte, dann goss er eine kleine Menge in sein Glas, hielt es sich unter die Nase und inhalierte tief, das Gesicht in tiefer Konzentration.

»Großartig! Fast fühle ich mich nach Cádiz zurückversetzt.«

Ich versuchte, seiner Prozedur zu folgen, und war überrascht, dass der Sherry so gut roch. Leider schmeckte er wie eine Mischung aus alten Socken und Batteriesäure, aber eine Hand voll Oliven und Nüsse halfen. Ich nippte weiter am Glas und lauschte höflich, als er über die Produktion von Sherry redete. Für mich hörte sich das alles wahnsinnig kompliziert an. Schließlich blieb er stumm und setzte sich zurück.

»Ich bin sicher, dass ich Sie langweile. Erzählen Sie mir von sich. Paul hat mir gesagt, dass Sie den Kontinent bereist haben. Waren Sie auch in den Weinbergen?«

»Nein ... nur vorbeigefahren.«

»Ah, Sie hätten anhalten sollen. In der Champagne gibt es die besten Möglichkeiten, in die Weinberge zu gehen. Von Calais sind es nur einhundertfünfzig Meilen, und Sie können die ganze Strecke auf der Autobahn zurücklegen. Sie kommen an Reims vorbei, sicherlich eine der schönsten Städte in Europa.«

»Kann man da preiswerter einkaufen als hier oder in Calais?«

»Das kommt darauf an. Die großen Marken sind nicht billiger, während man gerade in Calais besonders günstig einkauft. Aber wenn Sie die feinsten Produkte haben wollen und gleich vom Erzeuger erwerben, dann gibt es keinen Ersatz für einen Besuch der Gegend. Ich schätze, wenn man zehn Kisten Champagner in der Region kauft, hat man die Reisekosten und sogar eine Übernachtung schon verdient.«

»Hört sich gut an.«

»Sie sollten mal mitfahren ... obwohl, da ich jetzt Ihr Arbeitgeber bin ...«

Er wurde ein bisschen rot und ließ den Satz unvollendet. Ich half ihm aus der Bredouille.

»Das würde mich nicht stören. Wen geht das etwas an? Sie sind der Boss, Sie können tun und lassen, was Sie wollen.«

Er nickte, blieb aber auf der Hut. Er hätte vielleicht noch etwas gesagt, aber die Tür wurde aufgestoßen, und er war abgelenkt. Ich selbst war mehr als abgelenkt, als ich die neuen Gäste sah: Mum und ihr neuester Verehrer, Archie Feltham. Beide waren überrascht, mich zu sehen. Mir blieb nichts anderes übrig, als die liebe Tochter zu mimen.

»Hi, Mum. Das ist Mr. English, mein Boss.«

Die drei verstanden sich auf Anhieb und gaben sich sehr britisch; versicherten sich gegenseitig, dass es eine Freude war, sich kennen zu lernen, und dass sie sich mit den Vornamen anreden sollten. Mum wenigstens meinte ihre Freude ernst; für sie war es eine Entdeckung, dass mein Boss das Cuatro Cortado besuchte und dass ich bei ihm war. Das war eine Situation, die sich Mum seit Jahren für mich gewünscht hatte.

Ich gab auf. Offenbar war es mein Schicksal, diesen Abend hier zu verbringen, Sherry zu trinken und höfliche Konversation zu betreiben. Nichts von wilder letzter Nacht. Ich schaute immer wieder verstohlen auf die Uhr und fragte mich, was ich sonst um diese Zeit tun würde, wann ich den Buzz Shack verlassen hätte oder wann sie mich rausgeworfen hätten. Und wann hätte ich mich wenigstens teilweise in der Öffentlichkeit entkleidet und gegen die Gesetze der Anständigkeit verstoßen? Und wann würde mir Pete Manton mein Höschen ausziehen?

Die Antwort war – noch lange nicht, denn die Zeit schien zu kriechen. Die drei hatten eine Flut von Themen, aus denen sie auswählen konnten, und zu den wenigsten konnte ich etwas beitragen. Selbst Stephens starke Anziehungskraft half nicht, denn was hätte ich in Mums Anwesenheit schon machen können? Es gab – einziger Trost – genug zu trinken, und niemand schien davon auszugehen, dass ich zahlen würde.

Archie stellte mir eine Flasche hin, und dann ging Stephen zur Bar und stellte mir auch wieder eine Flasche hin. Nach all den Flaschen schien der Sherry gar nicht mehr so schlimm zu schmecken, zumindest nicht mit den gerösteten Cashew Nüssen. Die meiste Zeit schaltete ich ab, ich hatte einen Drum Beat im Ohr, und meine Augen wanderten von meinem Glas zu Stephens Gesicht und Körper.

Es war erst zehn Uhr, als Mum davon sprach, dass es Zeit war, nach Hause zu gehen. Normalerweise bleibt sie bis zum Schluss. Daher wusste ich, dass sie einen Vorwand vorbringen wollte, damit ich noch eine Weile mit Stephen English allein sein konnte. Das war wenigstens eine kleine Verbesserung. Ich fühlte, wie der Sherry in meinem Kopf arbeitete, und dann fragte ich mich, ob Stephen überhaupt mit mir kuscheln wollte, und wenn ja, fand ich das gut oder abstoßend?

Nach einer weiteren halben Stunde fand ich den Gedanken unwiderstehlich. Er hatte etwas an sich, und wie er seiner Sache immer so sicher war, das machte mich schwach. Ich kann auch ganz schön stark sein, aber im Moment gewann meine schwache Seite. Vielleicht lag es am Alkohol, aber es war mir egal. Ich wollte, dass er mit mir knutschte, dass er mich berührte und vielleicht sogar seinen Schwanz in mich schob, während ich offen und nackt unter ihm lag.

Erst als ich aufstand, bemerkte ich, wie betrunken ich war. Der Sherry war mir direkt zu Kopf gestiegen, und ich stand auf schwankenden Füßen. Das war die Phase, in der alles eine gute Idee ist, ganz egal wie töricht. Ich hatte das Gefühl, dass ich noch etwas mehr Stoff brauchte, aber die Bar war dabei zu schließen. Stephen hatte schon den Mantel angezogen und half mir in meine Jacke, aber ich stand vor der Theke.

»Entschuldigung ... he, Mann, kann ich noch eine Flasche haben? Dieses dunkle Zeug, das wir zuletzt hatten. Ja, genau, das ist die Flasche, ja, Prost.«

Der Barmann reichte mir die Flasche, und ich zahlte. Stephen bedachte mich mit einem nachsichtigen Lächeln und hielt mir die Tür auf. Draußen war die Luft kühl und frisch, und in meinem Kopf drehte sich alles. Ich nahm seinen Arm, und es war mir ganz egal, was passierte, solange wir ein bisschen knutschen konnten. Mindestens. Ich hätte auch nichts gegen eine gute, harte Nummer gehabt.

»Sie können mich nach Hause bringen, wenn Sie wollen«, sagte ich zu ihm.

»Ja, sehr gern.«

Ich lächelte. So einfach war das. Eigentlich ist es bei allen Männern immer einfach. Vielleicht war er ein bisschen steif, aber steif ist okay, solange sie an der richtigen Stelle steif sind. Ich schmiegte mich an ihn und stellte mir vor, wie er sich in meiner Hand anfühlte, in meinem Mund, in meiner Pussy.

Ich öffnete die Sherryflasche und nahm im Gehen ein paar Schlucke aus der Flasche, und als wir das Ende meiner Straße erreicht hatten, sagte ich: »Oh, Stephen, wir müssen in diese Straße rein.«

»Ja, ich weiß.«

»Aber ich dachte ... he, wieso wissen Sie, wo ich wohne? Ah, von meiner Bewerbung, was?«

»Sollen wir weiter, Felicity?«

»Ja, ja, aber es wäre gescheiter, wenn wir zu Ihnen gehen ... bei mir wimmelt es von Geschwistern, verstehen Sie, und Mum kommt auch zurück, wenn Archie ihr das Gehirn aus dem Kopf gevögelt hat.«

Er antwortete nicht und steuerte mich weiter die Straße entlang, bis wir unser Tor erreichten. Ich wusste, dass ich betrunken war und er mein Angebot ablehnte, was mich mit allen möglichen Emotionen erfüllte, hauptsächlich Selbstmitleid. Ich stand da und schaute durch verschwommene Augen zu ihm hoch.

»Du gehst jetzt nicht weg, nicht wahr, Stephen? Ich dachte, du magst mich. Ich dachte, du nimmst mich mit nach Hause und besorgst es mir da.«

»Ich glaube, du solltest ins Bett gehen, Felicity. Schlaf den Rausch aus, das ist das Beste für dich.«

»Ach, Unsinn. Warum soll man sich betrinken, wenn man anschließend keinen Spaß haben kann? Du kannst mich haben. Außerdem bist du mein Boss, deshalb kannst du mich ruhig vögeln. Oder bring mich dazu, dass ich dir einen Blowjob besorge.«

Ich strich mit den Fingern über seinen Brustkorb, während ich redete, und ich befühlte die harten Muskeln unter meinen Kuppen. Er schluckte schwer.

»Oh, du willst es auch, nicht wahr? Komm, wir können es hier tun. Wenn wir in den Garten gehen, kann uns niemand sehen. Komm, hol deinen Schwanz raus. Ich wette, du hast einen schönen. Ich sauge ihn dir, ja? Ich blase gut, Stephen. Soll ich es dir beweisen?«

»Felicity!«

Ich schmiegte mich wieder an ihn und glitt mit einer Hand zu seinem Schritt. Egal, was er sagte, er war bereit für mich. Er trug eine harte Stange in der Hose. Ich ging vor ihm in die Hocke und wollte ihn herausholen, damit er mich in den Garten begleiten musste, aber er schob meine Hand weg und wich einen Meter zurück.

»Felicity, du bist sehr betrunken, und ich bin sicher, dass du das morgen bereuen wirst.«

»Nein, werde ich nicht. Und du willst es doch auch, nicht wahr?«

»Ja, natürlich, aber ...«

»Oh, komm schon, bitte. Ich lecke dir auch die Eier. Ich wette, das wird dir gefallen.«

»Ich ... ich gehe jetzt besser. Gute Nacht.«

Er war schon durchs Tor und schritt schnell die Straße hinunter. Ich stand einen langen Moment da, schwankte leicht und fragte mich, was los war. Er war bereit gewesen und ich erst recht. Vielleicht war er nur nett und wollte die Situation mit der betrunkenen Angestellten nicht ausnutzen.

Als ich mich schließlich in Bewegung setzte, ging ich nicht ins Haus, sondern seitlich in den Garten, wohin ich mit ihm hatte gehen wollen. Es war ein perfekter Ort, denn man konnte nur von der Küche und von meinem Zimmer in den Garten schauen, und für die Nachbarn war es viel zu dunkel, besonders unter den Bäumen.

Ich setzte mich auf die Schaukel und trank einen Schluck Sherry, die Beine weit gespreizt, damit ich die Balance halten konnte. Mein Kopf war heiß vom Alkohol, mein Körper in Not, denn ich war geil und voller Selbstmitleid. Er hätte mich vögeln sollen. Ich hätte mich auch über die Schaukel gebeugt. Ja, das hätte sich so gut angefühlt.

Bevor ich wusste, was ich tat, war ich aufgesprungen und hatte mein Höschen unterm Rock ausgezogen. Ein schönes Gefühl, als ich meine nackten Backen auf die Schaukel drückte. Ich begann zu schaukeln, spreizte die Beine wieder und ließ die kühle Luft an meine Pussy heran.

Ich wünschte, er wäre da und könnte mich sehen. Ich schob BH und Top nach oben und stellte mir vor, dass er das von mir verlangt hatte. Ich begann wieder zu schaukeln, jetzt fast nackt, und als ich die Sherryflasche hob, fühlte ich das kalte harte Glas auf der nackten Haut.

Ich rieb mich mit der Flasche, rieb sie gegen die Brüste und gegen den Bauch. Es dauerte nicht lange, da brachte sie mir einen gekeuchten, zitternden Orgasmus, der mich ganz schwach zurückließ und aus irgendeinem Grund Tränen auslöste.

Drittes Kapitel

Was hatte ich getan? Ich hatte mich sinnlos betrunken und meinem Boss einen unsittlichen Antrag gemacht. Ich hatte ihn gebeten, mich zu vögeln, und ich hatte ihm einen Blowjob angeboten.

Ich wollte nicht mehr daran denken, aber das würde nicht so leicht sein, denn ab Montag würde ich für ihn arbeiten – falls er nicht längst beschlossen hatte, mich zu feuern. Meine Kopfschmerzen trugen auch nicht zu einer besseren Laune bei.

Der Rest des Wochenendes ging wie in einem Dunstgebiet vorbei. Jedes Mal, wenn das Telefon klingelte, dachte ich, das würde er mit der kurzen Mitteilung sein, dass ich mich am Montag erst gar nicht bemühen sollte. Ich sagte mir, dass ich dann erreicht hatte, was ich wirklich wollte, aber im Kopf hatte ich schon mein erstes Jahresgehalt ausgegeben, und außerdem wollte ich ihn gern wiedersehen.

Selbst Mums gebratenes Hähnchen schien sich in meinem Mund zu Asche zu verwandeln. Dabei kam es nicht zu dem Telefonanruf. Ich ging am Sonntagabend unter dem Vorwand früh zu Bett, dass ich am Morgen in Bestform sein wollte, aber in Wirklichkeit litt ich immer noch ein wenig vom Sherry.

Der Montagmorgen begann nicht gut. Ich war voller Vorahnungen und quälte mich mit Selbstvorwürfen. Dann sagte ich mir, alles wäre gut und zu unserer Zufriedenheit abgelaufen, wenn er sich hätte überwinden können, mein Angebot anzunehmen.

Ich bemühte mich, makellos auszusehen. Marineblauer

Rock, darüber eine weiße Bluse. Strümpfe und eine gebundene Krawatte. Das Haar hochgesteckt und nur einen Hauch von Make-up. Wenn man adrett aussah, sollte es einem besser gehen, hatte ich gehört, aber ich war mir nicht sicher.

Ich hatte mich verfrüht, was am ersten Tag vielleicht ganz gut war. Die hohen Glastüren waren schon geöffnet, und Stephen English stand bereits am Schreibtisch – meinem Schreibtisch. Er begrüßte mich mit einem Lächeln, sehr freundlich, wenn auch ein bisschen streng. Ich stolperte schon über meine Entschuldigung, bevor ich mich bremsen konnte.

»Ich ... eh, es tut mir leid wegen des Abends neulich ... eh ... ich hätte nicht trinken sollen und ...«

Er hob eine Hand, und ich hielt inne.

»Nicht der Rede wert, ich bitte Sie. Je weniger darüber gesagt wird, desto besser. Außerdem war es meine Schuld. Ich nehme an, Sie sind nicht an Sherry gewöhnt, nicht wahr? Das ist ziemlich starkes Zeug.«

Ich schaffte ein Nicken, fühlte mich verlegen und auch unsäglich dankbar. Er bedachte mich mit einem weiteren Lächeln und wies auf den Schreibtisch.

»Das wird Ihre Arbeitsstation sein. In erster Linie sind Sie dafür da, Anfragen potenzieller Kunden zu beantworten, im persönlichen Gespräch, am Telefon und per E-Mail. Alle technischen Anfragen leiten Sie an Paul weiter, alle anderen an mich. Mit der Zeit werden Sie Verkäufe an Privatkunden abwickeln können, obwohl das keine Schlüsselposition in unserer Marketingstrategie darstellt. Ich möchte Sie jetzt mit unserem Computersystem vertraut machen.«

Während er sprach, war mein Kopf auf und ab gegangen wie bei diesen Nickhunden, die man auf der Hutablage in Autos sieht. Er endete seine kleine Rede mit einem strahlenden Lächeln. Ich wandte mich dem Schreibtisch zu, und er gab mir einen sanften Klaps auf den Po, um mich an die

Arbeit zu schicken. Für mich war das wie ein Elektroschock, eine Geste, herablassend, anmaßend und doch auch so lässig intim.

Ich fühlte mich in Rage und zugleich freudig erregt, denn er hatte Zuneigung gezeigt, nachdem er mich am Freitagabend abgewiesen hatte.

Mit einer einzigen Berührung hatte er mich angemacht, als hätte er einen Schalter umgelegt. Als ich mich hinsetzte, fragte ich mich, ob das zur Gewohnheit werden würde. Der Klaps auf den Po zum Arbeitsbeginn. Weil ich meine wahren Gefühle gezeigt hatte, konnte er lässig die Kontrolle über meinen Körper übernehmen; er konnte mich anfassen, wann und wo er wollte. Der Gedanke schickte einen Schauer durch mich hindurch, auch wenn ich mir sagte, dass sich das nicht gehörte, was er getan hatte.

Die Sache wurde noch schlimmer, denn er ließ sich neben mir nieder, um mir das Computersystem zu erklären. Das bedeutete, ich konnte den festen Muskel seines Oberarms spüren, der gegen meinen rieb, und ich konnte seine Haut und das sehr männliche Rasierwasser riechen. Es war berauschend, und ich musste mich zur Konzentration zwingen, während er mir zeigte, wie ich die Vorratsliste aufrufen konnte und ein Dutzend weiterer Funktionen.

Ich hatte das System bald begriffen und wurde eine Weile mir selbst überlassen. Paul saß irgendwo hinten und bastelte mit irgendwelchen Geräten herum. Stephen war bei ihm. Er kam nur zu mir, wenn er einen Kaffee haben wollte. Ich hatte mir denken können, dass ich das Kaffeemädchen sein würde, und so schlimm fand ich das auch nicht, weil ich mir einredete, dass ich ihn ganz persönlich bediente.

He, Leute, das bin nicht wirklich ich. In Beziehungen habe ich meistens die Initiative ergriffen. Ich fange damit an, und ich höre damit auf. Und jetzt fühlte ich Dankbarkeit, dass jemand meinen Arsch befummelte und dass mir gestattet war, Kaffee für ihn zu kochen, und das für einen Mann, der mich offen abgewiesen hatte? Es kam noch schlimmer: Er war ein Anzug. Sogar Mum war von ihm angetan. Ich war entsetzt über mich, und als ich ihm den nächsten frisch gebrühten Kaffee brachte, überreichte ich ihn mit einem Knicks.

Ich war an meinen Schreibtisch zurückgegangen, um meinen eigenen Kaffee zu trinken und mich weiter mit den Geheimnissen des Computersystems bekannt zu machen, aber ich hatte mich gerade erst gesetzt, als Stephen den Kopf durch die innere Tür steckte.

»Können wir Sie für eine Minute mal ausleihen, Felicity?«

»Ja, klar.«

Ich sprang von meinem Stuhl, der ziemlich hoch war, und als ich neben Stephen stand, fing er seine Rede an.

»Das ist nur ein kleiner Punkt, aber ich glaube, es wird sich auszahlen, wenn wir zu jeder Zeit ein professionelles Bild abgeben, wobei ich von den Bürostunden spreche, sodass es uns besonders in der Gegenwart von Kunden zur zweiten Natur wird.«

»Es tut mir leid, aber was meinen Sie?«

»Nun, obwohl ich so etwas niemals in der Freizeit erwarte, halte ich es für besser, wenn Sie mich als Mr. English ansprechen und Paul als Mr. Minter.«

»Wenn Sie das wollen – klar.«

»Ich halte es für das Beste.«

So nennt er mich Felicity, während ich ihn Mr. English nennen muss. Warum hat er mich nicht gleich in die Tracht eines französischen Dienstmädchens gesteckt?

Wir waren jetzt im Lagerhaus, wo Paul vor einer Bank mit allen fünf Kameramodellen stand, und von allen liefen Kabel zu seinem Computer. Er streckte die Hand aus und hob den Daumen. Daraufhin wandte sich Stephen an mich.

»Wenn Sie jetzt bitte nach vorn gehen, auf die Kameras zu, dann nach links abbiegen und noch ein paar Schritte gehen ...«

Ich stand den Kameras gegenüber, deshalb war es schon zu spät, als mir die Bedeutung des Vorgangs bewusst wurde. Die Kameras waren eingeschaltet und gaben mein Gesicht an das Erkennungsprogramm weiter, dann wurde es gespeichert. Ich zögerte kurz, aber ich wusste, dass ich jetzt keinen Rückzieher machen durfte. Stephen redete weiter und merkte nichts von meinem Zögern, und die derbe Invasion meines Privatlebens kratzte ihn nicht.

»Das ist natürlich nur ein Test. Sobald wir uns des Systems sicher sind, werden wir das in einem schöneren Ambiente wiederholen.«

»Mit mir?«

»Natürlich. Es ist eine alte Erkenntnis, dass man bessere Verkaufsergebnisse erzielt, wenn man visuell freundliche Präsentationen vorführt. Marketingstudien aus aller Welt beweisen das. Wir verkaufen unsere Kameras eher, wenn wir Sie auf einem Waldpfad zeigen statt mich, sagen wir mal, zwischen gestapelten Kartons.«

»Und Ihr Computer erkennt jetzt mein Gesicht?«

»Das hoffe ich doch. Sonst hätten Paul und ich viel Geld in den Sand gesetzt. Können Sie mal hinausgehen und dann zurückkommen?«

Ich gehorchte und betete, dass das System irgendwie zusammenbrach und mich nicht erkannte. Aber das geschah nicht. In dem Moment, in dem ich zurück ins Lagerhaus trat, hatte mich das System erfasst, und es gab einen selbstzufriedenen Ping-Ton von sich. Stephen klatschte begeistert in die Hände.

»Perfekt! Das dauerte weniger als eine Sekunde«, rief Paul. »Ich sehe sie sogar aus einer anderen Perspektive.«

Stephen strahlte. »Das ist eine gute Nachricht. Jetzt wissen wir, dass uns die Koreaner keinen Schrott verkauft haben. Das System kann ein Gesicht erkennen, aber wir brauchen trotzdem noch einige andere Tests, denn jetzt müssen wir herausfinden, ob das System Ihr Gesicht von anderen unterscheiden kann.«

Paul klärte mich auf. »Wir wissen schon, dass die Kamera Sie erkannt und auch entschieden hat, dass Sie weder Paul noch Stephen sind, aber bei einem ernsthaften Test muss die Kamera Ihr Bild aus tausend anderen herausfinden.«

Stephen nickte. »Das erinnert ein bisschen an die Frage nach dem Huhn und dem Ei. Wir haben natürlich die koreanischen Daten, aber unsere Kunden wollen sehen, was das System auf unserem heimischen Boden leistet. Wir können erst über eigene Daten verfügen, wenn wir ein paar Kameras in der Stadt installiert haben.«

Er schlenderte davon, das Gesicht nachdenklich. Offenbar sind sie mit mir fertig, dachte ich und ging zurück an meinen Schreibtisch. Ein paar Klicks, und ich sah mein Gesicht auf dem Bildschirm. Ich war aber nicht Felicity Cotton, sondern 0000003. Ich war zu einer Nummer reduziert worden.

Eine große Überraschung war das nicht; es passte zum System. Ich erfuhr, dass die Kamera in der Lage war, zehn Millionen Gesichter zu erkennen. Sie hatte mich sogar in 3 D eingefangen, und ich konnte mein Gesicht aus verschiedenen Blickwinkeln sehen, sogar von unten und von oben. Ich konnte das Video zurückspulen und noch einmal laufen lassen. Dann summte es auf dem Rechner, und er gab meine Codenummer preis, wann immer er mich erkannte.

Ich musste zugeben, dass dem System eine bestimmte Faszination anhaftete, und ich empfand das unangenehme Gefühl wieder, das mich seit ein paar Jahren beschlich, dass ich nämlich mit den illegalen Dingen aufhören sollte, weil sie falsch waren. In meinen ganz dunklen Momenten war ich sogar der Meinung, dass ich für meine Vergehen bestraft werden sollte. Nicht, dass ich freiwillig so schnell irgendwas gestehen würde, aber ich schien allmählich das Gewissen einer Erwachsenen zu entwickeln, was mich in eine depressive Stimmung versetzte.

Stephens Stimme drang in meine Gedanken ein.

»Der Ausschuss des Councils kommt am Mittwoch. Dann müssen wir ihnen was zeigen können, was bedeutet, dass wir heute ein Video drehen müssen. Wie ich schon sagte, soll es visuell ansprechend sein, aber ich glaube, Sie sollten ein wenig verdächtig aussehen, sonst erwecken wir eher den Eindruck einer Störung der Privatsphäre und nicht einer durchaus sinnvollen Überwachung. Vielleicht könnten Sie alte Jeans und Turnschuhe anziehen, und haben Sie was dagegen, eines dieser schrecklichen Dinger mit Kapuze zu tragen?«

»Nein, überhaupt nicht.«

»Gutes Mädchen. Wir besorgen eins in der High Street.«

Er glaubte offenbar, dass ich so ›ein schreckliches Ding‹ gar nicht besitzen könnte, und wie er ›gutes Mädchen‹ sagte, war das genauso herablassend wie ein Klaps auf den Po, aber wieder war ihm sein Verhalten gar nicht bewusst.

Stephens Auto stand draußen, ein blitzender silbergrauer Saab. Er hielt mir die Tür auf, aber selbst diese Geste drückte eher Kontrolle aus statt Höflichkeit. Paul nahm den Van mit der ganzen Ausrüstung. Sie schienen genau zu wissen, wohin sie fahren mussten, denn sie hatten nichts abgesprochen.

Allein mit ihm im Auto zu sein war schlimmer als vorher, denn weil Paul nicht da war, wollte ich eigentlich darüber reden, was zwischen uns geschehen war. Falls er mein Unbehagen spürte oder selbst auch Unbehagen empfand, so zeigte er es nicht. Er stellte das Radio an.

»Ich nehme an, dass Sie Musik mögen?«

»Ja. Soll ich eine CD aussuchen?«

»Nicht nötig. Ich kann zwischen sechs verschiedenen wählen, die ich schon geladen habe. Sollen wir ein wenig Albrechtsberger hören?«

Es klang wie eine durchgeknallte Goth Band, was mich ja noch hoffen ließ, aber dann stellte es sich als Kirchenorgelmusik heraus. Genau wie beim Sherry: Stephen unterstellte, dass sein Geschmack allgemeingültig war. Aber ich behielt meine Gedanken für mich. Er gab mir einen Zehner, um an einem der Marktstände ein Kapuzenhemd zu kaufen, dann fuhren wir weiter zu meinem Haus, wo er wartete, bis ich mir Jeans und Turnschuhe angezogen hatte. Ich war nicht sicher, ob sie wollten, dass ich mich später wieder umzog, deshalb faltete ich meine Bürokleidung vorsichtig und packte sie in eine Tüte.

Stephen sagte nichts, als er mich in diesem Aufzug sah. Er fuhr über die Lynn Street und summte immer noch zu Albrechtsberger. Mir fiel auf, dass er das Tempolimit hoch überschritt, und er bremste vor der Blitzer in Weeting wie jeder andere auch. Welche Haltung er zu Gesetzesbrechern auch haben mochte, für ihn selbst zählten die Raser offenbar nicht dazu. Oder er ging davon aus, dass solche Dinge auf ihn nicht zutrafen. Ja, eine solche Haltung würde zu ihm passen.

Wir hielten an der Mündung eines Holzfällerplatzes an. Der Van parkte schon da. Ich kannte die Gegend ganz gut; es war nicht die beste Parkmöglichkeit, denn in den Büschen lauerten oft die Spanner, aber ich hatte schöne Erinnerungen daran, dass ich unter Dave Shaws Fingern gekommen war, während er mir schmutzige Dinge ins Ohr geflüstert hatte. Auf einer Seite des Platzes war ein Geschmier aus Rost und Holzkohle auf dem Boden zu sehen, Beweis einer weiteren schändlichen Episode, an der ich beteiligt gewesen war. Paul war schon ausgestiegen und besah sich den Pfad, der von hier in den Wald führte.

»Das sollte ideal sein. Wir gehen ein wenig in den Wald, damit wir die Straßengeräusche vermeiden, und ich installiere die Kamera in fünf Meter Höhe.«

Der Pfad war ziemlich zugewachsen, denn in diesem Teil des Waldes hatte man seit Jahren keine Bäume mehr gefällt, und so blieb in der Mitte nur eine schmale Grasnarbe, und an den Seiten wuchsen hohe Gräser und dichte Farne. Dahinter breiteten sich die Büsche aus, und mächtige Eichen erhoben sich zum Himmel. Bald schon musste ich die Farne zur Seite schieben, weil sie mich im Gesicht kitzelten.

Wir hielten an, wo der Eichenbewuchs aufhörte und die Pinienkultur begann. Sie war schnell herangewachsen, sodass dicke Stämme den Pfad säumten, der jetzt wieder offener war. Eine der jüngeren Eichen schien ideal zu sein, denn Paul konnte sich an den Ästen geschmeidig hochziehen.

Stephen reichte ihm die Kamera. Wie Paul vorausgesagt hatte, war sie nach dem Installieren kaum zu erkennen.

»Wir könnten sie eine Weile da hängen lassen, Paul. Ein Feldversuch kann uns nur nützlich sein«, sagte Stephen.

»Wer kommt denn hier vorbei?«

»Ich habe an den Fährten gesehen, dass einige Leute den Pfad benutzen. Hundebesitzer, schätze ich.«

»Ich bleibe lieber in der Nähe für den Fall, dass jemand die Kamera entdeckt und sich holen will.«

»Ja, okay. Sobald wir die Aufnahme von Felicity haben, warten wir eine Weile ganz in der Nähe. Felicity, Sie gehen jetzt außer Sichtweite und kommen dann heran, bis die Kamera Sie erfassen kann.«

Ich ging den Pfad weiter, tiefer in den Wald hinein. Das war auch meine Chance, die Kamera zu testen. Wie wenig von meinem Gesicht brauchte sie, um mich zu erkennen? Je weiter ich mich von Stephen entfernte, desto stärker kehrte meine alte Entschlossenheit zurück, und als Paul mir zurief, blieb ich stehen und zog die Kapuze rund ums Gesicht. Dann schlurfte ich den Weg zurück und schaute absichtlich auf den Boden.

Vor mir sah ich Stephen. Er hockte an einer Eiche und starrte auf den Laptop, mit dem die Kamera verbunden war. Er sprach erst, als ich schon ein, zwei Schritte an ihm vorbei war.

»So verdächtig brauchen Sie nun auch nicht auszusehen, Felicity«, sagte er.

»Tut mir leid.«

Ich drehte mich zu ihm um, als er mich angesprochen hatte, und dabei verrutschte meine Kapuze, und in dieser Sekunde war der helle Signalton zu hören. Das System hatte mich erkannt, obwohl nur mein halbes Gesicht zu sehen gewesen war. Viel zu gut für meinen Geschmack, aber Paul und Stephen waren natürlich hellauf begeistert.

»Ausgezeichnete Identifizierung. Phantastisch. Okay, wenn Sie das noch einmal machen könnten, Felicity? Aber übertreiben Sie es nicht.«

Ich ging zurück, und diesmal hatte ich die Kapuze geöffnet. Der Laptop gab seinen triumphierenden Ton von sich, da hatte ich nicht mal die Hälfte der Strecke zurückgelegt. Wieder waren beide begeistert. Paul meldete sich von oben, während ich aus der Reichweite der Kamera trat.

»Ausgezeichnet. Ich bin sicher, dass der Ausschuss davon überzeugt sein wird.«

Stephen war nur bedingt dieser Meinung.

»Ja, aber wir müssen noch einen weiteren Beweis vorlegen, womit wir ihre Aufmerksamkeit erregen. Felicity, Sie haben Ihre Bürokleider mitgebracht, nicht wahr? Können Sie sich umziehen und Ihre Haare hoch stecken, damit Sie so verschieden wie möglich aussehen? Auf diese Weise können wir demonstrieren, dass das System tatsächlich die Gesichter erkennt und kleinere Veränderungen ignoriert.«

»Aber wie funktioniert das?«, fragte ich.

»Viele Systeme nehmen sich ein Bild vor und vergleichen es mit anderen, bis sie eine Übereinstimmung gefunden haben. Aber schon eine andere Frisur oder eine Brille überlistet solche Systeme. Unser ZX System basiert darauf, dass es die Knochenstruktur des Kopfes lesen und vergleichen kann. Sie können sich bestimmt vorstellen, dass sich ein solches System viel schwerer an der Nase herumführen lässt.«

Ich nickte und begriff. Wir waren fertig, wir waren am Ende, oder, wie Steve so gern sagte, wir waren gebuttert und verarscht. Ich war über das Umziehen nicht sonderlich glücklich, dabei war das eigentlich ein Klacks für mich. Meinen Körper zu zeigen, daran war ich gewöhnt, und in diesem Fall würden sie kaum etwas sehen können. Trotzdem, es ging auch weniger ums Zeigen als vielmehr ums Erniedrigen. Ich musste mich ausziehen, weil Stephen English es so wollte. Die Tatsache, dass es dabei gar nicht um Sex ging, spielte keine Rolle – es würde mich trotzdem anmachen.

Die Situation war noch vertrackter, weil ich nicht flirten konnte. Ich meine, was Drastisches hätte ich nach dem letzten Mal sowieso nicht vorgebracht, außerdem war Paul da, und ich wollte ihn nicht auf komische Gedanken bringen.

Ich erwischte mich dabei, dass ich mir auf die Unterlippe biss, als ich die Tüte aus dem Auto holte. Ich brauchte eine halbe Ewigkeit, bis ich mich für eine Stelle zwischen hohen Farnen entschieden hatte, an der ich mich umziehen wollte. Aber dann war ich so sehr durcheinander, weil Stephen mir befohlen hatte, mich auszuziehen, dass ich gerade dabei war, mein Höschen über die Backen zu ziehen, als mir endlich bewusst wurde, wie unnötig das war.

Es war schon gut, dass ich mir die abgelegene Stelle unter den Bäumen und umgeben von Farn ausgesucht hatte, denn gerade kam jemand mit einem Hund vorbei. Ich errötete in meinem Versteck und stieg rasch in den Rock, und dann fragte ich mich sogleich, was mit mir geschah, mir, Fizz, die bei jedem Auftritt der Band das Top auszog und oben ohne spielte und die aus lauter Jux am helllichten Tag ihr Höschen blitzen ließ.

Sie warteten. Stephen hörte Paul aufmerksam zu, der gerade erklärte, wie die Kamera auch Bewegungen aufspürte. Sie taten beide so, als wäre es ganz normal, dass ich mich bis auf die Wäsche im Wald auszog. Ich stand also lächelnd da und wartete, bis sie mich wahrnahmen.

»Felicity, wunderbar. Sie sehen wieder menschlich aus. Wenn Sie jetzt durchgehen wie eben ...«

Ich schritt den Weg wieder ab, und der Laptop gab den Signalton ab, lange bevor ich die Eiche erreicht hatte. Stephen zeigte mir den erhobenen Daumen, als hätte ich was Besonderes geleistet. Ich ging weiter, bis ich sicher war, der Kamera entronnen zu sein. Paul sprach zuerst.

»Sie sind ein Naturtalent, Felicity.«

»Das war ja wohl nicht so schwierig.«

»Sie würden sich wundern. Viele Menschen werden von der Kamera angezogen und starren immer wieder hin, oder sie fühlen sich unsicher.«

»Sind wir jetzt fertig?«

»Im Prinzip ja. Wir sollten noch darauf warten, dass ein paar Leute vorbeigehen, um zu sehen, wie die Kamera reagiert, und dann – nun, ich weiß ja nicht, wie es euch geht, aber ich könnte was gegen meinen Hunger tun.«

Die Privatsphäre anderer Menschen schien ihn überhaupt nicht zu interessieren, deshalb musste ich etwas sagen.

»Können die Leute sich das nicht verbitten?«

»Ich wüsste nicht wieso. Außerdem werden sie kaum etwas merken.«

Seine Arroganz war atemberaubend, aber er hatte natürlich Recht damit, dass niemand etwas bemerkte. Während wir warteten, gingen drei Leute vorbei, zwei einfach so und der dritte mit einem Hund. Stephen fand, dass sie damit vorläufig genug im Kasten hatten, und wir fuhren los, zuerst zum Essen beim Green Man und dann zurück ins Büro.

Sie mussten sehr davon überzeugt sein, viel Geld zu verdienen, denn sie gaben ein teures Essen auf Geschäftskosten aus und bestellten auch eine Flasche eines kräftigen Rotweins, der sie am Nachmittag in eine gute Stimmung brachte.

Ich hatte nichts zu tun, deshalb spielte ich mit dem Computer. Zuerst tat ich so, als wollte ich das System studieren, dann schaute ich mir die Bilder an, die sie vom Laptop heruntergeladen hatten. Wie ich selbst, hatten auch die anderen Leute, die von der Kamera erfasst worden waren, eine Nummer erhalten. Zuerst der Jogger, der vorbeigelaufen war, als ich mich umgezogen hatte, dann ein verschlagen aussehender Typ, der ein wenig ziellos durch den Wald zog, und schließlich eine ältere Frau mit ihrem Hund. Ich musste lächeln, als ich sah, wie die Kamera reagierte, denn sie nahm nicht nur das Gesicht der Frau auf, sondern auch das Gesicht des Hundes. Es war eine große Bulldogge mir riesigen Lefzen.

Stephen und Paul waren von den Resultaten begeistert und beschlossen spontan, eine sorgfältig versteckte Kamera zu installieren, damit sie weitere Bilder speichern konnte. Mich ließen sie im Büro zurück. Zuerst war ich ganz brav und blieb an meinem Schreibtisch sitzen, aber dann spielte ich Minensucher am Computer.

Beinahe hätte ich meiner Neugier nachgegeben, aber dann kam mir in den Sinn, dass Technik- und Kontroll-Freaks wie Stephen und Paul wahrscheinlich die ganze Firma verwanzt hatten, und ich hatte keine Lust, ihnen Videobeweise zu liefern, wie ich durch ihre Unterlagen ging oder mich am Hintern kratzte.

Stattdessen begann ich mit den Basisdaten zu spielen; ich schaute mir immer wieder meinen Kopf an und auch Stephens aus verschiedenen Blickwinkeln, dann ersetzte ich seinen Kopf mit dem der sabbernden Bulldogge, aber nur ein paar Sekunden lang, denn ich befürchtete, irgendwelche elektronische Spuren zu hinterlassen.

Es war ein schreckliches Gefühl, nicht sicher zu sein, ob man beobachtet wurde. Und dieses Gefühl würde sich noch enorm steigern, wenn sie ihre Kameras in der Stadt installiert hatten. Dann gab es keine Fluchtmöglichkeit mehr. Du konntest nirgendwo sicher sein, nicht beobachtet zu werden, höchstens im tiefen Wald – und das auch nur, weil ich wusste, wo die Kameras postiert waren.

Der Gedanke ließ mich erschauern und trug zu meinem Unbehagen bei, wenn ich an die Reaktionen von Stephen English dachte, der sich einen Spaß daraus machte, mich zu provozieren. Männer wie ihn hatte ich immer gehasst; Männer, die glaubten, die ganze Welt müsste nach ihrer Pfeife tanzen. Aber es lag nicht nur an dieser allgemeinen Haltung.

Er war ein arroganter, herablassender Bastard, warum also spürte ich diesen Drang, mich nackt vor ihm auf die Knie zu begeben und Hof zu halten mit seinem Schwanz, bis ich ihn mit dem Mund befriedigt hatte?

Als sie zurückkehrten, waren sie sehr zufrieden mit sich. Sie hatten sechs Kameras an verschiedenen Punkten im Breckland installiert, und wenigstens konnte ich Einblick nehmen in die Landkarten, auf denen sie die einzelnen Punkte markiert hatten. Danach konnte ich nach Hause gehen.

Zwei Parkbuchten hatten sie mit den Kameras ebenso

abgedeckt wie vier verschiedene Teilstrecken des Holzfällerpfads. Ruhige, verschwiegene Plätze, an denen ich gern meine Streiche spielen würde. Ich beschloss, meine Emotionen zu bekämpfen, und bemühte mich um Kälte und Gelassenheit. Zum Glück schien Stephen English von meinen unterdrückten Gefühlen nichts zu bemerken.

Widersprüchliches tobte in meinem Kopf, als ich mich auf den Heimweg begab. Es war ein schöner Abend, der mich eigentlich zum Ausgehen verführen sollte, aber wenn ich an diese Kameras dachte und daran, dass ich morgen früh wieder pünktlich im Büro sein musste, dann verging einem der Spaß. Es war, als hätte sich in meinem Kopf etwas Neues etabliert, vielleicht ein zimperlicher Schutzengel, der mich wegen meines früheren Verhaltens beschimpfte und mir Anweisungen gab, wie ich mich jetzt benehmen musste.

Nach dem Tee fühlte ich mich müde, und es wäre leicht gewesen, vor dem Fernseher einzunicken. Aber dann tauchte ein weißer Ritter in der überraschenden Gestalt von Dave Shaw auf. Er klingelte und erkundigte sich bei meiner Mum auf seine leutselige Art nach mir.

»Fizz da?«

»Einen Moment. Ich rufe sie. Felicity, hier ist dein Freund David.«

Mein Schutzengel sagte mir, dass ich morgen zur Arbeit musste. Und dass David ein schlechter Einfluss war. Ein kleiner pickliger Wicht, der nicht würdig war, einem Stephen English die Schnürsenkel zu binden. Aber ich ging trotzdem zur Tür. Er war so schlaksig, rothaarig und schmuddelig wie immer, ein gewiefter Ganove, und hinter ihm sah ich den uralten rostenden Rover 800 auf der Straße stehen. Mum hatte sich verdrückt.

»Wo hast du die denn her? Ich meine, kannst du nicht 'ne ordentliche Karre klauen?«

Er schien ehrlich betroffen zu sein.

»Die ist nicht geklaut, sie gehört mir. Ich habe sie auf Reardons Schrottplatz entdeckt. Fährst du mal mit?«

Das war, als wollte ich mich in eine Todesfalle begeben. Aber ich musste raus.

»Ja, klar.«

Er grinste übers ganze Gesicht, als wir hinaus zum Auto liefen. Ich wusste, was er wollte, und ich wusste auch, ihm war klar, dass ich ablehnen würde. Wir genossen die Fahrt trotzdem. Er fuhr die Lynn Road entlang, genau die Strecke, die ich am Morgen mit Stephen English gefahren war. Wie Stephen fuhr auch Dave schnell, aber der alte Rover schnurrte längst nicht so schön wie der kraftvolle Saab.

Erst als wir am Weeting vorbei waren, schien Dave sich für mich zu interessieren und wie ich aussah. Er versuchte ein Kompliment.

»Mir gefallen deine neuen Haare.«

»Die Haare sind geblieben, nur die Farbe und der Schnitt sind anders.«

»Ja, gut. Du weißt, was ich meine. Du siehst auch so adrett aus. Warst du auf einer Beerdigung?«

»Danke, Dave. Nein, ich habe einen Job.«

Ich erklärte, warum ich den Job brauchte, und er akzeptierte das, stets verzweifelt bemüht, mir zu gefallen. Dabei sah ich ihm an, dass er überrascht war. Ich wechselte das Gesprächsthema.

»Warum nimmst du diese Schrottlaube nicht von der Straße?«

»Das ist mein Auto, Fizz. Wieso soll ich es von der Straße nehmen?«

»Was hast du dafür bezahlt?«

»Fünfundzwanzig Pfund.«

»Und wie lange willst du die Karre fahren – ohne Steuer

und Versicherung? Und haben sie dir den Führerschein schon zurückgegeben? Na gut, dann lass uns wenigstens ein bisschen Spaß damit haben, bevor die Polizei dich erwischt.«

Er wollte was sagen, überlegte es sich dann aber anders. Er drückte das Gaspedal durch, als wären das die Antworten auf meine Fragen. Ich sah seinen schmollenden Blick, den ich gut von ihm kannte. Ich wollte gerade etwas sagen, um zu vermeiden, dass ich ihm eine Abfuhr geben musste. Aber er kam mir zuvor.

»Weißt du was? Ich gehe von der Straße runter und fahre querfeldein, und du bläst mir einen.«

»Du bist ein schmutziger kleiner Junge, Dave.«

»Holst du mir denn einen runter?«

»Dave, halt den Mund.«

»Ach, komm schon, Fizz. Ich brauche dich wahnsinnig dringend.«

Er fing an zu jammern, und es gibt nichts, was mich mehr abstößt, als einen jammernden Mann. Stephen hätte nicht gejammert, er hätte wahrscheinlich auch gar nicht erst gefragt. Es war ganz schön frustrierend, wenn ein Mann mich unbedingt wollte und der andere nicht.

Dave ließ nicht locker.

»Wie wär's denn, wenn du mir eine Titty-Show zeigst, so wie auf der Bühne?«

»Da gehört es doch zu unserem Auftritt, du kleiner perverser Junge.«

»Ja, aber du siehst dann so verdammt gut aus. Ich kriege noch blaue Eier durch dich, Fizz.«

»Türkis? Ultramarin?«

»Was?«

»Ach, schon gut. Können wir nicht einfach ein bisschen herumfahren?«

»Ja, aber ...«

»Fahre einfach weiter, vielleicht denke ich noch mal darüber nach.«

»Ja!«

Ich sagte das nur, damit er still war, aber als er auf der langen Geraden nach Methwold den Fuß durchdrückte, begriff ich, dass mehr dahinter steckte. Stephen English hatte mich dazu gebracht, dass ich mich klein fühlte, und wenn ich Dave den Gefallen erwies, fühlte ich mich wieder mächtig und stark. Es wäre auch ein Akt der Rebellion gegen die aufgezwungene Anständigkeit, die ich den ganzen Tag leben musste und mich vom frühen Morgen an leiden ließ.

»Biege rechts ab. Du hast gesagt, du willst von den Straßen runter.«

Er bog in das Waldstück ein, zuerst viel zu schnell, dann ganz langsam, als er den Holzfällerpfad sah. Nach einer Weile fand er ein Teilstück, bei dem das Tor geöffnet war. Wahrscheinlich hatten sie da tagsüber gearbeitet, denn Lastwagenreifen hatten sich tief in den Morast gegraben. Es spritzte auch, als Dave jetzt couragiert anhielt.

»Ich hoffe, du machst keinen Rückzieher. Und vergiss nicht, ich will deine Titties sehen.«

»Ich gebe dir mal einen Tipp, Dave. Kostenlos. Wenn du Sex haben willst, ist es am besten, wenn du alles auf dich zukommen lässt, statt vorher jedes Detail festzulegen.«

»Ja, gut. Aber ich kriege meine Tittie-Show?«

»Du kriegst, was ich dir freiwillig gebe – und was das ist, entscheide ich ganz allein. Und steig jetzt aus.«

Jetzt schmollte er richtig. Zweifellos glaubte er, dass ich ihn austricksen wollte. Aber schließlich stieg er aus. Gewöhnlich habe ich nichts dagegen, wenn Männer sagen, was sie unbedingt wollen, aber dies war ein anderer Fall, ich wollte nämlich nicht zugeben, dass ich überhaupt etwas tun würde.

Er stieg auf den Beifahrersitz, und ich ging um die Karre

herum und setzte mich ans Lenkrad. Ich sah mir das Armaturenbrett an und drückte das Gaspedal im Leerlauf durch. Eine Menge Kraft, die da aufröhrte.

Ich hetzte die Karre den Holzfällerweg entlang, und Flintsteine spritzten auf, und hinter uns stieg eine gelbe Staubwolke hoch. Der Weg war kerzengerade, aber ein voll beladener Anhänger stand auf einer Seite und ließ mich schleudern. Mit einem Rad schlug ich in ein Schlammloch, und Wasser spritzte auf. Ich verlor die Bodenhaftung und drehte hektisch am Lenkrad.

Dave hielt sich ängstlich und aufgeregt an seinem Sitz fest, und das trug noch mehr zu meiner Erregung bei, besonders, als er einen Angstschrei ausstieß. Ich wollte auf dem Wendeplatz, den ich vor mir sah, eine Drehung von 360 Grad hinlegen, aber das gelang mir nicht mal halb, weil der Hinterreifen platzte. Es gab einen entsetzlichen Krach, und dann saßen wir fest. Ich zitterte und lachte, alles zusammen, aber Dave schien nicht amüsiert zu sein.

»Scheiße, Fizz, du hast den Reifen zum Platzen gebracht!«

Wir besahen uns den Schaden gemeinsam. Dave verkündete sein Urteil.

»Der ist am Arsch.«

»Ja, aber das ist doch kein Problem. Du hast bestimmt einen Reservereifen.«

»Nein.«

Ich hob die Schultern. Er sah mich lauernd an. »Was ist mit meiner Tittie-Schau?«

»Ich bin doch nur so eine kurze Strecke gefahren.«

»Ja, weil du den verdammten Reifen an den Arsch gefahren hast! Jetzt muss ich zurück auf den Schrottplatz, um mir einen anderen Reifen zu organisieren.«

Ich hörte einen harten Unterton bei ihm, das erste Mal überhaupt, und plötzlich wollte ich es tun. Ich hatte sein Auto vielleicht fünf Minuten lang gefahren, aber die Strecke hatte gereicht, um das Adrenalin durch die Adern zu jagen.

»Ja, gut, machen wir's.«

All seine Aggression wich von ihm, und er folgte mir wie ein Hündchen, als ich tiefer in den Wald ging. Die Holzfäller hatten zwei Bäume in die Horizontale gebracht und noch nicht entlaubt, wofür ich ihnen dankbar war – ein perfekter Sichtschutz für meine kleine unanständige Schau.

Ich wartete, bis Dave sich auf den Stamm gesetzt hatte, dann knöpfte ich langsam meine Bluse auf und schob den dünnen BH hoch.

»Da hast du's, mein kleiner Perverser.«

Er starrte mich nur an, den Mund leicht geöffnet, die Augen weit und auf meine nackten Brüste gerichtet. Ich legte eine Hand auf meine Hüfte und reckte ihm meine Brüste entgegen. Ich schaute auf ihn hinab und fühlte mich berauscht von der Macht, die ich über ihn hatte.

»Ist es das, was du wolltest?«

Er nickte schwach. Ich konnte mir nicht helfen und lächelte ihn kopfschüttelnd an.

»So, dann fang endlich an, Mann. Hol dir jetzt einen runter, wenn du's so nötig hast.«

»Dank dir, Fizz. Du bist großartig. Ich liebe deine dicken Titties.«

»Sch ... Fang an, mach schon.«

Er nickte wieder, und seine Hände zitterten, als sie an den Hosenstall griffen. Ich liebte seine hilflose Erregung, aber ich wollte auch seine Männlichkeit sehen und ihn beim Kommen beobachten, denn er konnte die Aufregung über meinen Körper nicht kontrollieren.

Er holte den Schaft heraus, lang und blass lag er in seiner Hand, fast voll erigiert, und sein Blick starrte wieder auf meine Brust, während er zu masturbieren begann.

Ich lächelte ihn an und genoss den Moment. Ich versuchte sogar, ihn noch ein bisschen mehr zu erregen. Ich hob mein Bein an und stellte es auf den Baumstamm, dann nahm ich meine Brüste in die Hände, hob sie an und fuhr mit den Fingern über die Nippel, die dadurch immer fetter wurden.

Er gab ein Wimmern von sich. Seine Hand wetzte am Schaft entlang. Ich beugte mich vor und drückte meine Brüste zusammen. Dabei streckte ich meine Zunge heraus und ließ sie über meine Lippen gleiten.

Das war zu viel für ihn. Er gab einen einzelnen dumpfen Grunzlaut von sich, und ich sah, dass er in seiner Hand gekommen war; dicker weißer Samen rann von seinen Fingern. Ich musste lachen; zuerst über seinen Gesichtsausdruck und dann über seine Opferbereitschaft.

Für dieses Vergnügen hatte er sein Auto und seine Würde aufs Spiel gesetzt – alles nur, um meine Brüste zu sehen. Erst als ich die Scham auf seinem Gesicht sah, als er den Hosenstall wieder schloss, verging mir das Lachen, und ich empfand nur noch Mitleid mit ihm.

»Ich wollte dich nicht auslachen, Dave. Mir hat es gut gefallen, was du gemacht hast.«

»Ja? Das sah nicht danach aus.«

»Nein, wirklich. Das war Spaß. Ich sehe mir gern deinen Schwanz an.«

»Ehrlich?«

»Ja, ehrlich. Du hast mich sogar ein bisschen angemacht.«

Irgendwie stimmte das, wenn auch nur, weil es eine unanständige Situation war, und ich zeige mich gern, aber was er dann sagte, hat mir fast die Schuhe ausgezogen.

»Warum machst du es nicht vor mir?«

»Was?«

»Ach, du weißt schon. Dich selbst streicheln. Du hast es für Pete gemacht.«

Was ist das bei Männern? Sie glauben, weil du geil auf einen bist, musst du geil auf alle sein. Außerdem können sie den Mund nicht halten.

»Pete ist Pete, und du bist du.«

»Ja, aber …«

»Schon gut, ich mach es. Aber ich hätte nicht gedacht, wie pervers du bist, Dave.«

Ich wollte ihm nichts schuldig bleiben, nur deshalb machte ich es. Es war ein gutes Gefühl, draußen nackt und schlampig zu sein. Ich schob meinen Rock hoch. Die Sonne schien auf meine blanken Brüste und auf meine Schenkel und Pobacken, als ich das Höschen abstreifte. Ich sagte ja schon, dass ich mich gern zeige, und der bewundernde Blick in Daves Augen war es wert, als ich meine Schenkel spreizte.

Sein Mund ging auf und zu wie bei einem Goldfisch, als ich zu masturbieren anfing, und meine Lust schwoll schnell an. Es gibt mir immer einen besonderen Kick, im Freien unanständig zu sein, und diesmal war es doppelt so schön, weil ich meine Macht über ihn spürte. Ich wusste, ich hätte ihn dazu bringen können, mich zu lecken.

Aber das war nicht das, was ich wollte. Ich stand da, übte Kontrolle aus und zeigte einem Mann, wie ich mich selbst befriedigte, weil er mich darum gebeten hatte, und deshalb löste mein einsetzender Orgasmus neue Gedanken in meinem Kopf aus; ich wollte sie verbannen, aber das funktionierte nicht, und so sah ich die Szene deutlich vor mir. Ich splitternackt vor Stephen English auf den Knien und bettelte darum, ihn mit dem Mund befriedigen zu dürfen.

Ich versuchte dagegen anzukämpfen und rief mir in Erinnerung zurück, wie Dave auf meine Brüste gestarrt und mich dann gebeten hatte, dass er mich ganz nackt und beim Onanieren sehen konnte, aber diese Bilder blieben nicht.

Es war Stephen, den ich haben wollte, und ich wusste, dass

er nie betteln würde. Aber er hätte nichts dagegen, mich nackt auf den Knien zu sehen, während er seinen eleganten Anzug trug, und nur Schwanz und Hoden erhoben sich aus seinem Schlitz, bereit für meinen Mund, für meine Verehrung, bis er mir alles, was er hatte, in den offenen Mund gab.

Als ich kam, schrie ich in Ekstase auf. Ich gab ein Bild der Hemmungslosigkeit ab, aber das war mir egal. In meinem Kopf war ich gar nicht da, und Dave spielte überhaupt keine Rolle. Die ganze Zeit befand ich mich auf dem Boden in Stephens Büro, ich kniete nackt vor ihm, saugte ihn und rieb mich ihm zu Ehren in Ekstase.

Viertes Kapitel

Am Dienstagmorgen wollte ich nicht zur Arbeit gehen, und es hatte nichts damit zu tun, dass wir vom Breckland zu Fuß nach Hause gehen mussten und erst lange nach Einbruch der Dunkelheit unser Ziel erreichten. Es hatte vielleicht ein bisschen damit zu tun, dass mir die Arbeit nicht gefiel, aber hauptsächlich lag es an Stephen English. Nicht, dass er Schuld auf sich geladen hatte, aber dadurch wurde alles noch schlimmer.

Es stellte sich dann heraus, dass es gar nicht so schlimm war. Die Leute vom Council würden am nächsten Tag kommen, deshalb waren wir alle so sehr beschäftigt, dass ich gar nicht zum Grübeln kam.

Am schlimmsten war, dass ich ihn Mr. English nennen musste, denn jedes Mal, wenn ich ihn mit dem Namen ansprach, ging ein Schauer durch mich hindurch, und ich wurde daran erinnert, wie ich gestern gekommen war. Er merkte nichts, wie sonst auch nicht, und er blieb auch so herablassend wie immer, aber wenigstens war ich abgelenkt.

Am Mittwoch fand das Treffen statt, und ich war schon nervös, als ich durch die Tür schritt; nervös und ernsthaft im Widerstreit mit mir selbst. Auf der einen Seite empfand ich eine Loyalität der Black Knight Securities gegenüber, und ich hatte viel Arbeit in die Präsentation eingebracht, aber auf der anderen Seite war der Erfolg des Unternehmens und jeder einzelne Kameraverkauf gegen meine Interessen gerichtet.

Ich war pünktlich da, hellwach und adrett angezogen. Die Haare hatte ich hochgesteckt, und auf den nur leicht geschminkten Lippen war ein Lächeln festgefroren.

Die Ankunft des Council-Ausschusses wischte mir das Lächeln aus dem Gesicht. Sie waren zu dritt; eine Frau mittleren Alters in Tweed, deren Gesicht alles missbilligte, was sie sah; ein großer Mann mit einem geröteten Teint und wässrigen Augen und schließlich die Autoritätsstimme aus dem Dog and Duck. Ich erstarrte und stand mit meinen Präsentationsmappen wie eine Idiotin da, als wartete ich darauf, dass er mich bloßstellte. Er kam auf mich zu und sah mir in die Augen.

»Danke«, sagte er.

Ich brauchte ein paar Sekunden, bevor ich begriff, dass er absolut keine Erinnerung an mich hatte, und dann rasselte ich das herunter, was ich wie ein Automat gelernt hatte.

»Guten Morgen. Ich möchte Sie bei Black Knight Securities willkommen heißen. Mein Name ist Felicity Cotton. Darf ich Ihnen meine Kollegen Mr. Stephen English und Mr. Paul Minter vorstellen?«

Wie aufs Stichwort waren Stephen und Paul durch die Tür gekommen, sie strahlten und streckten die rechte Hand aus. Der große Mann mit der blühenden Gesichtsfarbe reagierte freundlich und stellte sich als Mr. Burrows vor, während die Frau, Mrs. Shelby, Pauls Hand mit deutlichem Widerwillen akzeptierte. Als Letzter stellte sich die Stimme vor, er war Mr. Phelps und blieb auch sehr steif.

Ich hatte immer noch Angst, dass er mich identifizieren würde, und ich konnte seine Blicke auf meinem Rücken spüren, als ich aus dem Zimmer ging, um Kaffee zu kochen.

Als ich zurückkehrte, hatten sie Platz genommen, und Stephen war in seinem Element und erläuterte die Vorzüge des ZX Systems. Mr. Burrows schien sehr angetan, Mrs. Shelby skeptisch und Mr. Phelps interessiert zu sein. Ich verteilte die Kaffeetassen und nahm weiter hinten Platz, während ich der vertrauten Präsentation von Stephen folgte. Mit dem System würde er jeden Gesetzesbrecher in einem Radius von zehn Meilen ausfindig machen. Als sein Vortrag endete, war es Mr. Phelps, der die erste Frage stellte.

»Nehmen wir mal ein hypothetisches Beispiel, Mr. English. Unlängst bin ich selbst ein Opfer von Straßenkriminalität geworden. Mein Auto wurde gestohlen und später ausgebrannt aufgefunden. Es scheint kaum eine Möglichkeit zu geben, den oder die Täter zu finden, obwohl wir auch jetzt schon Straßenkameras haben. Könnten Sie das System verbessern?«

Stephens Stimme trug seine Überzeugung vor sich her.

»Aber gewiss. Das ZX System bietet als Option das Erkennen von Nummernschildern. Sie brauchen also nur ein Foto Ihres Nummernschildes einzugeben, und schon ruft er mit Tag und Uhrzeit auf, wo er dieses Schild gesehen hat. Wie Sie gesehen haben, schlagen wir vor, Kameras engmaschig zu installieren. Wenn es Ihnen gelingt, den Diebstahl Ihres Autos zeitnah der Polizei zu melden, wird sie den Dieb bald erfasst und gestellt haben. Falls aber zu viel Zeit verloren wurde, hat man wenigstens den Diebstahl registriert und höchstwahrscheinlich auch den Dieb gespeichert.«

Mrs. Shelby hatte eine Frage.

»Wie zuverlässig ist das?«

Wieder verkündete Stephens Stimme sein Selbstbewusstsein.

»Sowohl die Daten des Herstellers wie auch unsere eigenen Tests weisen auf eine hohe Zuverlässigkeit hin. Bisher haben wir eine Erfolgsrate von einhundert Prozent festgestellt. Felicity, wenn Sie bitte das Video abspielen wollen.«

Ich konnte nur befolgen, was er mir sagte, und hoffen, dass Mr. Phelps mich auch in Jeans und Kapuzenhemd nicht erkannte. Zum Glück war meine Frisur völlig verändert, und ich war meiner Mum dankbar, während die DVD zu spielen begann.

Auf den Bildschirmen war ich kristallklar zu erkennen. Ich ging den Pfad hinunter, sah höchst verdächtig aus und löste die Kamera aus. Dann zeigte die Kamera meinen Kopf, und mein Name tauchte mit meiner Codenummer auf.

Mr. Phelps sagte nichts, auch nicht, als ich in meiner Bürokleidung den Weg entlangging und die Kamera mich noch einmal identifizierte. Das Video lief zu Ende, und Stephen saß da und war sehr stolz auf sich.

»Das war unsere Präsentation. Wie ich erklärt habe, arbeitet das Gesichtserkennungsprogramm auf der individuellen Knochenstruktur des Kopfes. Man braucht nur einen geringen Teil des Gesichts einzufangen, um akkurat erkennen zu können. Ja, wir können sagen: Falls Felicity Ihr Auto gestohlen hätte, könnten Sie sicher sein, dass ihr bald der Prozess gemacht würde.«

Er ließ ein trockenes Glucksen hören, denn ihn amüsierte die Vorstellung, dass ich die Diebin sein könnte. Mr. Phelps sah mich jetzt direkt an, aber immer noch ohne jedes Anzeichen, dass er mich erkannt hatte.

»Sehr beeindruckend, Mr. English, wenn das alles stimmt, was Sie sagen. Aber der Preis ist beträchtlich, deshalb müssen wir noch lange darüber nachdenken. Wäre es machbar, dass Sie ein Pilotprojekt installieren, mit dem Sie Ihre Behauptungen beweisen können?«

»Absolut.«

Das war das, was wir erwartet hatten, und für mich war wichtig, dass ich nicht aufgefallen war. Es gab noch weitere Fragen, und sogar Mrs. Shelby schien moderat beeindruckt zu sein, und als sie uns verlassen hatten, rieb sich Stephen die Hände und diskutierte mit Paul über die Einzelheiten des Pilotprojekts.

»Was wir brauchen, sind konkrete Resultate, damit sie sehen, wie gut sie mit uns fahren. Wenn wir das ganze System testen wollen, müssen sie uns freie Hand lassen, auch bei der Wahl der Gegend, wo wir die Kameras installieren. Die Frage ist nur: Wo? Felicity, Sie kennen sich hier aus. Wo sollen wir das Pilotprojekt installieren?«

Ich zögerte und suchte verzweifelt nach der richtigen Antwort, aber dann flog mir eine Inspiration zu.

»Es kommt darauf an, wen Sie schnappen wollen. Ich nehme an, je ernster das Verbrechen, desto besser. Und außerdem wollen Sie die Unterstützung der Öffentlichkeit.«

Stephens Stirn legte sich in Falten.

»Unterstützung der Öffentlichkeit interessiert uns nur, solange das Council sich nach der Öffentlichkeit richtet. Trotzdem, wenn wir die öffentliche Meinung auf unserer Seite haben, sparen sich ein paar idiotische Liberale ihre Proteste. Und was ernste Verbrechen angeht, nun ja, wir müssen uns an die Wahrscheinlichkeiten halten. Es laufen nicht viele Mörder frei herum.«

So wie er das sagte, hörte es sich so an, als bedauerte er diesen Umstand.

»Vielleicht keine Mörder, aber wie wäre es mit schmutzigen alten Männern? Niemand bringt ihnen Sympathie entgegen, und ich wette, Sie fangen welche ein, wenn Sie die Kameras am Fluss entlang aufbauen.«

Ich hoffte, dass Mr. Phelps als einer der Kerle entlarvt wurde.

Ich bin dafür, dass wir schmutzige alte Männer erwischen, auch Mörder und Vergewaltiger und andere gefährliche kranke Typen, von denen noch viele herumlaufen, aber trotzdem musste das Pilotprojekt scheitern, sonst würde das Leben schon bald unerträglich sein, und nicht nur für mich.

Ich weiß, dass ich ein böses Mädchen bin und es verdient

habe, geschnappt und bestraft zu werden, zumindest für einige der Dinge, die ich angestellt habe, aber meistens habe ich niemandem so richtig wehgetan. Okay, vielleicht habe ich eine Bestrafung für meine Spritztouren verdient, vielleicht auch nicht, aber wo zieht man die Grenze?

Wenn das volle ZX System installiert war, würden die Leute ihr Bild, wie sie einen Kaugummi auf der Straße entsorgen, mit der Post erhalten, zusammen mit einem Bußgeldbescheid von fünfzig Pfund. Ich behaupte nicht, dass ich eine bessere Lösung weiß, aber so eine Überwachung will ich nicht.

Die Frage blieb: Was konnte ich tun? Vielleicht konnte ich das System sabotieren, damit es nicht funktionierte, aber das müsste ich verdammt clever anstellen. Mit technischen Mitteln? Das konnte ich vergessen, denn auf dem Gebiet waren Stephen und Paul besser als ich. Aber was war sonst möglich? Außerdem fühlte ich mich schuldig, wenn ich daran dachte, dass Stephen English mich erwischen könnte.

Den ganzen Tag und auch noch den Abend dachte ich über mein Problem nach. Am nächsten Tag waren Stephen und Paul die ganze Zeit damit beschäftigt, die Kameras zusammenzustellen und die Überwachung auf dem Laptop zu installieren. Stephen war schon in aller Frühe im Wald gewesen, um die Kameras zu holen, die dort installiert gewesen waren. Kurz nach dem zweiten Kaffee an diesem Morgen kam er mit den Discs zu mir.

»Felicity, das sind die Discs unserer Tests. Könnten Sie sie durchsehen und alles kennzeichnen, was uns oder das Council interessieren könnte?«

»Ja, klar … ich meine, natürlich, Mr. English.«

Er grinste.

»So höre ich es gern.«

In meinem Bauch flatterte es, und dann ärgerte ich mich

über meine Reaktion. Er legte die Discs auf meinen Schreibtisch und ging zurück in die Lagerhalle und pfiff dabei ein klassisches Lied, dessen Text besagte, dass er viel zu tun hatte und glücklich war. Ich steckte die erste DVD in den Schlitz und suchte nach Aktionen.

Die Kamera war in etwa drei Meter Höhe in einem Baum versteckt gewesen und zeigte einen Teil des Holzfällerwegs wie die anderen auch, aber dieser Teil hier war ziemlich zugewachsen. Junge Pinien standen dicht beisammen, und dazwischen Farne und Brombeersträucher, sodass es nur einen schmalen Pfad gab. Das erste lebende Wesen, das ich sah, war eine dicke Fliege, und im ersten Augenblick erwartete ich einen großen Fliegenkopf auf dem Bildschirm, aber zum Glück war das nicht so. Kurz darauf ließ sich ein Hirsch sehen, und er wurde mit der Nummer 0000014 belegt, klar als Kandidat für ein Bußgeld erkannt, vielleicht weil er seine Notdurft auf dem Pfad erledigte.

Eine Weile schaute ich dem Hirsch zu, aber dann nahm er plötzlich zwischen den Pinien Reißaus, und ich konnte nur wieder auf den unbelebten Pfad starren. Ich wollte schon nach einer anderen Disc greifen, als ich einen Mann sah. Er war Mitte zwanzig, ziemlich groß, erstaunliche Geheimratsecken und sportlich gekleidet. Ich kannte ihn, aber es dauerte einen Moment, bis ich ihn als einen der beiden Männer identifiziert hatte, die eine Buchhandlung führten. Im vergangenen Sommer hatte Mum eine kurze Zeit da gearbeitet.

Er wurde vom System als 0000015 registriert und ging weiter, sodass der Pfad bald wieder leer war.

Auf dem Bildschirm passierte nichts mehr, und ich ließ die Aufzeichnungen schneller durchlaufen, bis ich ein Flackern erkannte. Zwanzig Minuten später kehrte 0000015 zurück, diesmal in Begleitung eines Mannes, der prompt als 0000016 registriert wurde. Er war etwas älter, trug enge Shorts und eine Art Unterhemd. Sie redeten ernsthaft miteinander, und es ging nicht ums Joggen.

Fasziniert schaute ich zu, wie der jüngere Mann nervös lächelte, bevor er sich langsam auf die Knie sinken ließ, sein gerötetes Gesicht auf der Höhe des Schritts des anderen Mannes. Der ältere Mann setzte seine Beine weit auseinander und stemmte die Fäuste auf die Hüften, während er nach unten schaute; eine Pose der Dominanz und ein Blick von Geringschätzung für den anderen, der gerade einen dicken weißen Schwanz aus den Shorts des Älteren hervorholte. Oh, Mann, ich würde einen schwulen Blowjob sehen.

Ich kam mir wie ein Spanner vor, aber ich dachte nicht daran, die Bilder anzuhalten; dafür war es zu gut und zu spannend, den Schwanz eines Mannes im Mund eines anderen Mannes wachsen zu sehen. Der ältere Mann nahm es wie selbstverständlich hin, und in seiner Art verglich ich ihn mit Stephen. Er blieb ruhig und gelassen.

Wie ich den Vorgang beobachtete, fing ich am ganzen Körper an zu zittern. Ich wünschte, ich wäre dabei gewesen. Ich hätte mich hinter dem hohen Farn verstecken und mich selbst streicheln können. Oder besser noch – sie hätten mich entdecken und zum Mitmachen einladen können. Ich hätte nichts dagegen gehabt, dem jungen Mann bei seiner Arbeit zu helfen. Natürlich wusste ich, dass ich Unsinn träumte, denn garantiert wollten sie keine Frau dabei haben, aber das hielt mich nicht vom Phantasieren ab, und wenn ich nicht vor einem großen Glasfenster gesessen hätte, wäre meine Hand in meinem Höschen gewesen, bevor die beiden fertig waren.

Das Finale gefiel mir, wenn es auch ein wenig zu rau für meinen Geschmack ablief. Der junge Mann konnte jedenfalls nicht mit dem Kopf zurückweichen, weil der Dominante beide Hände um dessen Hinterkopf gelegt hatte und die Hüften wuchtig nach vorn stieß. Der arme Kerl musste verzweifelt schlucken, und trotzdem lief einiges über, und ich schloss einen Moment die Augen, entsetzt und zugleich erregt.

Das war's dann, aber ich starrte noch auf den Bildschirm, als die beiden sich längst entfernt hatten. Sie waren so offen über das gewesen, was sie wollten, so selbstverständlich. So einfach war das mit mir nie abgelaufen. Ich fand, dass ein paar Spielchen dazu gehörten, ein bisschen Zögern, den Jungen zappeln lassen, ob es nun Pete, Dave oder Steve war. Das war reizvoller, fand ich. Ich hatte mich immer für keck gehalten, aber die beiden Männer spielten in einer anderen Liga.

Jedenfalls fühlte ich mich ziemlich aufgewühlt, und in meinem Kopf sah ich lauter Bilder von erigierten Penissen. Meine Finger zitterten, als ich die DVD wechselte. Keine der anderen war auch nur annähernd so interessant; nur ein paar Jogger und ein paar Leute, die ihre Hunde ausführten. Zwei Leute schienen nur an einem Spaziergang interessiert zu sein. Insgesamt hatten wir siebzehn neue Gesichter gespeichert, darunter auch einen Hirsch, ein paar Hunde und eine große rotblonde Katze. Ich sah mir den Rest der letzten Disc an, als Stephen hereinkam.

»Gibt es was zu berichten?«

Ich fühlte, dass ich errötete, bevor ich antwortete.

»Eh ... ja. Das System scheint gut gearbeitet zu haben, aber es registriert Tiere ebenso wie Menschen.«

»Ja, das ist ein Makel, von dem in den Daten des Herstellers nichts zu sehen war. Wie viele haben wir eingefangen?«

»Siebzehn neue Gesichter insgesamt, zehn Männer und Frauen, fünf Hunde, ein Hirsch und eine Katze.«

»Und einige Wiedererkennungen?«

»Ja, die Katze kam zurück, eine Hundebesitzerin und zwei der Männer. Das hat die Kamera klar erkannt.«

»Gut. Und keine kriminellen Aktivitäten?«

»Eh ... nicht wirklich. Obwohl zwei Kerle ...«

Er sah mich verdutzt an, und ich spürte, wie das Rot auf meinem Gesicht noch tiefer wurde. Meine Stimme kam als Flüstern heraus.

»... sie haben ... eh ...«

Seine Augenbrauen hoben sich. »Wollen Sie andeuten, dass sie Sex in der Öffentlichkeit hatten? Nichts Tragisches aus meiner Sicht, aber trotzdem illegal. Auf welcher Disc?«

»Diese hier. Werden Sie was dagegen unternehmen?«

»Nein, deshalb nicht. Wir wollen es aber trotzdem in unsere Beweisführung aufnehmen. Das Council kann festlegen, was geschehen soll und ob überhaupt.«

Er drückte auf ein paar Knöpfe, dann hatte er den Pfad im Bild. Zuerst tauchte der Hirsch auf, dann drückte er durch, bis das Bild der beiden Männer den Bildschirm füllte. Stephen lachte.

»Ts, ts, was für unanständige Jungs. Nun, ich schätze, sie werden lernen, vorsichtiger zu sein, wenn das System erst einmal installiert ist.«

»Erst nachdem einige von ihnen erwischt worden sind«, ergänzte ich.

»Das ist das Risiko, das sie eingehen. Ich schätze, dass das Risiko sogar zum Kick gehört. Außerdem gehört es sich nicht. Wären Sie nicht schockiert, wenn Sie zwei Männer dabei überraschten?«

»Nein, nicht wirklich. Sie sind schwul, deshalb sind sie keine Bedrohung für mich.«

»Das ist eine sehr freimütige Äußerung für eine junge Frau, aber ich nehme an, Sie haben Recht. Wir werden Ihren Rat übrigens verfolgen: Falls uns das Council grünes Licht gibt, werden wir ein System entlang des Flusspfads mit allen fünf Modellen installieren. Unter den Brücken haben wir viele

Graffiti gesehen, deshalb bin ich sicher, dass die Kameras dort fündig werden ...«

Ich musste an Daves kleinen Bruder denken; er war ein netter Junge, aber er hatte die Angewohnheit, sich mit einer Spraydose auszudrücken. Er würde dieser Phase entwachsen wie jeder andere auch, und ihm ein ›Vorbestraft‹ anzuhängen würde niemandem etwas bringen.

»... und auch den einen oder anderen Flitzer oder Exhibitionisten aufspüren, wenn wir Glück haben.«

Ich dachte an den schrecklichen Kerl, der sich mir in der Nähe der Chale Farm gezeigt hatte. Er war weggerannt, als ich ihn angeschrien hatte, aber ich hatte drei Tage lang ein flaues Gefühl im Magen gehabt.

Während Stephen gesprochen hatte, war die Schwulenszene weiter gelaufen, und als sie ihren Höhepunkt fand, starrte er hin und gluckste laut.

»Sehr machomäßig. Schockiert Sie das?«

»Eh ... ja, ein bisschen. Ich bin nicht daran gewöhnt, zwei Jungs dabei zuzuschauen.«

»Ja, das kann ich mir vorstellen. Aber Sie haben nichts dagegen?«

»Ich habe nichts gegen Homosexuelle, wenn Sie das meinen. Ich finde, jedem sollte erlaubt sein, sich so auszudrücken, wie er möchte, solange er oder sie keinem anderen Schaden zufügt.«

»Eine sehr aufgeklärte Haltung.«

Er schritt davon, und während ich ihm nachschaute, fragte ich mich, ob er selbst schwul war. Das würde erklären, warum er mich abgewiesen hatte, und ich war auch ziemlich sicher, dass er nicht verheiratet war, und eine Freundin hatte er bisher auch nicht erwähnt. Er schien erfreut über meine tolerante Haltung dem Schwulenpärchen gegenüber.

Ich konnte meiner Sache nicht sicher sein, aber es half mir, mich ein bisschen mehr zu entspannen, als ich mich wieder meiner Arbeit zuwandte. Offenkundig lag auch noch andere Arbeit vor mir. Ich musste Dave von den Kameras am Flusspfad berichten, damit er seinen Bruder und auch die anderen warnte.

Mit diesem Gedanken hatte ich die Lösung.

Der Rest der Woche verlief ruhig. Ich hatte eine bestimmte Routine bei den Büroarbeiten entwickelt, antwortete auf Telefonanrufe, schrieb Briefe und machte Kaffee. Ich war das Mädchen für alles für Stephen und Paul. Immer noch hatte ich das Gefühl, in meinem Job erniedrigt zu werden, aber dass ich mir eingeredet hatte, Stephen wäre schwul, machte alles ein wenig leichter. Es machte Spaß, mir vorzustellen, dass er der Empfänger dieses Blowjobs war, auch wenn ich mir nicht helfen konnte und mich selbst auf den Knien vor ihm sah.

Am Samstag hatten wir den Auftritt am amerikanischen Luftwaffenstützpunkt, was von mir einen deutlichen Imagewechsel verlangte. Ich sah viel zu normal aus, und andere Klamotten allein würden nicht genügen. Also die Haare färben und eine ernsthafte Gelattacke.

Ich brauchte fast den ganzen Nachmittag und steckte in dieser Zeit nicht enden wollende missbilligende Blicke von Mum ein, und die anderen regten sich auch auf, weil ich das Bad mit Beschlag belegt hatte.

Als ich fertig war, hatte ich lange hohe blonde Spikes, die wie Dornen aus meinem Kopf wuchsen, und auf den Spitzen leuchtete es giftgrün. Es sah großartig aus. Ich fühlte mich wohl, ich war wieder ich; das erste Mal, seit ich bei Black Knight Securities arbeitete.

Im letzten Stadium meiner Vorbereitungen trommelte ich

im Geiste schon meine Beats. Ich war ganz in Schwarz, mit einem wahnsinnig kurzen Minirock, ein sorgsam eingerissenes Top, Fischnetzstrümpfe und schwere, klobige Schuhe. Ein breiter Metallgürtel, ein bisschen schwarzes und grünes Make-up, und ich war fertig und so verschieden von dem adretten Mädchen, das ich die ganze Woche über gewesen war, dass ich vor lauter Triumphgefühl am liebsten geschrien hätte.

Steve fuhr uns hin und hatte meine Trommeln schon in seinen Van geladen, als ich nach unten kam. Er lehnte auf der Kühlerhaube, rauchte und warf mir einen geilen Blick zu, als ich aus dem Haus trat.

»Das ist die Fizz, die ich kenne. Du hast keinen BH an, was?«

»Nein.«

»Sehr schön. Du weißt, dass du mir einen blasen musst, weil ich dich hinbringe, nicht wahr?«

Er schmatzte beim Wort ›blasen‹, und mir lief ein Schauer über den Rücken, als ich mir vorstellte, tatsächlich am Ende des Abends an ihm runterzugehen, aber jetzt streckte ich ihm nur die Zunge heraus und setzte mich auf den Beifahrersitz. Ich wusste, er konnte mir beim Einsteigen unter den Rock sehen, und das nahm ich in Kauf – aber ich konnte doch nicht damit rechnen, dass er in letzter Sekunde mit der Hand nach meiner Pussy griff. Ich klatschte seine Hand weg.

»Steve, bist du verrückt geworden? Mum könnte das gesehen haben!«

»Sie weiß doch, dass ich dich nur ein bisschen necken will.«

»Es hat nichts mit Necken zu tun, wenn du mich an der Muschi packst.«

Er lachte und ging um den Van herum zur Fahrertür. Ich steckte die neue CD von Tortured Souls in den Schlitz, und als wir anfuhren, drehte ich die Lautstärke hoch und folgte dem schnellen, aggressiven Beat. Ich ignorierte Steves fortgesetzte Versuche, mich zu necken. Wir holten Josie und Sam ab, dann fuhren wir, begleitet von lauter Musik, gen Hockwold.

Ich kannte den Flugplatz, seit ich ein Baby war, aber nur als hohen Zaun, hinter dem uniformierte Männer marschierten, während gewaltige Flugzeuge aufstiegen oder landeten. Mir war der Flugplatz immer wie eine fremde Welt vorgekommen, und dieses Gefühl verstärkte sich noch, als das Heideland und die angrenzenden Wälder neuen Einfassungsstreifen und Straßen weichen mussten.

Wir hatten die erforderlichen Pässe, aber die Security-Jungs waren fanatisch, sie überprüften unsere Identität und dann noch einmal von vorn, und dann mussten wir warten, während bewaffnete Männer den Van umstellten. Irgendwann durften wir rein und parkten den Van vor einem der Seitentore. Bevor wir ausladen durften, wurden wir wieder überprüft.

Trotz all der Prozeduren muss ich sagen, dass sie sehr freundlich waren, sie scherzten mit uns, flirteten und halfen uns mit den Instrumenten. Nach Stephen Englishs abweisender Art war das genau, was ich brauchte, und ich reagierte auf ihre Witze und gab mich betont forsch, während sie meine Trommeln in einen Bau trugen, den ich zuerst für einen Hangar gehalten hatte, also eine Garage für Flugzeuge.

War es aber nicht; eher eine Messe, die in erster Linie bei Veranstaltungen genutzt wurde. Sie hatten schon eine Bühne aufgebaut und viele Stuhlreihen. Wir begannen uns auf der Bühne einzurichten, wobei uns mindestens sechs Amerikaner halfen und jedes Mal Pfiffe hören ließen, wenn sich eine von uns mal bückte oder auch sonst ein bisschen Haut zeigte.

Sams Freund war auch da, ein schlaksiger Corporal, der

bald mit Steve in ernste Diskussionen über den provisorischen Bau einer Bar geriet.

Ich fühlte mich schon ziemlich prall, als wir mit unserer Probe begannen. Es schien einen unerschöpflichen Nachschub an Bier zu geben, und es gab genug Leute, die mir eine Flasche nach der anderen in die Hand drückten. Ich spiele betrunken am liebsten, denn dann kommt der Beat aller Songs, die ich kenne, aus dem Instinkt heraus, und ich brauche nicht nachzudenken, was ich tue. Das hebt auch meine Stimmung.

Sam hatte Josie das Versprechen abgerungen, nichts Anti-Amerikanisches zu spielen, aber ich glaube, unseren Zuschauern wäre es auch egal gewesen, wenn wir uns auf drei Stühle gesetzt und backe, backe Kuchen gespielt hätten. Sie liebten uns, klatschten und johlten und wollten immer mehr von uns hören, sogar während unserer Probe. Der lange Raum war brechend voll, bevor wir mit unserem Programm begonnen hatten.

Ich befand mich in meinem Element, und die Zuwendung der Soldaten ging mir runter wie Öl. Ich hatte für mich schon beschlossen, mich früh von meinem Top zu trennen, nicht erst am Ende des Auftritts wie sonst. Dann konnte ich die meisten Lieder oben ohne spielen, und das würde sie für ihre Begeisterung belohnen.

Allein schon zu wissen, dass ich das tun würde, war ein gutes Gefühl, und als Josie leise ›God Save the Queen‹ vorgab, warf ich mich voll hinein. Natürlich ist das immer unser Hammer, weil jeder ihn erkennt, und das Johlen und Stampfen und Klatschen nahmen noch zu, vor allem, als ich am Ende aufstand und vor ihnen salutierte.

Wir brachten ihnen Fat Lip, dann Ever Fallen in Love so laut wir konnten. Die Zuschauer pfiffen und übertönten an einigen Stellen sogar unsere Musik, und als Josie die Eröffnung der Bar zum Anlass nahm, unseren eigenen Titelsong zu spielen, stand ich auf und zog mein Top aus, und jeder der etwa zweihundert amerikanischen Soldaten konnte mich sehen.

Sie wurden verrückt, brüllten, dass sie mehr sehen wollten, und ich blieb stehen, damit sie alle sehen konnten, was bei mir zu sehen war. Ich musste mich zusammenreißen, um ordentlich zu spielen, aber ich hatte den Eindruck, dass es darauf nicht ankam. Das war Punk pur, Geräusch und Schau. Wenn alle zweihundert auf die Bühne gestürmt wären und mich an Ort und Stelle vernascht hätten – also, ich wäre bereit gewesen. Ich hatte sowieso beschlossen, mir etwas an Land zu ziehen, bevor die Nacht vorbei war.

Jemand hatte ein Bier von hinten direkt neben mich gestellt, und als wir mit dem Song fertig waren, hob ich es auf und setzte es an die Lippen. Die gekühlte Flüssigkeit rann durch meine Kehle, dann ließ ich das Bier über mein Gesicht rinnen und von dort über meine Brust und den Bauch. Es tropfte von den steifen Nippeln, während ich da stand und posierte, die Hände hinter meinem Kopf, die Brüste rausgestreckt.

Sofort brachte man uns weitere Biere, und ich wiederholte den Vorgang, aber diesmal schüttelte ich alles über meine nassen Brüste.

Sam benahm sich auch nicht besser als ich; ihr dünnes Baumwolltop klebte an ihrer Haut, und man konnte ihre Nippel deutlich sehen. Als sie von den Männern aufgefordert wurde, mehr zu zeigen, hob sie ihren Rock und presste die kühle Flasche gegen ihr Höschen und rieb sie provozierend auf und ab. Die Zuschauer waren völlig aus dem Häuschen.

Ich dachte, sie würden unsere Schau abbrechen, denn bestimmt gab es jemanden, der an unserem Verhalten etwas auszusetzen hatte, aber mir war das egal. Das Schlimmste, was sie mit uns anstellen konnten, war der Verweis vom Flugplatz, und das wäre nur wegen einer Sache schlimm gewesen: Ich hatte mir noch keinen potenten Ami unter den Nagel gerissen. Denn ich brauchte es dringend.

Josie rief das nächste Lied auf, und ich hoffte, dass der Boss so lange die Augen verschloss, bis ich einen gefunden hatte, der sich um mich kümmerte.

Billy war auf die Bühne gekommen und sang den Text zu ›Homicide‹ mit Sam, und danach wusste ich, dass es nicht mehr lange dauern würde, bis wir unseren Auftritt nicht fortführen konnten. Billy und Sam knutschten vor aller Augen, und dann wurde mir ein frisches Bier gereicht. Der Spender war ein großer junger Mann mit der schwärzesten Haut, die ich je gesehen hatte, und seinem strahlenden Lächeln konnte ich einfach nicht widerstehen.

Ich verließ meine Trommeln und ließ mich in seine Arme gleiten und küsste ihn. Er legte eine Hand unter meine Pobacken und hob mich mit dieser einen Hand von der Bühne. Ich hielt mich bei ihm fest, schlängelte mich gegen ihn und rutschte an ihm entlang, bis ich die harte Beule in seiner Hose spüren konnte. Nur einen Moment später hatte er mich hinter Vorhänge gezogen und mich mit dem Rücken gegen die Wand gestellt.

Er stützte mich noch mit der Hand unter meinem Po, wobei sein kleiner Finger in die Ritze drang und den Anus kitzelte. Ich nannte ihn einen schmutzigen Kerl, als er eindrang, aber das hielt ihn nicht auf, und ich wollte auch gar nicht, dass er sich aufhalten ließ. Mit der anderen Hand öffnete er seine Hose und holte seine Erektion heraus, die heiß und hart zwischen meinen geöffneten Schenkeln vibrierte.

Ich schlang meine Beine um seinen kräftigen Körper. Er zog das Höschen zur Seite, und nach zwei festen Stößen steckte er tief in mir drin. Ich rieb mich gegen seinen Körper, drückte mich von der Wand ab und küsste ihn voller Leidenschaft, während ich mich seinen Stößen entgegenwarf.

Erst im letzten Augenblick ahnte ich, dass er schon weiter war als ich, und so schaffte ich es gerade noch, ihm zu sagen, dass er nicht in mir kommen dürfte. Er zog sich innerhalb von Sekunden aus mir zurück, ließ mich von der Wand rutschen, und ich saß mit gespreizten Beinen auf dem Boden. Wieder dauerte es nur ein paar Sekunden, bis er mich mit seinem schwarzen Schaft fütterte.

Ich schmeckte mich selbst, als ich zu saugen begann. Ich nahm die Hoden in meine Hand und drückte sie sanft. Mein Freund stöhnte verhalten, wahrscheinlich wollte er seine Kameraden nicht anlocken. Als ich aber aufschaute, sah ich, dass seine Mühe umsonst gewesen war – um uns herum sah ich grinsende, gierige Gesichter.

Einen Moment lang fürchtete ich, sie würden jetzt nacheinander über mich herfallen, aber sie hielten sich zurück; offenbar glaubten sie, dass Martin, mein schwarzer Freund, das Exklusivrecht besaß.

Unser Auftritt war mit Sicherheit vorbei, und obwohl ich gern gekommen wäre, begnügte ich mich damit, auf dem Schoß meines Geliebten zu sitzen, immer noch oben ohne und mit seiner Hand unter meinem Rock. Ich wäre für mehr bereit gewesen, aber jetzt kamen ein paar Männer durch die Reihen und auch hinter den Vorhang und schickten uns nach Hause. Martin und ich küssten uns, wir tauschten noch schnell unsere Telefonnummern, dann wurden wir zum Van geleitet.

Ich war immer noch nicht gekommen, deshalb flüsterte ich Steve zu, dass er zum Zuge käme, sobald wir Sam und Josie abgesetzt hätten.

Fünftes Kapitel

Ich weiß, dass Frauen romantische Wesen sein sollen, die sich in einen Mann verlieben und allen anderen die kalte Schulter zeigen, aber ich halte das für Unsinn. Vielleicht wird mein Tag irgendwann mal kommen, aber ich habe schon einige intensive Beziehungen als Teenager erlebt, und die haben mich nicht daran gehindert, mit Steve herumzumachen oder mit anderen, wenn ich sicher sein konnte, dass mein jeweiliger Freund nichts davon erfuhr. Wenn ich dadurch ein böses Mädchen oder eine Schlampe oder was auch immer bin, bitte sehr. Aber Männer sind um keinen Deut besser, und ich weigere mich zu akzeptieren, dass die Regeln des sozialen Lebens von deinem Geschlecht abhängen.

Mit Martin hatte ich Spaß gehabt, den ich nicht missen mochte, wenn er auch nicht so perfekt war, wie ich es gern gehabt hätte. Er hatte mir gut getan, weil ich sein Verlangen nach mir gespürt hatte. Das änderte nichts an meinen Gefühlen für Stephen, aber Martin hatte dafür gesorgt, dass ich neues Selbstvertrauen gewonnen hatte. Ich war entschlossen herauszufinden, ob mein Boss schwul war, und wenn nicht, würde ich nicht ruhen, ihn ins Bett zu zerren oder auf den Schreibtisch, je nach den Umständen.

Den größten Teil des Sonntags verbrachte ich damit, die Farbe aus meinen Haaren zu waschen, damit ich am Montagmorgen wieder Miss Felicity Cotton sein konnte. Steve war auch da und blieb zum Essen. Er zog mich auf, weil ich vergangene Nacht wohl ziemlich heiß auf ihn gewesen war, und er hatte mich auch gar nicht zum Blowjob überreden müssen.

Es war gefährlich, denn er saß auf meinem Bett, und ich kniete zwischen seinen Beinen. Die Tür war geschlossen, aber nicht abgeschlossen, deshalb hämmerte mein Herz wie verrückt, denn jeden Moment konnte Mum hereinplatzen.

Am Montagmorgen steckte ich wieder in meiner Arbeitskleidung und sah ansehnlich aus, respektabel eben. Ich ging mit all den anderen Arbeitsbienen durch die Stadt. Stephen war schon da, und ich erhielt den Auftrag, mich gleich um Kaffee zu kümmern. Für ihn schien das eine Machtfrage zu sein. Ich war dafür da, ihm den Kaffee zu bringen.

Er fragte mich ganz lässig nach meinem Wochenende und was ich unternommen hätte, und ich konnte mich nicht beherrschen und wollte ihn ein wenig testen, um zu hören, ob ich ein bisschen Interesse aus ihm kitzeln konnte.

»Oh, wir hatten eine Menge Spaß. Ich war draußen auf dem amerikanischen Flugplatz in Hockwold.«

»Tatsächlich? Ich bin überrascht, dass man Sie da reingelassen hat.«

»Wir hatten Passierscheine. Der Freund einer Freundin ist dort stationiert. Das ganze Camp steckt voller gut aussehender junger Burschen.«

Er gluckste.

»Und einer hat es Ihnen besonders angetan?«

»Ja, kann man so sagen. Ich habe jemanden kennen gelernt. Martin. Aber es ist nichts Ernstes.«

»Ein Offizier, nehme ich an?«

»Nein.«

Seine Augenbrauen hoben sich leicht.

»Kein Offizier? Ts, ts, Felicity, das gefällt mir aber gar nicht.«

Er wollte mich hochnehmen, und das war schon eine bizarre Reaktion, weder Eifersucht, die ich erwartet hatte, falls er an mir interessiert gewesen wäre, noch eine Resonanz, die meinen Verdacht auf Schwulsein bestätigen konnte, sondern eine seltsam versnobte Antwort. Mir blieb nicht anderes übrig, als in die Defensive zu gehen.

»Er ist sehr nett.«

»Dessen bin ich mir sicher. Heute Morgen kommt ein Repräsentant der lokalen Polizei zu uns, also müssen Sie Ihr bestes Verhalten an den Tag legen.«

»Seien Sie versichert, dass ich mir die allergrößte Mühe geben werde, Mr. English.«

Seine Worte hatten kleine unfreiwillige Schauer auf meiner Haut ausgelöst, und meine Antwort auch noch einmal. Sie war aus mir herausgesprudelt, bevor ich mich zurückhalten konnte, und wieder schwankte ich zwischen Scham und Geilheit. Ein wenig rechnete ich damit, dass er seine Hand auf meine Backen legen würde, als ich mich von seinem Schreibtisch abwandte, aber da kam nichts.

An diesem Morgen hatten wir viel zu tun. Zuerst der Polizist. Er hatte eine endlose Liste mit Fragen und wollte das ganze System durchforsten. Dann hatte sich ein anderer Unternehmer des Gewerbegebiets angesagt, weil er sich eine Überwachung seines Firmengeländes überlegte. Kurz vor zwölf schließlich meldete sich Mr. Phelps. Er rief an, um das Okay für das Pilotprojekt durchzugeben, und der Ausschuss hatte nichts gegen unseren Vorschlag einzuwenden, den Uferweg mit Kameras zu überwachen.

Die Folge des starken Betriebs am Vormittag war ein hektisches Treiben am Nachmittag. Paul konzentrierte sich auf die technischen Einzelheiten, während Stephen mich beauftragte, Firmen in der Nähe anzurufen, die uns vielleicht einen Techniker ausleihen konnten. Wir mussten die Überwachung in die Büros des Councils legen, und dafür brauchten wir einen zusätzlichen Mann, weil Paul und Stephen mit Planung und Installation der Kameras genug zu tun haben würden.

Als ich fündig geworden war, hatte Stephen die vollständigen Pläne ausgedruckt, dazu eine detaillierte Karte des Uferwegs, auf der jeder Kamerastandort vermerkt war. Stephen hatte die Karte auch auf den Computer gelegt, und als er zum Council fuhr, um die Planung mit Mr. Phelps und den anderen abzusprechen, blieb ich zurück und überprüfte die Unterlagen.

Die ganze Länge des Pfads sollte mit Kameras erfasst werden; insgesamt fünf Meilen. Es war auch Heimtücke im Spiel: Die großen Kameras sollten deutlich sichtbar installiert werden, entweder auf Mauern oder an Stangen. Die kleinen Kameras dagegen sollten gut versteckt werden, damit sie die Untaten der arglosen Leute aufzeichnen konnten, die sich sicher wähnten, weil keine Kamera mehr zu sehen war.

Es war eine ungeheure Datenfülle, die ich auf eine CD brannte. Mein Herz trommelte gegen meinen Brustkorb. Ich betete, dass Stephen nicht so schnell zurückkam und dass Paul mich nicht überraschte. Ich hatte Glück, und bald konnte ich die CD in meine Rocktasche stecken. Und wieder diese widersprüchlichen Gefühle zwischen Schuld und Triumph.

Ich hatte mich gerade erst von der Aufregung erholt, als mein Handy anschlug. Ich zuckte erschrocken zusammen. Es war Martin, der am Abend dienstfrei hatte und mich treffen wollte. Er schlug als Treffpunkt den Blue Boar vor. Ich stimmte zu, denn ich wusste, dass die Bar bei den amerikanischen Soldaten sehr populär war. Außerdem war sie über den Uferpfad leicht zu erreichen, und bei der Gelegenheit wollte ich mir den genauen Verlauf des Pfads einprägen, damit ich später den Standort der Kameras im Kopf hatte.

Erst gegen fünf kam Stephen zurück, und dann brauchte er

mich für eine Zusammenfassung der Gespräche im Council. Ich blieb also eine halbe Stunde länger im Büro als sonst und fragte mich, ob ich Zeit hatte, mich umzuziehen, bevor ich Martin traf. Er würde sowieso einen Schock erleiden, deshalb entschied ich mich gegen das Umziehen und ging gleich hinunter auf den Uferpfad.

Es war ein schöner Abend, sehr warm und still. Der Fluss bewegte sich kaum, und alles schien schläfrig. Jeder Maler hätte diese Idylle geliebt. Ich kannte sie seit meiner Kindheit, aber jetzt schien das Bild eher ernst zu sein, und ich hatte keinen Blick mehr für die Idylle. Ich überlegte die ganze Zeit, an welchen Stellen sie die ›unsichtbaren‹ Kameras installieren würden.

Da waren erst einmal die Graffiti unter der Stadtbrücke, über die ständig gemeckert wurde, dabei fand ich, dass sie Farbe in unser Nest brachten. Wenn sie hier eine Kamera anbrachten, würden sie die kleinen Jungs schnappen und bürdeten ihnen eine Vorstrafe auf, bevor sie überhaupt eine Chance hatten, erwachsen zu werden.

Es folgte das lange Stück parallel zu Fould's Sägewerk, wo die Holunderbüsche immer breiter wurden; ideale Verstecke, in denen man knutschen konnte. Ich konnte mich noch gut an den Kick erinnern, als ich zuließ, dass Ed Gorton eine Hand in mein Höschen steckte und zum ersten Mal in meinem Leben einen Finger in mich eindringen ließ, und an Dutzende anderer Episoden, die meisten viel aufregender und saftiger. Alle diese Möglichkeiten gab es nicht mehr, wenn die Kameras erst installiert waren, und die Welt würde ein bisschen grauer und ein bisschen langweiliger sein.

Wir hatten nie jemandem Schaden zugefügt, abgesehen davon, dass wir vielleicht die eine oder andere Oma schockiert hatten, und fast alle, die ich kannte, hatten irgendwann mal ihren Spaß in dieser Gegend gehabt, und ich hatte nie von einem unerfreulichen Erlebnis ›unten am Fluss‹ gehört.

In einer Stadt wäre so ein unübersichtlicher Streifen vielleicht ein gefährliches Gebiet gewesen, aber nicht in Hockford. Alle fiesen Dinge, von denen ich gehört hatte, waren hinter verschlossenen Türen geschehen.

Es fiel mir schwer, aus meiner depressiven Stimmung zu kommen, trotz des schönen Wetters und der Aussicht, Martin zu treffen. Wohin ich auch schaute, überall lachten mich Erinnerungen an, und wenn ich auch zugeben muss, dass ich als Kind ein kleiner Quälgeist gewesen war und als Teenager ein böses Mädchen, empfand ich trotzdem ein Gefühl der Ungerechtigkeit.

Erst als ich mich dem Blue Boar näherte, hellte meine Stimmung auf, denn ich sah Martin draußen sitzen, eine Flasche Bier in einer Hand und ein breites Grinsen wie gemalt in seinem Gesicht.

»Du siehst anders aus.«

»Das ist meine Arbeitskleidung. Tut mir leid.«

»Das ist schon okay. Was willst du trinken?«

»Einen Wodka Mix. Mit Limone, wenn sie das hier haben.«

»Kommt sofort.«

Er verschwand in der Bar, und ich hatte die Gelegenheit, ihm hinterher zu schauen und die breiten Schultern und die Leichtigkeit seines Gangs zu bewundern. Ich erinnerte mich, wie mühelos er mich hochgehoben hatte, mit nur einer Hand unter meinen Backen, als hätte ich überhaupt kein Gewicht. Und ich erinnerte mich auch, wie schmutzig er mit mir umgesprungen war. Ich mag das bei Männern, es macht mich wirklich an, und er hatte sich auch nicht ablenken lassen, als andere Leute uns zugeschaut hatten.

Als er mit den Getränken wieder ins Freie trat, hatte ich schon beschlossen, ihn wieder haben zu wollen, und ich wusste auch schon wo. Ich ließ ihn eine Weile erzählen und war zufrieden, ihn von seiner Heimat in Arizona reden zu hören. Ein bisschen Heimweh schwang da mit.

Er ließ nicht zu, dass ich die nächste Runde ausgab, und ich akzeptierte das und ordnete seine Haltung als männlichen Stolz ein. Wir aßen auch da, Steaks mit Sauce und dicken fetten Fritten, und dann schwatzte er mir noch ein riesiges Schokodessert auf, nach dem ich mich sehr voll fühlte. Und ganz schön betrunken war ich inzwischen auch. Der Tag ging in eine warme Dämmerung über.

Ich schlug einen Spaziergang vor, nahm seinen Arm und steuerte ihn zum Uferpfad. Er bedrängte mich nicht, vielleicht weil er wusste, dass ich sowieso willig war, und er überließ es mir, die Zeit und den Ort festzulegen. Ich entschied mich für die Rückseite von Fould's, genau da, wo ich einem Jungen das erste Mal erlaubt hatte, mit einem Finger in meinen Körper einzudringen. Diesmal war es ein richtiger Mann, und ich würde mich auch nicht mit einem Finger begnügen.

Er war wunderschön dick und voll fleischig, zuerst in meiner Hand und dann in meinem Mund. Die Büsche schirmten uns vor neugierigen Blicken ab. Ich war entschlossen, dass ich diesmal zu einem Höhepunkt kam, aber er sollte es nicht weniger genießen als ich, deshalb ließ ich mir Zeit, bei ihm Hof zu halten und Schaft und Hoden mit Lippen und Zunge zu verehren, bis seine Atemzüge schwer wurden und seine Finger sich in meinen Haaren verfransten.

Ich wollte ihn bis zum Schluss im Mund behalten und mich dabei auch selbst streicheln, aber als ich meinen Arbeitsrock ein wenig gehoben hatte, griff er mir unter die Arme und zog mich ohne erkennbare Mühe hoch, und wie zuvor stemmte er mich mit einer Hand, während er mit der anderen das Höschen zur Seite schob und wie von selbst in mich hineinglitt.

Ich hielt mich an ihm fest, unsere Münder waren aufeinander gepresst, und er stieß tief in mich hinein. Er hatte jetzt beide Hände unter meinem Po, und der kleine Finger kitzelte die enge Öffnung zwischen den Backen.

Wir waren von den Büschen gut abgedeckt, aber jeder, der vorbeikam und mal ein Auge riskierte, würde das ganze Programm verfolgen können. Wie der Schaft in mich fuhr und wie er mich anhob, um mich dann auf den Fleischstab sinken zu lassen. Es fühlte sich wunderbar an, und ich wand mich auf seinen Händen, während ich ihm zwischen leidenschaftlichen Küssen zuraunte, dass er mich härter nehmen sollte, härter und schneller. Er ließ sich das nicht zweimal sagen, und eine Sekunde später war ich auf ein keuchendes Etwas reduziert, das noch einmal angehoben und dann auf den Boden gestellt wurde.

Er wirbelte mich herum, drückte meinen Oberkörper nach unten und zog meinen Po dicht an sich. Ich konnte mich gerade noch mit den Händen an der Mauer des Sägewerks abstützen, bevor er mir das Höschen abgestreift hatte und der Schwanz wieder tief in mir steckte. Die harten Bauchmuskeln rieben sich an meinen Backen.

Er pumpte härter und schneller in mich hinein, wie ich voller Gier verlangt hatte, und mein Keuchen wurde lauter. Er massierte meine Backen mit seinen massigen Händen, er hielt mich fest und spreizte sie.

Ich dachte wirklich, er würde in mir kommen, aber es musste der letzte Augenblick gewesen sein, in dem er sich blitzschnell und grunzend zurückzog, und wieder wollte er in meinem Mund kommen. Aber diesmal würde ich dafür sorgen, dass er nicht allein den Höhepunkt erlebte.

Die Hand steckte schon zwischen meinen Schenkeln, als ich mich vor ihn hockte und mein Gesicht an den Schaft und die Hoden kuschelte. Es war fast ein Akt der Verehrung, aber er zählte ebenso für meine Lust wie für seine, während ich mich immer schneller rieb.

Er grunzte leise und hielt meinen Kopf fest, ehe er tiefer eindrang, aber diese Geste allein reichte schon, um mich über die Klippe zu bringen. Ich kam, mein Körper wurde in einem schönen Orgasmus geschüttelt, während er mir alles gab, was er zu bieten hatte. Eine perfekte zeitliche Abstimmung.

Es war meine letzte Gelegenheit gewesen. Stephen hatte jetzt offiziell die Genehmigung, das ZX System zu installieren, und am folgenden Tag begannen wir damit, die einzelnen Kameras an Ort und Stelle zu bringen. Die Stelle, an der Martin und ich heftig gewirkt hatten, gehörte zu den ersten, die mit einer Kamera ausgestattet wurden, einer großen ZX-5 hoch an der Mauer, um das ganze Geländer nach Aktivitäten abzusuchen und dann noch drei kleine ZX-1 Modelle auf der anderen Seite des Flusses, sodass niemand sich verstecken konnte.

Ich verbrachte den ganzen Tag damit, zwischen dem Uferpfad und dem Lagerhaus hin und her zu laufen, um verschiedene Ausrüstungsgegenstände zu holen, deren Bedarf man erst bei der Installation erkannte. Natürlich war mir bewusst, dass ich dabei war, mein eigenes Grab zu schaufeln. Und das Grab von einigen Freunden.

Es war unvermeidlich, dass man auf unsere Aktivitäten aufmerksam wurde. Es ergab sich sogar die Gelegenheit, ein paar Worte mit Pete zu wechseln, Worte voller Scham. Ich entschuldigte mich bei ihm, dass ich in diese Geschichte involviert war, und versprach, ich würde mein Bestes versuchen, damit die Überwachung nicht dauerhaft blieb.

Am Abend hatten wir fast die Hälfte des Uferpfads abgedeckt, und zwei Tage später hatten wir das System eingerichtet: Alle Kameras waren da, wo Stephen sie laut Plan vorgesehen hatte, und die Daten wurden zum Council übertragen. Das hieß, dass Paul ein Auge auf die ganze Ausrüstung halten und mehrere Techniker in das System einarbeiten musste.

Also fand ich mich am Freitagmorgen mit Stephen allein im Büro. Er pfiff eine seiner klassischen Melodien vor sich hin, ganz offenkundig zufrieden mit sich, und endlich einmal verlangte er nicht gleich einen Kaffee, als ich mein Büro betrat.

»Ah, Felicity, da sind Sie ja. Das System läuft, aber ich möchte einen schnellen Test fahren, wenn Sie nichts dagegen haben. Ich möchte mit Ihnen zum Fluss gehen, um sicher zu sein, dass das System uns erkennt.«

»Natürlich.«

»Großartig.«

Er rieb sich sogar in ausgelassener Fröhlichkeit die Hände und ging die Details noch einmal durch, als wir unterwegs zum Fluss waren. Mir sagten sie nichts Neues. Es gab zwei ZX-4 Modelle zu beiden Seiten der Stadtbrücke, groß und auffällig auf Pfeilern der Brücke. Die Linsen waren beweglich und konnten die Bewegung der Menschen einfangen, wenn sie vom Pfad auf die Brücke traten. Stephen gluckste.

»Hier sind wir. Wenn die Jungs und Mädchen, die irgendeinen Schabernack vorhaben, die Kameras sehen, sind sie gewarnt, finden Sie nicht auch? So, jetzt hat uns die Kamera erfasst, also ganz gut, dass Sie nicht zu den bösen Mädchen gehören, was, Felicity?«

Er lachte, und ich antwortete mit einem nervösen Lächeln, aber er beharrte auf seinem Thema, als wollte er eine gesprochene Antwort von mir hören.

»Sie sind bestimmt kein böses Mädchen, Felicity, oder?«

Ich zögerte, aber ich würde nichts zugeben. Ich wollte nur sehen, ob er loyal zu mir war.

»Könnte doch sein. Gut, ich bin keins, aber angenommen, ich wäre ein böses Mädchen. Angenommen, die Kameras würden mich bei etwas Verbotenem erwischen und Sie hätten es gesehen, bevor das Council es ausgewertet hat. Wie würden Sie sich verhalten?«

Er lachte.

»Nun, solange Sie niemanden ermordet haben, würde ich Ihr Bild eliminieren und Ihnen dann den hübschen Hintern verhauen.«

Es dauerte einen Moment, bis ich begriffen hatte, und dann schoss mir das Blut ins Gesicht. Ich empfand eine Verlegenheit, wie ich sie noch nie empfunden hatte, nicht so sehr wegen seines unanständigen Vorschlags, sondern wegen des Kicks, den ich aus seiner dominanten Art bezog.

Einen Augenblick lang hatte es mir die Sprache verschlagen, und ich überlegte mir, mich ihm auf diese Weise anzubieten, damit er mir den Arsch versohlen konnte. Ich war sicher, dass er die Androhung ernst gemeint hatte, deshalb hätte ich eigentlich stinksauer sein müssen. Schließlich schaffte ich, etwas mit krächzender Stimme herauszubringen.

»Was, wirklich?«

»Oh, ich glaube, so eine Tracht Prügel würde Ihnen wirklich gut tun. Ich meine das natürlich nur für den Fall, dass Sie tatsächlich ein böses Mädchen sind.«

Er gluckste. Das war ein Laut, der sich so schmutzig und so autoritär anhörte, dass die Röte sich auf meinen Wangen noch intensivierte. Ich spürte, wie mir die Hitze ins Gesicht stieg und wie ich völlig verwirrt wurde.

Was er sagte, war unerhört; das würden nur die schlimmsten der schmutzigen Männer einem Mädchen antun wollen. Aber mit seiner kühlen befehlsgewohnten Stimme klang es so, als wäre es die natürlichste Sache der Welt, dass er der Jüngsten im Büro den Hintern versohlte.

Ha, mir doch nicht! Nicht Fizz! Ich würde mich nie für so eine beschämende Demütigung hingeben, aber auf der anderen Seite ... Miss Felicity Cotton würde vielleicht ...

»Wir sollten die Graffitikünstler überführen. Können Sie mal unter die Brücke gehen, damit wir sehen, wie Sie von der ZX-2 erfasst werden?«

Mein Kopf war voller schrecklicher, aber doch erotischer Bilder. Ich sah mich über seinen Knien liegen, den Po in die Höhe gereckt, bereit für das Spanking. Ich brauchte einen Moment, bis ich den Themenwechsel verdaut hatte.

»Eh ... ja, natürlich. Obwohl es dunkel sein wird, wenn sie ihre Graffiti sprühen.«

»Das ist kein Problem. Die ZX-2 arbeitet mit Infrarot.«

»Oh, ja, ich erinnere mich, dass Sie das mal gesagt haben.«

Ich ging unter die Brücke, bis ich das Wort ›WILD‹ in klotzigen großen Buchstaben in leuchtenden Farben, orange und schwarz, vor mir sah. Das war das Logo von Daves kleinem Bruder, das er überall in Hockford hinterlassen hatte, aber dies hier war sein Meisterstück, und wenn jemand es übermalt und beschädigt hatte, kam er zurück und erneuerte es.

Ich stand der Wand gegenüber, dann drehte ich mich langsam und versuchte, die versteckte ZX-2 zu entdecken. Ich wusste, wo sie war, verborgen hinter einem der gusseisernen Träger, die das Bauwerk hielten, knapp oberhalb des Wasserspiegels und so gut wie nicht zu erreichen. Man konnte die Kamera auch nicht wirklich sehen, und wenn man sie sah, konnte man nicht erkennen, was sie darstellte.

Stephen sagte: »Kommen Sie zurück, dann gehen Sie noch mal hinein und tun so, als wollten Sie Ihr Gesicht verbergen.«

Er meinte wahrscheinlich, als trüge ich eine Kapuze, deshalb zog ich meine Jacke hoch und schirmte mein Gesicht ab. Dann ging ich zu Stephen zurück.

»Danke. Das sollte uns eine Vorstellung davon geben, wie das integrierte System funktioniert. Gehen wir ein bisschen weiter, dann überprüfen wir die Ergebnisse.«

Wir gingen weiter den Pfad entlang, und als wir das Ende von Fould's erreichten, schielte ich in die Büsche, in denen ich es mit Martin getrieben hatte. Seitdem hatte ich nichts mehr von ihm gehört, und ich fragte mich, ob ich nur eine von seinen vielen Eroberungen war. Es tat ein bisschen weh, obwohl ich schon vor längerer Zeit beschlossen hatte, keine festen Beziehungen einzugehen.

Noch zweimal ließ Stephen mich in die Reichweite von Kameras treten, um zu überprüfen, dass sie richtig eingestellt waren, dann gingen wir zurück ins Büro. Er setzte sich sofort vor seinen Computer und hatte nichts dagegen, dass ich mit ihm ging, statt meinen Schreibtisch aufzusuchen.

»Okay, mal sehen, was wir da haben ...«

Er ließ die Maus hin und her gleiten, bis sie das richtige Bild eingefangen hatte. Das Bild war gestochen scharf; es zeigte einen Straßenausschnitt und die Treppe, die zum Uferpfad hinunter führten. Jedes Mal, wenn einer vorbeiging, verriet ein ›Ping‹, dass ein neues Gesicht eingefangen worden war, gleich danach wurde ein neues Fenster geöffnet, in dem Gesicht und Identifikationsnummer zu sehen waren.

Als wir auftauchten, wurden zwei Fenster mit unseren Fotos und den zu uns gehörenden Nummern geöffnet, aber als wir uns der Kamera näherten, wurden unsere Stimmen hörbar und dann peinlich deutlich. Zuerst war da Stephens Stimme.

»Sie sind bestimmt kein böses Mädchen, Felicity, oder?«

Dann meine Antwort.

»Könnte doch sein. Gut, ich bin keins, aber angenommen, ich wäre ein böses Mädchen. Angenommen, die Kameras würden mich bei etwas Verbotenem erwischen und Sie hätten es gesehen, bevor das Council es ausgewertet hat. Wie würden Sie sich verhalten?«

Ich hörte sein Lachen und seine Antwort.

»Nun, solange Sie niemanden ermordet haben, würde ich Ihr Bild eliminieren und Ihnen dann den hübschen Hintern verhauen.«

Unsere Stimmen schwanden, als wir weiter den Pfad entlanggingen, und ich starrte entsetzt auf den Bildschirm. Stephen lachte nur und schüttelte den Kopf. Wieder glitt er mit der Maus über die Seite.

»Ich glaube, wir sollten diese Szene streichen, finden Sie nicht auch? Es wäre nicht klug, wenn wir das Council glauben lassen, wir löschten Bilder, die uns nicht genehm sind, oder dass ich Ihnen den Hintern versohle, wenn Sie ein böses Mädchen sind.«

Ich wurde wieder rot, aber wie sonst auch nahm er das nicht zur Kenntnis, während er die inkriminierten Bilder löschte, während ich laut noch eine Sorge äußerte.

»Kann es nicht sein, dass Mr. Phelps oder sonst jemand diese Szene schon gesehen hat?«

»Das ist sehr unwahrscheinlich, wenn Sie bedenken, mit welcher Datenfülle sie es im Council zu tun haben. Ich glaube auch nicht, dass sie das System jetzt schon im Griff haben. Außerdem würde Paul alles löschen, worin er Schwierigkeiten sieht. Es ist sogar so …«

Er sprach nicht weiter, und seine Stirn legte sich in Falten, während er ein neues Fenster öffnete und konzentriert einen Code eingab. Eine Liste mit Nummern erschien, und bei einigen standen Namen dahinter. Ich schaute zu, wie er die ersten drei Nummern anklickte.

»Das muss strikt unter uns bleiben, Felicity, und ich meine strikt. Sie dürfen es nicht einmal Ihrer Mutter erzählen. Geben Sie mir Ihr Wort darauf?«

»Ja, natürlich.«

»Das koreanische Original ist auch darauf spezialisiert, Gesichter aus großen Massen herauszupflücken, zum Beispiel aus dem Gedränge, das bei Schichtende entsteht. Aber es gibt auch ein Programm, das gewisse Gesichter ignoriert. Dies ist natürlich ein raffiniert verstecktes Programm, und nur der Bevollmächtigte kennt den Code – in unserem Fall bin ich das. Ich habe jetzt dem System eingegeben, dass es in Zukunft Sie, mich und Paul ignoriert.«

»Danke.«

»Keine Ursache. Stellen Sie sich vor, wie peinlich es wäre, wenn eine Kamera Sie dabei erwischt, wie Sie – nur mal angenommen – am späten Abend aus dem Cuatro Cortado nach Hause gehen, und plötzlich überfällt Sie ein heftiger Drang ...«

Er ließ wieder sein schmutziges Glucksen hören, und mir stieg erneut die Röte in die Wangen. Wenn Steve oder Pete oder Dave eine solche Bemerkung losgelassen hätten, hätte ich ihnen eine Klatsche gegeben, nicht allzu kräftig, aber doch mit Nachdruck. Bei Stephen reagierte ich ganz anders; mein Schoß spannte sich, und ich stellte mir vor, in den dichten Büschen beim Sägewerk in die Hocke zu gehen, um Wasser abzulassen, und er stand da und schaute zu.

Zuerst redete er mir ein, dass ich es verdient hätte, dass er mir den Hintern verhaute, und nun brachte er mich dazu, dass ich mir vorstellte, wie es war, vor ihm zu pinkeln. Himmel, war ihm nichts zu intim?

Trotzdem musste ich ihm dankbar sein, dass er meine Details aus den Daten herausgeholt hatte. In Zukunft würde mich die Kamera vielleicht immer noch erfassen, aber sie würde mich nicht speichern und irgendwo in der Menge verlieren. Es würde immer noch gefährlich sein, etwas Krasses anzustellen, aber darüber hinaus konnte ich mich sicher fühlen. Das stärkte auch mein Gefühl, zum Team zu gehören, denn er hatte seinen Schutz auf mich ausgedehnt, was er nicht tun musste. Er hatte das Fenster geschlossen, legte sich in seinem Sessel zurück und sah nachdenklich aus.

»Da wir eben vom Cuatro Cortado sprachen; ich hoffe, Sie haben meine Reaktion neulich abends nicht in den falschen Hals bekommen. Es war … nun, Sie waren sehr betrunken, und ich wollte diesen Zustand nicht ausnutzen, besonders nicht, weil Sie meine Angestellte sind.«

Ich schluckte und nickte und fragte mich, warum er das Thema ausgerechnet jetzt anschnitt.

»Das ist schon in Ordnung«, sagte ich. »Ich weiß das zu würdigen. Es war lieb von Ihnen.«

»Nun, ich glaube, jeder Gentleman hätte sich so verhalten, aber … eh … ich hoffe, ich verletze Ihre Gefühle nicht, wenn ich zugebe, dass ich meine Zurückweisung schon oft stark bereut habe.«

»Nein, nein, überhaupt nicht.«

Plötzlich war ich wieder von Hoffnung erfüllt. Er war also nicht schwul, nur scheu unter seinem frechen, selbstbewussten Äußeren. Ich wartete darauf, dass er weitersprach, denn ich ahnte, dass es ein entscheidender Moment sein konnte. Es war offenkundig, was er wollte, aber er schien seltsam zögerlich. Ich meine, nachdem ich mich ihm bei unserem ersten Treffen derart derb angeboten hatte, konnte er nicht davon ausgehen, dass ich noch Jungfrau war.

Die Verlockung, einfach nach ihm zu greifen und den Reißverschluss seiner Hose zu öffnen, war fast unmenschlich groß. Die meisten Männer mögen einen kühnen Schritt, und ich war sicher, dass auch Stephen nichts dagegen gehabt hätte, aber bei ihm wollte ich anders vorgehen. Und ich wollte, dass er die Kontrolle übernahm.

»Darf ich fragen, ob Ihre Gefühle echt waren?«

»Ich mache niemandem etwas vor, niemals. Ich hoffe, Sie glauben nicht, dass ich Sie anmachen wollte, weil Sie mein Boss sind und so ...«

Es war nicht leicht, das über meine Lippen zu bringen, und es war auch nicht leicht, den widersprüchlichen Gefühlen zu folgen, die in mir tobten; jedenfalls merkte ich, wie die Hitze wieder in meine Wangen stieg.

»... Aber wenn Sie meinen, Sie müssten ein bisschen streng mit mir sein, dann wäre das in Ordnung.«

Da, jetzt war es heraus. Ich hatte ihm meine Gefühle offenbart und ihm gesagt, wie er mich behandeln konnte, wenn er wollte, und als ich ihm zögernd ins Gesicht sah, war ich sicher, dass mich meine Offenheit teuer zu stehen bekommen würde. Er nickte kurz und hob die Stimme.

»Ich weiß, was ich jetzt gern tun würde, Felicity. Ich möchte Sie gern übers Knie legen. Glauben Sie, das wäre angebracht?«

Er hatte keine Ahnung, wie angebracht das war, aber noch während er sprach, fühlte ich, wie Schuldgefühle von mir abfielen und wie es in meinem Bauch zu flattern begann. Ich schaffte ein schwaches Nicken; eine Geste der Kapitulation, eine undenkbare Erniedrigung und eine Auslieferung an den Schmerz, aber ich konnte nicht anders.

Er lächelte. Vielleicht verstand er meine Emotionen besser als ich selbst, denn irgendwie glaubte ich, dass dies für ihn nicht das erste Mal war. Beileibe nicht. Nicht, dass er mich völlig verstand, aber genug, um zu wissen, was ich verdient hatte. Er klopfte auf seinen Schoß.

»Dann komm, Mädchen. Über meine Knie.«

Sein Ton klang verändert, zwar immer noch streng, aber irgendwie verspielt. Auf eine Art war es ja auch ein Spiel, ein kleines Ritual, um unsere Emotionen füreinander auszudrücken. Meine Gefühle waren echt, und das Ritual nahm ich hin, weil wir beide wussten, dass es zum Sex gehörte.

Ich stand auf, und meine Hände zitterten arg, als ich sie in meinem Schoß faltete. Ich wollte ihn glücklich machen, indem ich mich richtig verhielt, aber ich wusste nicht genau, was ich noch tun konnte, um meine absolute Unterwerfung zu zeigen. Ich hatte den Kopf gesenkt, und die Haare schwangen hin und her. Meine Stimme klang leise und zerknirscht, als ich sprach. Es waren Worte, die ich zwar kaum akzeptieren konnte, die mir aber leicht über die Lippen gingen.

»Ja, Mr. English, Sir. Es tut mir leid.«

Er wusste nicht, was mir leidtat, aber es war wohl der richtige Ansatz, denn seine Antwort klang so streng wie zuvor, aber jetzt kam jedes Wort mit erotischem Beigeschmack.

»Ach, es tut dir leid! Aber das reicht mir nicht, Felicity! Was du brauchst, ist eine gehörige Portion Prügel! Und ich bin der Mann, der sie dir verabreichen wird.«

Während er redete, hatte er meinen Arm genommen und mich sanft zu sich gezogen. Es war mir unmöglich, mich zu widersetzen, als er mich über seine Knie legte. Er schob meinen Oberkörper so weit vor, dass ich mich mit den Händen auf dem Boden abstützen musste, um die Balance nicht zu verlieren.

Ich zitterte am ganzen Körper, und ein Teil von mir schrie, dass ich endlich aufstehen und ihn anschreien sollte, was für ein perverser Typ er wäre. Ich sollte ihm eine Ohrfeige geben oder einen Tritt in seine Weichteile. Aber das tat ich nicht. Ich lag stumm und zittrig auf seinen Knien und spürte, wie er meine Jacke nach oben schob, damit sie nicht mehr den Po bedeckte, im Moment der höchste Teil meines Körpers, deshalb besonders verletzlich. Er legte einen Arm um meine Taille, zog mich näher an sich heran und hielt mich fest.

»Ich werde deinen Hintern entblößen. Ich hoffe, du siehst ein, dass das nötig ist.«

Ich antwortete nicht. Ich konnte gar nicht antworten, denn

mein Kopf war voller Emotionen von glühender Scham bis zu überwältigender Erregung, von Furcht vor den kommenden Schmerzen und meiner Verblüffung, dass ich ihm das alles erlaubte.

Er schien das auch so zu empfinden, oder vielleicht spürte er auch nur mein Zittern, und nur deshalb schwang eine Spur von Sympathie in seiner Stimme mit, gleichzeitig aber auch ein lüsternes, sadistisches Grinsen.

»Ich weiß, dass es für ein Mädchen ein interessanter Moment ist, das erste Spanking, deshalb sollte es anständig von einem Fachmann verabreicht werden. Das heißt blanker Arsch. Jetzt also den Rock heben ...«

Seine Worte lösten einen kräftigen Schauer bei mir aus, und ich schloss die Augen, als seine Finger den Saum meines Bürorocks hoben und immer höher schoben. Ich spürte, wie der größte Teil meines Pos entblößt wurde, über den kleineren Teil spannte sich das rosa Höschen.

Ich konnte mir den Anblick, den ich ihm bot, gut vorstellen, beinahe so, als stünde ich hinter mir und beobachtete mich selbst. Stephen ließ ein leises Glucksen hören.

»Rosa, wie süß, und dann auch weit geschnitten. Ich hasse Tangas und Strings. Höschen wie dieses sind viel weiblicher und lassen sich viel schöner über den Po ziehen.«

Er war wirklich durch und durch pervers, aber ich fand, dass seine Worte mich nicht anwiderten, sondern erregten. Seine Hand legte sich auf den Po und bedeckte fast beide Backen. Ich schluckte hart, als er zu streicheln und zu forschen begann. Seine schleichende Intimität schüttelte mich durch.

»Sehr schön«, sagte er. »Du hast einen vollkommenen Hintern, aber jetzt genug der Ablenkung. Jetzt muss es runter.«

Ein Schluchzer entrang sich meiner Kehle, als ich seine Worte hörte. Es hörte sich so lässig an, als wäre es selbstverständlich, einem Mädchen das Höschen abzustreifen und dann den blanken Po zu verhauen.

Für mich war das nicht selbstverständlich. Meine Emotionen steigerten sich zu einer neuen, fast unerträglichen Spitze, als er in den Bund griff und das Höschen langsam über die Backen zog. Der Himmel weiß, dass es schon genug Jungs gegeben hatte, die mir das Höschen ausgezogen haben, aber dies hier war anders. Er räumte nicht nur eine störende Barriere aus dem Weg, er entblößte mich und fügte zum Schmerz auch noch die Demütigung meiner Bestrafung hinzu.

Ich schloss die Augen, aber mein ganzes Sein konzentrierte sich auf das Gefühl, dass mein Höschen langsam über die Backen gezogen wurde. Jetzt war mein Po nackt, und das Höschen befand sich auf halbem Weg zum Knie. Der Mann hielt mich immer noch mit einem Arm auf seinen Knien fest.

Wieder kam ein Schluchzen über meine Lippen, als ich mir vorstellte, welches Bild ich ihm bot. Meine Pussylippen würde er von hinten sehen können, ein weiteres unanständiges Detail meiner Blöße.

Stephen legte wieder eine Hand auf meinen Po, nachdem er das Höschen ganz nach unten gezogen hatte. Er presste die Hand gegen meine Backen, dann stieß er sie an, dass sie hin und her schwappten.

Dieser Anblick ließ ihn kichern. Er hob die Hand, und ich rechnete mit dem ersten Schlag. Ich versuchte mir einzureden, dass ich tapfer sein müsste, aber ich war sicher, dass ich heulen würde wie ein kleines Mädchen.

Der Schlag kam nie. Seine Hand senkte sich wieder, aber sehr sanft, kaum mehr als ein Streicheln. Ich schämte mich, grollte ihm auch, aber stärker war die erotische Lust, die er in mir auslöste, auch deshalb, weil mir bewusst wurde, dass ich ein Spanking erhielt, damit der Mann sich daran aufgeilen konnte. Wieder senkte sich die Hand, so sanft wie eben, aber es klatschte ein bisschen. Er ließ drei, vier Hände folgen, setzte sie abwechselnd auf die Backen, aber nie hart.

Ich nahm seine Bestrafung immer noch zitternd und keuchend hin. Der Gedanke, dass ich ein Spanking erhielt, drehte sich unaufhörlich in meinem Kopf und provozierte ein Dutzend widersprüchlicher Gefühle, die alle von einem überlagert wurden: Geilheit. Mein Po brannte ein bisschen, das fühlte sich köstlich an und trug enorm zu meinem erregten Zustand bei.

Ich kannte auch keine Hemmungen. Die bloße Tatsache, dass er meinen nackten Hintern auf den Knien hatte, sorgte dafür, dass die letzten Hemmungen schwanden. Wenn es einem Mann gelang, mich in diese Lage zu bringen, dann war es egal, was ich ihm zeigte und wie weit ich mich gehen ließ.

Er ließ seine Hand wieder sinken, und es klatschte etwas lauter als vorher, aber es tat auch jetzt noch nicht weh. Ich hob meinen Po ein wenig an und seufzte lustvoll. Meine Schenkel spreizten sich leicht, und er würde noch ein besseres Bild vor sich sehen. Er ließ die Hand noch nicht zur Ruhe kommen, und ich spürte, wie die Haut zu glühen begann. Er blieb ruhig und gefasst, obwohl ich mich auf seinen Knien hin und her wand.

Aber so ruhig und gefasst war er gar nicht. Ich konnte die Beule seiner Erektion fühlen, die an meiner Seite wuchs. Seine Erregung wurde vom Spanking ausgelöst, genau wie meine. Ich wollte ihn besitzen, ich wollte die Lust mit ihm teilen, ich wollte ihn blasen, während ich bestraft wurde. Oder er sollte mich von hinten nehmen, während ich mich über den Schreibtisch beugte, und dabei konnte er mit dem Spanking fortfahren.

Ich versuchte, noch mehr mit den Backen zu wackeln, damit er merkte, wie verzweifelt ich war, eine aktivere Rolle zu übernehmen, aber er verstärkte nur den Griff seines Arms um meine Taille, schimpfte mich ein böses Mädchen und schlug etwas härter zu. Meine Backen begannen unter seinen Schlägen zu vibrieren.

Ja, er schlug härter, aber es tat nicht weh. Mein Hintern war zu warm und meine Lust zu groß. Ich hielt mich an einem Bein des Schreibtischs fest, und dadurch gelang es mir, mit der Hand in seinen Hosenstall einzudringen. Ich griff nach seinem Schwanz, aber Stephen schlug weiter und sagte, ich wäre wieder ein böses Mädchen, aber er versuchte nicht, mich aufzuhalten, im Gegenteil. Er ließ meinen Körper ein wenig zu seinen Beinen rollen und veränderte auch den Rhythmus des Spankings: Nach einem Schlag streichelte er jetzt über meine heiße Haut.

Ich zog seinen Reißverschluss nach unten und griff hinein. Sofort stießen meine Finger gegen hartes, heißes Fleisch. Selbst als ich den Stab ans Licht holte, hörte Stephen mit dem Spanking nicht auf, er griff jetzt nur intimer zu und packte mich zwischen den Schenkeln, während ich an seinem Schaft zog.

Ich war verloren, verzaubert von der Hitze in meinen Backen und benommen von der Idee, von einem Mann verhauen zu werden, den ich gleichzeitig streichelte, weil er sich an meiner Nacktheit viel zu sehr erregt hatte.

Nicht, dass irgendwas unter Zwang ablief, überhaupt nicht. Ich war mehr als bereit, über seine liebliche dicke Erektion zu streichen, während er mich züchtigte und zwischendurch abgrabschte.

Ich versuchte wieder, mich aus seinem Griff zu lösen, denn ich wollte mich drehen, um ihn in den Mund zu nehmen, oder ich wollte mich auf seinen Schoß setzen, um mir den schönen Schwanz einzuverleiben.

Wieder hielt er mich in dieser Bestrafungsposition fest und beschimpfte mich erneut, weil ich so lüstern wäre – dabei schob er eine Hand unter meinen Bauch und drang mit einem Daumen in mich ein. Dann rückten seine Finger nach. Er begann mich zu masturbieren und sagte, er würde mich auf diese Weise langsam zum Orgasmus bringen.

Ich schrie auf, als ich das hörte, und dann spürte ich seine Finger auf der Klitoris. Ich hielt mich verzweifelt an seinem Schaft fest. In diesem Moment hätte ich alles für ihn getan, alles, was er von mir verlangte, egal, wie schmutzig es war.

In ein paar Sekunden war ich da, ich wand mich in seinem Griff, und Welle auf Welle ergoss sich über mich. Ich hatte die Beine jetzt schamlos weit gespreizt und zeigte alles, was ich hatte, während ich noch an seinem Schaft rieb, und auch er brauchte nur noch Sekunden, dann fühlte ich es glitschig und heiß auf meiner Hand.

Sechstes Kapitel

Ich hatte über den Knien meines Bosses gelegen, und er hatte meinen Hintern verhauen. Es war unmöglich, das aus meinem Kopf zu verdrängen, diese Gedanken lähmende Wahrheit. Ich hatte nicht nur freiwillig mitgemacht, ich hatte es auch sehr genossen.

Das war fast noch schlimmer, als wenn es gegen meinen Willen geschehen wäre, denn dann hätte ich wenigstens sagen können, dass ich mich gewehrt hatte. Aber ich war einverstanden gewesen, und ich hatte mit dem größten Vergnügen mitgemacht.

Er hatte mich überrascht, und das war ein bisschen unfair. Ich hatte damit gerechnet, dass es schmerzvoll sein würde. Aber er hatte das Spanking nicht benutzt, um mir Schmerzen zuzufügen oder um mich zu bestrafen. Er hatte es eingesetzt, um mich anzumachen, und das war ihm auf wunderbare Weise gelungen. Wenn mir vorher jemand gesagt hätte, wie ich auf einen versohlten Hintern reagierte, hätte ich ihn ausgelacht.

Ich wusste, dass ich wieder zu ihm gehen würde, um mehr von dieser Art zu bekommen. Als er mit mir fertig gewesen war, hatte er mich an sich gekuschelt und mich so lange gehalten, bis sich die Emotionen allmählich gelegt hatten. Das Glühen meiner Backen hatte mich stundenlang auf einem emotionalen Hoch gehalten. Ein Teil von mir fühlte sich zutiefst erniedrigt, aber der körperlichen Reaktion hatte ich nicht widerstehen können.

Der andere Grund, der mich wieder zu ihm führen würde,

war der Grund, der mich eine Bestrafung akzeptieren ließ: Ich hatte mich Stephen gegenüber schlecht benommen, und wenn jemals ein Mädchen verdient hatte, übers Knie gelegt zu werden, dann war ich das.

Ich hatte in den letzten Jahren unter meinem Gewissen gelitten. Ich genoss es zwar, ein ungezogenes, böses Mädchen zu sein, aber Schuldgefühle machten sich immer deutlicher bemerkbar, bis hin zu der Überzeugung, dass ich für meine Taten bestraft werden müsste. Bisher hatte ich diese Anwandlungen stets erfolgreich bekämpft, denn was die Gesellschaft als Strafe für meine unreifen Streiche vorgesehen hatte, lag turmhoch über meiner Bereitschaft zur Sühne.

Mit Stephen war das anders: Ich hatte mich schlecht benommen, und zur Strafe hatte er mir den Hintern versohlt.

Ich würde mir bald ein weiteres Spanking verdienen. Okay, Stephen hatte mich in der Datenbank gestrichen, aber ich hatte mein Ziel nicht aus den Augen verloren. Der Test unter der Stadtbrücke hatte ergeben, dass eine eng am Gesicht anliegende Kapuze ein ausreichender Schutz gegen das Gesichtererkennungsprogramm war. Mein Gesicht war von der ZX-2 nicht registriert worden, aber meine Büroklamotten hatten mich verraten.

Mein Plan basierte auf der Überlegung, dass ein Council kein Geld verlieren will. Sie geben gern Geld aus, aber nur für Dinge, die ihnen in den Kram passen, also zum Beispiel sechzig Riesen für das bizarr aussehende Gebilde im Kreisverkehr vorm Bahnhof. Überwachungskameras gehören bestimmt auch zu den Dingen, die ihnen in den Kram passen, vor allem, wenn sie damit Strafgelder einziehen können, die höher sind als die Anschaffungskosten. Darauf bauten Stephen und Paul bei ihrer Kalkulation. Sie würden nicht mehr verlangen, als das Council durch Strafgelder in einer bestimmten Frist hereinholte.

Wenn aber die Kosten für das Pilotprojekt viel höher ausfielen als die geschätzten Einnahmen durch Strafgelder, so überlegte ich, würde das Council sich gegen den Kauf des Überwachungssystems entscheiden.

Ich würde die Kameras zerstören.

Zuerst wollte ich so viele Leute wie möglich ansprechen, die mir bei meinem Projekt helfen sollten, aber als ich mir überlegte, was das bedeutete, ließ ich es bleiben. Was Dave und Pete anfassten, geriet oft zur Katastrophe. Die Kameras würden Gesichter aufnehmen, und jeder, der sich zur Tatzeit in der Nähe aufhielt, war verdächtig. Für mich hieß das, ich musste bis in die frühen Morgenstunden warten und dafür sorgen, dass Stephen oder Paul mich nicht erkannten.

Ich wollte mir auch ein Alibi besorgen, aber mir fiel nicht ein, wie ich Leute davon überzeugen konnte, gleichzeitig an zwei verschiedenen Orten zu sein. Stattdessen nahm ich Stephens Einladung an: Am Samstagabend wollte er mit mir im Cuatro Cortado essen. Mum würde wie gewöhnlich mit Archie da sein. Sie war entzückt, als sie hörte, dass Stephen mich eingeladen hatte. Ich wusste schon, dass sie der Überzeugung war, wir wären das ideale Paar. Es wäre amüsant zu erfahren, was sie von ihm sagte, wenn sie wüsste, wie pervers er war.

Mums Kuppelversuche hatten auch ihr Gutes: Sie ließ Stephen und mich an dem Abend in Ruhe. Stephen war liebenswert wie nie, den ganzen Abend richtig süß, und ich kam mir wie ein Luder vor. Ich tat so, als versenkte ich einen Sherry nach dem anderen, aber den größten Teil davon goss ich in eine unglückliche Topfpflanze, die neben meinem Stuhl stand.

Stephen merkte nichts davon; er sprach viel und hatte verschiedene Themen drauf, darunter Spanien, Kathedralenarchitektur und klassische Musik. Wir gingen erst, als die Bar schloss, und draußen legte er spontan einen Arm um meine Taille.

Ich stellte mich betrunken, dabei war ich in einer echten verliebten Stimmung, angetörnt allein durch seine Gegenwart. Vor meinem Haus nahm er mich in die Arme und küsste mich, und ich reagierte sofort und drückte eine Hand gegen seine Beule. Er schlug vor, in seine Wohnung zu gehen, aber ich löste das Problem, indem ich die Erektion herausholte und in meinem Mund versteckte.

Er protestierte erwartungsgemäß, denn aus mehreren Häusern konnte man uns sehen. Ich führte ihn hinter das Haus, und er wehrte sich nicht, und ich konnte endlich meine Phantasie mit Leben erfüllen, die ich mir schon nach unserer ersten Begegnung ausgemalt hatte: auf den Knien, während ich ihm zeigte, was ein guter Blowjob war.

Obwohl wir von Büschen ziemlich gut abgeschirmt wurden, war er nervös und wollte möglichst schnell zu einem befriedigenden Ende kommen. Er stieß tief in meinen Mund, dann benutzte er eine Hand, um den Vorgang zu beschleunigen. Mich störte das nicht, denn ich war auch zu angespannt, um es richtig genießen zu können.

Mitternacht war vorüber, als er nach Hause ging. Im Haus war es dunkel. Mum ließ es sich wahrscheinlich von Archie besorgen, ein Gedanke, bei dem sich mir immer alles zusammenzog. Alle anderen schliefen. Ich schlich mich nach oben und fühlte mich Stephen gegenüber auch jetzt noch als Luder, während ich schwarze Turnschuhe, schwarze Jeans und ein T-Shirt mit schwarzer Kapuze anzog, unter der ich meine Haare zu einem Dutt gebunden hatte.

Ich schüttelte mich, als ich aus dem Haus ging, ich fühlte mich einsam und mehr als nur ein bisschen verängstigt. Ich fand hundert Gründe, warum ich meinen Plan aufgeben sollte, aber ich ignorierte sie alle, denn ich hatte alle anderen Möglichkeiten ausgelotet und verworfen.

Die Karte, auf der die Positionen der Kameras eingezeichnet waren, steckte in meiner Tasche, zusammen mit einer Taschenlampe und einigen anderen Instrumenten. Ich hatte mir auch den Weg zum Uferpfad genau überlegt, weil ich möglichst wenigen Menschen begegnen wollte.

Niemand schien unterwegs zu sein, obwohl mein Herz jedes Mal einen Sprung vollführte, wenn ich auch nur das kleinste Geräusch hörte. Ich ging den Kirchweg entlang und glaubte in einem verfallenen Baumstamm einen Mann zu sehen, der reglos dastand. Mir war fast schlecht vor Angst. Ich konnte mich auch nur langsam vorwärtsbewegen, weil es trotz des Halbmonds ziemlich dunkel war, und ich musste bei jedem Schritt darauf achten, wohin ich trat.

Um die Linie der Kameras zu umgehen, musste ich einen weiten Bogen schlagen und über die Wiesen hereinkommen. Ich stieß schließlich auf den Uferpfad, etwa hundert Schritte von der ZX-4 entfernt, die an einem Pfosten auf der Höhe der Liegeplätze für die Flusskähne angebracht war.

Büsche gaben mir Deckung, bis ich direkt darunter stand, wo mich die Kamera nicht aufnehmen konnte. Aber sie hing viel zu hoch. Ich musste mich zwischen Mauer und Pfosten zwängen und mich Stück für Stück nach oben arbeiten. Dann nahm ich eine Sprühdose und zielte auf die Linse. Damit fiel die Kamera aus, und ich hoffte, dass ich sie mit dem Lack ganz zerstört hatte.

Ich hatte es geschafft! Eine wenigstens, und das erfüllte mich schon mit Triumph, als ich langsam wieder abstieg. Niemand hatte mich gesehen, und eigentlich konnte mich die Kamera beim Anschleichen auch nicht gesehen haben – und wenn, dann nur als schwarze Gestalt im Schatten.

Wieder spürte ich den Drang in mir, nach Hause zu gehen. Mission erfüllt. Aber auch diesmal widerstand ich. Eine zerstörte Kamera war nicht genug.

Da ich die ZX-4 aus dem Verkehr gezogen hatte, konnte ich

mich an eine ZX-2 heranmachen, die eine düstere Wegmündung überwachen sollte. Sie war so geschickt installiert, dass ich sie nie bemerkt hätte, wenn ich mir die genaue Stelle nicht eingeprägt hätte. Ein paar Minuten später war sie schön angemalt und eingedrückt, sodass sie nie wieder Fotos aufnehmen konnte.

Zwei geschafft. Als ich mich der nächsten Kamera näherte, hörte ich Stimmen und duckte mich in die Büsche. Ein Pärchen ging nur zehn Zentimeter an mir vorbei, aber sie hatten nur Augen für sich. Er nannte sie Malteser. So einen albernen Kosenamen hatte ich noch nie gehört. Ich musste eine Hand vor den Mund drücken, um ein Kichern zurückzuhalten.

Ich gewann immer mehr Selbstvertrauen, vor allem, nachdem ich eine ZX-1 von einer Mauer geholt hatte. Jetzt musste ich mal eine Pause einlegen. Ich spürte eine manische Energie in mir, ähnlich wie früher, wenn ich ein gestohlenes Auto über die Straßen trieb, oder auch wie nach dem Spanking. Aber jetzt wusste ich, dass ich mich unter Kontrolle halten musste.

Meine vierte war die Hauptkamera, die das lange Teilstück entlang des Pfads bis zu Neals Boatyard überwachte, und die fünfte war eine geschickt versteckte ZX-2, angesetzt auf die Graffitisprüher. Ich schaffte es, sie ganz zu eliminieren, aber das kostete mich so viel Energie, dass ich beschloss, mein Nachtwerk war getan.

Ich wusste, wie viel die Kameras kosteten, und ich war sicher, das Council würde sich zweimal überlegen, ob es die Kameras kaufte, wenn sie so schnell zu überlisten waren. Dabei war ich noch lange nicht fertig ...

Am Sonntagabend ging ich wieder hinaus und setzte die Sprühdose ein, um die Kameras entlang Fould's und darüber hinaus zu ruinieren. Die Modelle an der Stadtbrücke waren mir zu riskant. Ich hatte jetzt acht ausgeschaltet, das musste Aufmerksamkeit erregen.

Als ich am Montagmorgen zur Arbeit ging, war ich so müde, als hätte ich die ganze Nacht auf die Trommeln gehämmert und anschließend gebechert, bis der Arzt kam. Ich war auch beunruhigt, weil ich mich ängstigte, Stephen könnte mich trotz all meiner Vorsicht doch erkannt haben. Ich zitterte vor der Konfrontation.

Er war schon da, schloss gerade die Tür auf, und der Blick auf seinem Gesicht ließ mich erschauern.

»Guten Morgen, Felicity. Wir stecken in Schwierigkeiten. Mehrere Kameras sind zerstört worden.«

»Oh, nein! Wissen Sie schon, wie hoch der Schaden ist?«

»Nein, ich weiß nur, dass insgesamt acht Kameras nicht mehr arbeiten. Wir müssen so schnell wie möglich herausfinden, was wir tun können.«

»Ich helfe gern dabei.«

»Braves Mädchen. Zuerst müssen wir sehen, was wir auf den CDs haben.«

Er ging sofort an meinen Arbeitsplatz und setzte sich. Wenn ich daran dachte, wie wir uns am Samstagabend verabschiedet hatten, hätte ich wenigstens mit einem Begrüßungskuss gerechnet, aber er schien nur auf das Problem fixiert zu sein, das ich – was er natürlich nicht ahnte – geschaffen hatte. Ich war auch auf das Problem fixiert, hauptsächlich aus Angst, dass er mich als Ursache für sein Problem erkennen könnte.

Ich stellte mich dicht neben ihn und starrte gebannt auf den Bildschirm, als die ersten Bilder auftauchten. Sie zeigten den Uferpfad, den ZX-4 aufgenommen hatte, den ich als ersten eliminiert hatte. Man sah ein dumpfes orangefarbenes Licht von den Straßenlampen, dazwischen tiefe Schatten, eingerahmt von absoluter Schwärze.

Stephen spielte mit der Maus und ließ die Bilder vorlaufen, aber dann verschwanden sie plötzlich. Er ließ die Bilder zurücklaufen, und mir schlug das Herz im Hals, als tatsächlich Bilder zu sehen waren.

Aber auf den Bildern zeigten sich wieder nur Schatten, und man sah nicht den Hauch einer Bewegung. Ich konnte die Büsche erkennen, die ich als Deckung genutzt hatte, aber dann kam eine Hand ins Bild, bedeckt mit einem schwarzen Handschuh. Die Hand hielt eine Sprühdose und richtete sie direkt auf die Linse. Dann schwirrte es nur noch auf dem Bildschirm, und Stephen fluchte frustriert.

»Bastarde!«

»Wie sind sie nur den Pfahl hoch geklettert?«

»Das ist nicht zu schwer für einen Jungen, schätze ich. Aber das werden wir ihm verleiden, wenn wir den Pfahl mit glitschiger Farbe anmalen.«

»Woher wissen Sie, dass es junge Leute sind?«

»Nun, das liegt nahe. Wer sonst würde so etwas tun? Und schauen Sie sich doch seine Hand mal an.«

Er holte das Bild zurück. Mein dicker schwarzer Handschuh blendete alle Einzelheiten der Hand aus, aber man konnte deutlich sehen, dass es sich nicht um die Hand eines ausgewachsenen Mannes handelte, die die Sprühdose hielt.

»Es könnte ein Zwerg sein«, sagte ich.

»Höchst unwahrscheinlich.«

»Ja, das sollte auch eher ein Scherz sein.«

»Dies ist nicht die Zeit für Scherze ... Entschuldigen Sie, Felicity, wie Sie sich denken können, bin ich nicht sehr glücklich darüber.«

»Ja, natürlich.«

Ich gab ihm einen Kuss, worauf er reagierte, indem er sich die nächste Kamera vornahm. Diesmal ließ sich absolut nichts erkennen, nur das statische Bild der Einmündung der

Gasse, die in gespenstisches Infrarot getaucht war. Dann verschwand das Bild, und ich begann mich ein wenig zu entspannen.

Stephen sah sich alle Kameras an, die fünf vom Samstag und die drei, die ich am Sonntag lahmgelegt hatte. Nicht einmal war ich zu leichtsinnig gewesen, und der schwarze Handschuh und die Sprühdose waren die einzigen verräterischen Details. Einmal war auch der Rand meiner Kapuze zu sehen gewesen. Offenbar hatte Stephen sich mehr versprochen, denn seine Frustration war noch größer geworden, und schließlich knallte er wütend die Maus auf den Schreibtisch.

»Die kleinen Bastarde sind verdammt clever im Entdecken der Kameras, das muss ich ihnen lassen. Okay, bis zur Mittagszeit will ich das System wiederhergestellt haben.«

»Schaffen wir das?«

»Das hoffe ich doch. Mit denen, die nur besprüht worden sind, dürfte das leicht zu schaffen sein. Die zerstörten Kameras müssen wir ersetzen.«

Er hastete mit langen Schritten ins Lagerhaus, und ich blieb allein an meinem Schreibtisch zurück. Ich griff zur Maus und fuhr die restliche Strecke ab. Ich war weiter sauber geblieben. Aber es war interessant zu sehen, was sich sonst noch in der Nacht ereignet hatte – und ein bisschen unheimlich und Angst einflößend war es auch.

Ich sah das Pärchen, das dicht an meinem Versteck vorbeigegangen war, knutschend und küssend. Ich sah sie jetzt über die Stadtbrücke gehen, dann blieben sie stehen und rieben sich aneinander, völlig in Unkenntnis darüber, dass sie aufgezeichnet und identifiziert wurden.

Auf der Höhe von Fould's lief ein Mann in einem schweren Stoffmantel ins Bild, keine fünf Minuten, bevor ich die Kamera blind machte. Sein Gesicht war aber noch deutlich aufgenommen worden. Sein Mund zuckte streng. Ein harmloser

Kerl, dachte ich, vielleicht hatte er sich gerade mit seiner Frau gestritten und war deshalb aus dem Haus gerannt. Aber ich war froh, dass ich ihm nicht begegnet war, denn er hätte mich verraten können. Dieser Gedanke löste neue Gewissensbisse in mir aus.

Als Stephen aus dem Lagerhaus kam, trug er einen großen Kasten. Ich hielt ihm die Tür auf und half ihm, das sperrige Ding in seinem Auto unterzubringen.

»Hier habe ich alles, was wir brauchen«, erläuterte er. »Paul ist beim Council und beruhigt Phelps. Dabei wissen sie noch nicht, wie schwer das System geschädigt ist. Ich habe auch nicht vor, es ihnen zu sagen. Wenn wir die Tat als einen Streich böser Jungs hinstellen und außerdem zeigen, wie schnell wir das Problem beheben, können wir der Situation vielleicht sogar noch etwas Gutes abgewinnen.«

»Müssen wir nicht alle Kameras erneuern?«

»Nein, das ist der Vorteil unseres Systems. Es sieht so aus, als wären nur zwei schwer beschädigt, und dafür müssen wir Ersatz installieren, aber das ist alles.«

»Ich dachte, dass auch die besprühten Kameras für die Aufzeichnungen verloren sind.«

»Nein, das ist ja der Witz. Sie werden es gleich sehen.«

Mehr erzählte er nicht, und es schien nicht ratsam, zu viele Fragen zu stellen. Wir fuhren hinunter zum Hattersley Estate. Er parkte, und wir stiegen aus. Stephen schaute skeptisch auf eine Stelle im Asphalt, wo vor Monaten ein Auto ausgebrannt war – aber ich hatte nichts damit zu tun gehabt.

Stephen schüttelte den Kopf und ging dann die Gasse entlang zum Fluss, und ich folgte wie ein Hündchen. Er hielt unter dem Pfahl an, an dem die ZX-4 befestigt war, die jetzt in Purpur leuchtete und nicht mehr unauffällig in mattem Schwarz am Ende des Pfahls hing, gut einen Meter über Stephens Kopf. Er seufzte.

»Wenn sie ihre Energie doch wenigstens in etwas Produktives stecken würden.«

Ich ersparte mir einen Kommentar und wartete, bis er den Kasten auf den Boden gesetzt hatte. Er nahm eine durchsichtige Tasche heraus, in der sich offenbar ein Kamerateil befand. Er holte es aus der Tasche und zeigte es mir.

»Damit reagieren wir auf die Sprühfarbe. Dieses Gehäuse enthält den Vorderteil der Kamera einschließlich der Linse und kann in ein paar Sekunden aufgesetzt werden. Sie sind so preiswert, dass es sich kaum lohnt, die beschmierten Linsen zu reinigen. Clever, finden Sie nicht auch?«

»Ja, sehr.«

Nun, er hatte mich zwar hereingelegt, aber so leicht, wie Stephen es gern gehabt hätte, ließen sich die neuen Gehäuse nicht aufsetzen. Er konnte den Pfahl zwar hinaufklettern, aber er konnte sich nicht so lange halten, um das alte Gehäuse zu entfernen und durch das neue zu ersetzen. Nachdem ich fünf Minuten zugeschaut und versucht hatte, ein ernstes Gesicht zu behalten, machte ich einen Vorschlag.

»Haben Sie was dagegen, wenn ich mich auf Ihre Schultern setze?«

»Würden Sie das tun?«

»Ja, natürlich.«

Er kletterte herunter und hob mich hoch mit jener spielerischen Leichtigkeit, die ich bei einem Mann so schätzte. Er setzte mich auf seine Schultern. Ich musste meinen Rock raffen und drückte den Schritt meines Höschens direkt in seinen Nacken – es machte mich seltsam verlegen, wenn man bedachte, was wir schon hinter uns hatten.

Ich wusste, dass er die Hitze meiner Pussy fühlen konnte, aber in typischer Stephen-Manier ignorierte er das und konzentrierte sich auf die Arbeit, indem er mir überflüssige Instruktionen gab. Ich drehte das alte Gehäuse lose und zog es ab und drückte das Ersatzteil mit einem leichten Drehgriff an Ort und Stelle. Wie er gesagt hatte, waren die teuren und delikaten Teile der Kamera völlig heil geblieben. Mir wurde klar, dass beide Gehäuseteile auch einen kräftigen Stoß unbeschadet überleben würden. Das Gehäuse auszubauen und dann die Sprühfarbe aufzutragen würde mich jetzt in argen Verdacht bringen.

Die ZX-2 am Fluss brachte er wieder in die richtige Position, dann ersetzte er das Gehäuse wie ich vorhin. Auf diese Weise beseitigte er die Schäden an allen Kameras entlang des Uferpfads, bis auf die zwei Modelle, die ich eliminiert hatte und die ersetzt werden mussten.

Er hatte die Schäden in etwa der Zeit behoben, die ich benötigt hatte, um sie anzurichten. Stephen war immer noch wütend, und er sah alles andere als glücklich als, als er die purpurn angemalten Gehäuse auf den Boden des Lagerhauses warf und seine Meinung über die Täter verkündete.

»Diese kleinen Bastarde! Man sollte glauben, selbst das kleinste Kind würde begreifen, dass Sicherheitskameras für den eigenen Schutz da sind, meinen Sie nicht auch?«

»Ich nehme an, die Leute fühlen sich durch die Kameras gestört.«

»Ah, damit sie weiterhin Telefonzellen ausschlachten, Autos in Brand setzen und überall Graffiti sprühen können. Warum brauchen die Leute solche Aktivitäten?«

»Ich weiß es nicht. Vielleicht ist ihnen einfach langweilig?«

»Langweilig? Es gibt doch bestimmt einen Jugendclub in der Stadt. Oder sie sollten sich hinsetzen und ein Buch lesen.«

Ich hob die Schultern, denn ich wollte mich nicht länger auf diese rhetorischen Dinge einlassen. Es gab einen Jugendclub, das stimmte, aber er wurde von der Kirche betrieben, und jeder, der in Hockford was auf sich hielt, blieb dem Gebäude fern. Ich war noch nie da gewesen.

Stephen fuhr fort: »Ich meine, Sie haben doch Ihr ganzes Leben in Hockford verbracht. Was haben Sie denn als Teenager getan, um sich bei Laune zu halten?«

Die Antwort lautete: Ich hatte Telefonzellen ausgeschlachtet, Autos in Brand gesteckt und Graffiti auf jede nur erdenkliche Fläche gesprüht, daneben hatte ich die Auftritte mit den Rubber Dollies, außerdem vertrieb ich mir die Zeit mit den Jungs, ich betrank mich mit ihnen und half Steve, Schnaps und Bier ins Land zu schmuggeln.

»Dies und das.«

»Nein, wirklich, womit haben Sie sich als junges Mädchen die Zeit vertrieben?«

Auf dieses Gesprächsthema wollte ich mich nicht einlassen. Ich suchte nach einem Ausweg, nach einer Ablenkung. Außerdem löste er Schuldgefühle bei mir aus, denn schließlich war er entsetzt über das, was ich angerichtet hatte.

Ich hob wieder die Schultern. Ich wusste, was ich sagen wollte, aber ich spürte ein hohles Gefühl in meinem Bauch, und es fiel mir schwer, die richtigen Worte zu finden.

»Sie scheinen sehr wütend zu sein, Stephen ... Mr. English. Würde es helfen, wenn Sie Ihren Zorn an meinem Hintern auslassen?«

Offenbar hatte er an diese Möglichkeit überhaupt noch nicht gedacht, denn zunächst sah er mich völlig dumpf an. Dann lächelte er, ehe er zu lachen begann.

»Das wäre extrem unfair!«

»Vielleicht, aber ... mir gefällt der Gedanke, von Ihnen bestraft zu werden.«

»Und mir gefällt der Gedanke, Sie zu bestrafen, das dürfen Sie mir glauben, Felicity, aber die Stimmung, in der ich jetzt bin, könnte mehr sein, als Sie ertragen können.«

»Ich halte schon einiges aus, aber wenn ich ›Stopp‹ sage, müssen Sie aufhören. Sie können sich ja einreden, dass ich die Kameras zerstört habe.«

Er runzelte die Stirn und schaute auf seine Uhr, dann lächelte er wieder.

»Nun, um ehrlich zu sein, das ist ein Angebot, dem ich nicht widerstehen kann. Kommen Sie.«

Ich zitterte jetzt schon, als ich vortrat. Er gab sich erst gar nicht die Mühe, mich nach oben zu bringen, sondern setzte sich auf einige Kartons und zog mich heran, um mich über seine Knie zu legen.

Hilflose Erregung, Angst, Erniedrigung, alle diese Emotionen, die ich schon zuvor empfunden hatte, fluteten zurück, als er seine Knie anhob, damit mein Po höher in die Luft ragte.

Er hielt den Saum meines Rocks hoch. »Also, Rock hoch, Höschen runter. Mann, das wird mir eine Freude sein!«

Wie beim ersten Mal klang die Stimme begeistert von der Aussicht, mich zu entkleiden. Dieses Mal war meine Entblößung abrupt; ich hatte keine Zeit, dass sich die Gefühle in mir setzten, und dann keuchte ich auch schon voller Scham, als mein Rock nach oben geschoben und das Höschen gleich darauf nach unten gezogen wurde.

Ich biss mir auf die Lippe, fürchtete die Schmerzen und wollte doch alles auf einmal; ich wollte die Bestrafung und schrie mich innerlich an, weil ich solche Demütigungen zuließ, denn schließlich hatte ich an den letzten beiden Abenden immer nur richtig gehandelt.

Er hob sein Knie noch etwas höher, und damit entlockte er mir einen zweiten schmachvollen Ausruf, denn meine Pussylippen waren jetzt von hinten zu sehen. Bevor ich mich davon erholen konnte, klatschte seine Hand das erste Mal auf meine nackte Pobacke.

Ich schrie auf, erstaunt, dass es viel mehr schmerzte als beim ersten Mal, und dann folgte auch schon der zweite Schlag. Ich war zu sehr außer Atem, um protestieren zu können, als Schlag auf Schlag auf mich regnete. Es brannte wie verrückt, und seine schwere Hand umfing fast meinen ganzen Hintern und setzte die Backen in Brand. Er verabreichte mir ein strenges Spanking, und ich wand mich auf seinen Knien.

Ich versuchte zu protestieren, aber es kam nur ein Schluchzen heraus, und noch während ich voller Selbstmitleid zerfließen wollte, redete mir ein Teil von mir ein, dass ich nur das erhielt, was ich auch verdiente. Das stimmte natürlich; meine Taten verdienten mehr als nur eine ordentliche Tracht Prügel, und je mehr er auf meinen Po klatschte, desto mehr war ich davon überzeugt, dass ich es verdient hatte. Dann gab ich meinen Emotionen nach und brach in Tränen aus.

Er hörte sofort auf und ließ seine Hand auf meinem Po liegen. Seine Stimme war voller Mitleid.

»Es tut mir leid, Felicity, ich hätte das nicht ...«

»Nein, nein, das ist schon okay. Die Emotionen haben mich übermannt, aber jetzt geht's wieder. Machen Sie weiter.«

Er fing nicht sofort an, vielleicht hatte er noch Zweifel. Mit meinem blanken Po unter seiner Hand und den Tränen, die immer noch flossen, staunte ich über ein Erlebnis, das ich in dieser Form noch nicht kannte, und dann drängten sich Worte aus meinem Mund, die ich eigentlich nicht akzeptieren konnte.

»Mach weiter, Stephen, komm, mach schon, schlag hart zu. Ich will bestraft werden. Von dir, Stephen.«

Ich dachte, er würde aufhören, weil er mit meinem Gefühlsausbruch nichts anfangen konnte, aber ich irrte mich. Nach einem Moment hob sich die Hand von meinem Hintern, und dann klatschte sie wieder auf heiße Haut, aber nicht mehr so kräftig wie vorher. Er ließ weitere Schläge folgen, sie klatschten laut und verfehlten ihre Wirkung nicht: So sollte ein böses Mädchen gezüchtigt werden.

Meine Beine waren breit gespreizt und zeigten alles. Ich befand mich wieder in diesem Zustand der absoluten Hingabe, den ich schon das erste Mal erlebt hatte. Davor hatte ich nie verstanden, wie es sich anfühlte, einem Mann völlig ausgeliefert zu sein, denn ich kannte nur Begegnungen, in denen ich das Sagen hatte. Aber jetzt würde ich alles tun, was er von mir verlangte. Ich empfand schiere Freude darüber, und deshalb störte es mich auch nicht, dass ich ihm alles zeigte. Das stand ihm zu, schließlich gab er mir diese verdiente Tracht Prügel.

Ich hatte nachgegeben. Meine Zehen spreizten sich auf dem Boden ab, und dann hob ich den Po noch ein bisschen höher an, während er mich züchtigte und immer noch die lauten Klatscher auf die heiße Haut verabreichte. Sie schmerzten nicht mehr, im Gegenteil. Jeder Schlag provozierte einen lustvollen Effekt in meiner Pussy.

Ich war bereit für sein Eindringen, und das war gut so, denn ich fühlte die harte Beule, die gegen meine Seite drückte. Ich wusste, dass ich sie bald in mir spüren würde.

Er ließ sich Zeit, vielleicht musste er seine schlechten Gefühle erst auf meinem Hintern austoben, ehe die Erregung endlich durchbrechen konnte. Zuerst begann er seine Schläge weiter nach unten zu platzieren, sie erwischten jetzt halb Backe und halb Oberschenkel, wodurch sich die Hitze direkt auf meine Pussy auswirkte.

Ich keuchte laut, stöhnte und schüttelte den Kopf. Ich weinte nicht mehr, trotzdem war meine Sicht getrübt. Mein Mund stand weit auf, weil ich dann mein Keuchen ungehindert ausstoßen konnte.

Für einen kurzen Moment musste ich an meine Würde denken, aber das ist verlorene Liebesmüh, wenn man über den Knien eines Mannes liegt und er dir den Arsch verhaut, was dich auch noch aufgeilt: Da denkst du nicht an Würde.

Endlich hörte er auf und wechselte Schläge mit Streicheln ab. Zuerst streichelte er die glühenden Backen, dann stahlen sich die Finger zwischen meine Schenkel und fanden heraus, wie nass ich war. Klatschnass war ich, völlig eingeweicht, und er gab ein tiefes Glucksen von sich und glitt mit einem Finger ein und aus.

Sofort drückte ich ihm den Po entgegen, damit er tiefer in mich eindringen konnte. Er begann mit mir zu spielen, erforschte meine Pussy und streichelte meinen Hintern, und zwischendurch klatschte er kräftig auf meine Backen.

Ab und zu hielt er dann die beiden Hälften weit auseinander und inspizierte die hintere Öffnung. Ein Seufzen rang sich aus meinem Mund, weil ich so unanständig entblößt war, dann kitzelte er mich und tat so, als wollte er in die kleine Öffnung eindringen. Ich wimmerte leise vor mich hin.

Erst als er genug von meinem Po hatte, ließ er mich endlich los, das heißt, ich konnte mich von seinen Knien erheben, aber seine Hände blieben auf mir und führten mich sanft, aber bestimmt die Treppe hoch. Als er mit mir sprach, klang seine Stimme leise, fest und befehlend.

»Stell deine Füße weit auseinander, Felicity, und halte dich mit beiden Händen an der Treppe fest. Ich werde es dir von hinten besorgen.«

Wie er das sagte, schickte er einen Stromstoß durch meinen Körper, als ob ein solcher Akt nicht auf Gegenseitigkeit beruhte, sondern Teil der Bestrafung wäre. Ich gehorchte trotzdem, setzte die Beine weit auseinander, jedenfalls so weit, wie es das über den Po gezogene Höschen erlaubte. Meine Haare fielen mir ins Gesicht, als ich mich nach vorn beugte, deshalb sah es so aus, als schaute ich durch einen goldenen Vorhang.

Stephen stand hinter mir, sein Blick auf meinen entblößten, verletzlichen Körper fixiert. Er drückte eine Hand in seinen Schritt.

Einen Moment lang dachte ich, was zum Teufel ich da tat, gebückt auf der Bürotreppe, mein heißer Hintern rot vom Spanking, ungeduldig darauf wartend, dass mein Boss von hinten in mich eindrang. Dann holte er seinen Penis heraus, und ich vergaß wieder einmal meine Würde und lechzte danach, ihn in mir zu spüren.

Er nickte zufrieden, als hätte er die Lust in meinen Augen gesehen. Langsam kam er näher. Ich fühlte, wie er mich berührte und eine Hand auf meinen Po legte. Er öffnete mich, damit er ungehindert in mich eindringen konnte. Ich spürte, wie die runde, heiße Spitze in mich glitt und meinen Körper mit diesen unvergleichlichen Empfindungen erfüllte. Er griff mich an den Hüften und begann mit dem, was er versprochen hatte: Er besorgte es mir. Ich versuchte, es wie eine Bestrafung anzunehmen, aber dafür machte es mich viel zu sehr an. Ich genoss es einfach.

Ich musste kommen, und ich hoffte, dass es nicht mehr lange dauerte. Mein Po glühte immer stärker, und wenn er den Rhythmus beibehielt, dann würde die Erlösung nicht lange auf sich warten lassen.

Meine Hand strich zwischen meinen Schenkeln entlang, sodass ich mich nur noch mit der anderen Hand abstützen konnte. Ich griff am gespannten Höschen vorbei und stieß die Finger in die saftige Spalte meiner Pussy. Stephen realisierte, was ich tat, und gab ein wissendes Glucksen von sich. Meine Finger fanden die entscheidende Stelle, und ich rieb mich im selben Rhythmus, in dem er in mich hineintrieb.

Sein gespannter Bauch klatschte gegen meine Backen, und sein Schaft stieß unermüdlich zu und sorgte dafür, dass meine Erregung immer höher stieg. Ich rief mir noch einmal in Erinnerung, was er mit mir angestellt hatte, vom Entblößen meines Hinterns über die Züchtigung durch die scharfen Klatscher auf meine Backen bis zum Erzwingen dieser Position auf der Treppe des Bürotrakts.

Ich hatte es ihm angeboten, rief ich mir in Erinnerung, und nun hatte ich es zu akzeptieren. Ich hatte es so haben wollen, und es war noch besser, als ich es mir ausgemalt hatte. Und natürlich hatte ich jeden einzelnen Schlag verdient.

Ich kam, und ich schrie. Es war unmöglich, sich zurückzuhalten, weil die schiere Macht des Orgasmus mich überwältigte.

Wie es bei allen guten Höhepunkten ist, fand auch dieser zuerst im Kopf statt, bevor er sich auf meinen Körper übertrug. Er stieß ein letztes Mal tief in mich hinein, und während er sich verströmte, gab er mir noch einen Klaps auf den Po.

Ermattet ging ich auf die Knie, während mein Po noch hoch in die Luft ragte. Stephen rutschte hinaus, und ich blieb reglos in dieser Position.

Siebtes Kapitel

Die ganze Arbeit, und ich hatte nichts vorzuzeigen. Oder doch, einen verprügelten Hintern, aber eigentlich tat der nichts zur Sache.

Um es genau zu nehmen, habe ich alles falsch gemacht und mit meiner Aktion mehr Schaden als Gutes angerichtet, wie ich bald herausfand. Mr. Phelps und die anderen Mitglieder im Ausschuss waren ungeheuer beeindruckt von der schnellen Reparatur des Kamerasystems und der geringen Kosten, sodass Black Knight Securities heute besser dastand als vorher. Ich erfuhr auch, dass es zwei Mitbewerber gab, einmal die Firma, die das kleine bereits existierende System installiert hatte, und dann noch eine andere Firma, die ähnlich operierte wie Black Knight, aber deren Angebot nicht so günstig war.

Stephen war sehr zufrieden mit sich und auch mit mir, erstens wegen meiner Mithilfe und zweitens wegen meiner Bereitschaft, auf seine kleinen perversen Spielchen einzugehen.

Ich selbst war weniger glücklich. Nicht nur wegen des Fehlschlags meines Vernichtungsplans, sondern auch, weil ich spürte, dass seine kleine Perversion schnell zu meiner werden konnte. Bis jetzt war ich erstaunt gewesen, dass ich ein Spanking zugelassen hatte, aber inzwischen musste ich mir eingestehen, dass es mir sehr gefallen hatte. Trotz meiner gemischten Gefühle war es von Anfang an sehr erotisch gewesen. Er hatte mir den Hintern versohlt, und das hatte mich geil gemacht, und noch bevor meine Backen abgekühlt waren, wollte ich mehr davon haben. Ich lief Gefahr, süchtig danach zu werden.

Ich konnte mir gut vorstellen, wie es sein würde, wenn ich Leute dazu überreden musste, mir den Po zu verhauen. Bei einigen Typen würde ich mich nicht trauen, sie darauf anzusprechen. Dave, zum Beispiel. Bei ihm hatte es keinen Zweck. Steve könnte ich fragen; er würde es tun. Er würde über mich lachen, aber ich vermutete, dass mich das noch mehr anspitzen würde. Zum Glück war Stephen durchaus in der Lage, sich meiner Nöte anzunehmen, und er schien auch sehr bereit dazu.

Er war sehr aufmerksam und sehr freundlich zu mir, und während der Woche lud er mich einige Male zum Mittag- und Abendessen ein. Er war gesprächig und gab sich rücksichtsvoll. Ich hatte befürchtet, er könnte mich noch schlechter behandeln, nachdem ich mich ihm so komplett ausgeliefert und keinen Zweifel daran gelassen hatte, dass er nicht nur in arbeitsrechtlicher Hinsicht der Boss war.

Aber nichts konnte von der Wahrheit entfernter sein. Er war intimer als vorher, küsste mich und strich mit der Hand schon mal über meinen Po, aber nicht vor anderen Leuten, und er war auch viel höflicher und weniger arrogant. Am Mittwochmorgen machte er sogar Kaffee für mich!

Ich erhielt mein drittes Spanking, zwar nur ein verspieltes auf den stramm gezogenen Rock, angeblich weil ich einen Brief mit einem Tippfehler abgegeben hatte. Diese Spankings würde es geben, solange unsere Beziehung dauerte, denn ich wusste, dass ich ihm nicht widerstehen konnte.

Zurück zu den Kameras. Mein Plan war gescheitert, und ich hatte absolut keine Ahnung, was ich jetzt anstellen sollte. Weitere Sabotageakte schienen sinnlos zu sein. Und wenn ich darauf hinarbeitete, dass eine andere Firma den Auftrag erhielt? Aber was hatte ich davon? Wenn eine andere Firma die Kameras installierte, konnte ich absolut nichts ändern, weil ich keine Kenntnis über das System hatte.

Es wäre relativ leicht, einfach aufzugeben, und dafür gab es gute Gründe. Einmal meine Beziehung zu Stephen, dann war da noch mein Job, der gut bezahlt wurde, und beides hielt mich so beschäftigt, dass ich gar keine Zeit für Unfug hatte. Und was das eigene System anging, so konnte ich meine Freunde wenigstens warnen, und außerdem hatte ich den Vorteil, dass mein Gesicht von ›unseren‹ Kameras nicht aufgezeichnet wurde.

Natürlich behagte es mir immer noch nicht, in Zukunft überwacht zu werden. Einige der Dinge, die ich früher angestellt hatte, schienen mir heute nicht mehr akzeptabel zu sein, und ich konnte verstehen, dass es Leute gab, die gegen die Zerstörungswut der jungen Leute vorgehen wollten.

Dann waren da noch Mr. Phelps und seine Kollegen, die sich gelegentlich bei uns sehen ließen. Sie waren unerträglich blasiert und freuten sich über die armen Schweine, die sie mit den Kameras überführt hatten und die jetzt blechen mussten. Sie sprachen offen über die zusätzlichen Einnahmen des Councils. Als er scherzte, dass ihm eigentlich eine Dienstreise nach Korea zustand, hätte ich ihm gern meinen spitzen Absatz in den Allerwertesten gerammt. Im Nachhinein fühlte ich es gerechtfertigt, dass ich keine Gewissensbisse hatte, seinen Dienstwagen in Brand gesteckt zu haben.

Ich geriet wieder ins Grübeln, als ich später im Bett lag und meine Gedanken wandern ließ. Mir kamen die abstrusesten Ideen. Zum Beispiel die Daten so zu verändern, dass jeder Bösewicht immer nur als Mr. Phelps identifiziert wurde. Oder dass alle meine Freunde mit den Gesichtern der Hunde oder Katzen erfasst wurden. Leider wäre auch das nur die Lösung für eine Nacht, und die Suche nach dem Sündenbock würde sofort zu mir führen. Ich konnte auch gar nicht in Stephens Programm eindringen, denn ich kannte sein Passwort nicht.

Am Freitag erhielt ich das, worauf ich die ganze Woche gewartet hatte: eine Einladung zu Stephens Wohnung. Ich sollte am Samstagabend zu ihm kommen, und für mich war es wie eine Bestätigung, dass unsere Beziehung mehr war als die übliche Ausnutzung Chef/Sekretärin. Hätte er nur das Körperliche gewollt, könnte er das aufs Büro beschränken. Die Einladung dagegen beruhigte auch meinen Verdacht, dass er verheiratet sein könnte.

Ich sagte zu, obwohl es mir irgendwie als endgültige Kapitulation vorkam, besonders dann, wenn er Treue erwartete. Die Möglichkeiten zu erkunden und andere Jungs auszuprobieren ist eine feine Sache, und ich habe den Sermon über den Körper als Tempel, der nur mit wahrer Liebe verehrt werden darf, nie begriffen.

Sex ist etwas Besonderes, daran zweifle auch ich nicht, aber für mich ist es immer etwas gewesen, das ich gern mit Freunden treibe, wenn es mich überkommt. Mir gefällt, wie Steve mir so lange schmeichelt, bis ich ihm einen blase, und mir gefällt auch, wie Pete und Dave so heiß werden, wenn sie meinen Körper sehen, dass sie nach jedem einzelnen Tropfen meines Honigs lechzen.

Ich hatte Martin nicht vergessen, aber ich nahm an, dass er aus welchem Grund auch immer das Interesse an mir verloren hatte. Das gab meinem Stolz zwar einen Stich, aber ich redete mir ein, dass sich das eigentlich gut traf, denn wenn meine Beziehung mit Stephen ernster wurde, war es gut, die Anzahl der Komplikationen so gering wie möglich zu halten.

Trotzdem war es schade, denn Martin war größer und kräftiger als Stephen, und außerdem schien er meinen Po zu lieben. Es wäre interessant gewesen, wie er auf meine neu gefundene Schwäche fürs Spanking reagiert hätte.

Als ich Sam und Billy auf meinem Nachhauseweg in der

High Street traf, musste ich spontan an Martin denken, aber meine Neugier nahm eine andere Richtung, als Steve auftauchte und zwei große Taschen entgegennahm. Sie hatten mich gesehen, und Sam bedachte mich mit einem neckenden Lächeln, während sie mich in Rock und Bluse eingehend betrachtete.

»Hi, Fizz! Wie geht es unserem braven Mädchen?«

Ich streckte ihr die Zunge heraus und wandte mich an Steve. »Was stellst du wieder an?«

Er zögerte keine Sekunde. »Absolut nichts. Billy besorgt mir Zeug von den Amis. Sie haben ihren eigenen Laden mit lauter amerikanischen Waren. Sehr billig.«

»Eines Tages werden sie dich in den Bau stecken, Steve, oder sie werden dich erschießen.«

»Nein, das ist alles ganz legal. Stimmt das nicht, Billy?«

»Ja, klar. Wir kaufen die Ware und können sie dann weiter verkaufen, schließlich ist sie unser Besitz.«

»Wenn du es sagst ... Dann brauchst du nicht mehr nach Calais, Steve?«

»Doch, doch. Calais mache ich immer noch, das hier ist nur ein kleines Extra. Ich will schon morgen nach Calais. Kommst du mit mir?«

»Ich kann nicht. Ich gehe aus.«

»Ach?«

Ich wusste, wenn ich Einzelheiten erzählte, würden sie mich über Monate durch den Kakao ziehen. Auf der anderen Seite würde es irgendwann herauskommen.

»Ja. Mit Stephen English, den ich auf meiner Arbeit kennen gelernt habe.«

»Dein Boss?«

Sam lachte.

»Fizz poppt ihren Boss!«

Ich war sofort rot angelaufen, nicht wegen des Poppens,

sondern wegen des Spankings, denn das würde ich ihnen garantiert nicht auf die Nase binden. Sam sah es sofort, und ich erhielt die unvermeidliche Reaktion.

»Oh, nein! Es ist doch nichts Ernstes? Doch nicht du, Fizz!«

»Nun ja, nein, nicht wirklich. Und hör mal, wer da redet! Du hängst doch nur noch mit deinem Ami ab.«

»Ja, aber mein Typ ist kein Anzug.«

Sie legte ihre Arme um Billy, und weil mir keine Antwort einfiel, streckte ich wieder die Zunge heraus. Sie lachte nur, aber Billys Stimme klang ernst, als er eine Frage an mich richtete, die fast wie eine Anklage klang.

»Ich dachte, du wärst scharf auf Martin.«

Ich hob die Schultern und ging sofort in die Defensive. »Ich mag Martin, ja, aber er hat mich die ganze Zeit nicht mehr angerufen.«

»Er ist in Afghanistan.«

»Oh. Warum hat er mir nichts gesagt?«

»Das darf er nicht. Was soll ich ihm sagen, wenn er zurückkommt? Er glaubt, dass das zweitsüßeste Mädchen des Vereinigten Königreichs auf ihn wartet, und du treibst es mit einem Kerl von der Arbeit.«

»Aber so ist es doch nicht. Martin und ich waren nur zweimal zusammen, und er hat nichts davon gesagt, dass er mich als Freundin will.«

»Ihr habt gevögelt. Ist das nicht deutlich genug?«

»Nein, ist es nicht. Und weil ich mit einem Mann gevögelt habe, macht mich das noch nicht zu seinem Besitz.«

Er wollte was erwidern, aber Sam kam ihm zuvor. »Lass sie in Ruhe, Billy. Sie hat es nicht gewusst.«

»Ja, aber …«

Man brauchte mich nicht in Ruhe zu lassen. Ich wollte etwas klarstellen.

»Hör zu, wenn Martin zurückkommt, kannst du ihm das sagen: Ich mag ihn, und irgendwann würde ich auch mal wieder mit ihm ausgehen, aber ich bin keines Mannes Eigentum, und wenn er das glaubt, kann er sich selbst mit seinem dicken Schwanz ficken. Hast du mich verstanden?«

Bill sah schockiert aus, vielleicht war er nicht an Frauen gewöhnt, die einen Kopf kleiner waren als er und ihn auf der Straße anschrien.

»Ja, das habe ich verstanden, und ich werde es Martin wörtlich so ausrichten.«

Ich hätte gern noch mehr gesagt, aber Sam schob ihn schon zur Seite, und so stand ich da und kochte. Steve, der etwas entfernt stand, hatte den ganzen Vorgang amüsiert verfolgt. Er wartete, bis Billy außer Hörweite war.

»Was ist sein Problem? Man sollte meinen, dass du *ihn* betrogen hast.«

»Ich habe überhaupt keinen betrogen! Himmel, Steve, du auch noch?«

»He, bleib cool, Fizz. So habe ich das nicht gemeint. Ich weiß nur nicht, worüber er sich aufregt.«

»Ich nehme an, dass er sich vorstellt, ich hätte seinen Freund im Stich gelassen, aber ich habe Martin nie irgendwas versprochen, und er hat auch nie etwas verlangt. Verrückt, dass Billy sich da überhaupt reinhängt.«

»Heben wir einen?«

Er legte einen Arm um meine Schultern. Das war keine sexuelle Geste, eher eine freundschaftliche. Ich ließ mich in den Buzz Shack steuern und stellte einen eiskalten Limonen Mix vor mich hin. Ich war noch ziemlich sauer und schluckte mehr als die Hälfte auf einmal. Das half, mich ein bisschen zu entspannen. Steve schien den Vorfall schon vergessen zu haben und breitete sich auf der Bank aus, ein Lager in der Hand.

»Schade, das mit Calais. Ohne dich macht's weniger Fez.«

»Aber Dave kommt doch mit, oder?«

»Ha, ha, Fizz.«

»Ja, tut mir leid. Das nächste Mal. Versprochen.«

»Okay. Was ist nun mit den Kameras? Hat die Stadt sie schon gekauft?«

»Noch nicht, aber es sieht so aus.«

»Und was muss ich alles wissen?«

»Dein Gesicht wird aufgezeichnet und registriert, sodass du immer erfasst und erkannt wirst, sobald du dich von einer Kamera einfangen lässt. Einige der Kameras sind klein und leicht zu verstecken. Die größeren Modelle können auch Geräusche aufnehmen.«

»Was ist, wenn ich meine Ware abliefere?«

»Ich weiß es nicht. Wer kann schon beweisen, wo deine Ware herkommt? Selbst die ZX-5 kann mit dem Zoom nicht so nahe heran, dass sie das Etikett auf deiner Bierflasche lesen können. Aber wenn sie dich öfter bei der Übergabe von Waren fotografieren, bin ich sicher, dass sie dir was anhängen.«

»Scheiße. Aber du erfährst, wo diese Babys hängen, nicht wahr?«

»Ja, aber du kennst doch die Stadt. Sie brauchen nur fünf Straßen zu überwachen.«

»Ich habe nachgedacht. Wenn die Kamera in der Bury Road an der richtigen Stelle hängt, könnte ich die Abkürzung durch den Country Park nehmen.«

»Das könnte funktionieren.«

Er arbeitete seinen Plan weiter aus und schlug Dinge vor, wie ich ihm und den anderen helfen konnte, das System zu überlisten. Zuerst empfand ich Schuldgefühle, aber nach dem zweiten Mix redete ich mir ein, dass ich Stephen oder Black Knight nicht verriet, und das Council konnte von mir keine Loyalität erwarten. Meine Firma würde nicht weniger Kameras verkaufen, und wenn nicht so viele Gauner überführt wurden wie erhofft, hatte Black Knight nichts damit zu tun.

Meine schlechte Laune schwand rasch, während wir tranken und planten. Bald gesellte sich Josie zu uns, und danach auch Pete und einige andere, bis wir den größten Tisch der Bar bevölkerten und lachten und scherzten, und alles war wie früher – nur dass ich in meiner Arbeitskleidung dasaß. Ich rief Mum an, dass ich nicht zum Essen kam, und genehmigte mir einen großen Teller mit klebrigen Käse Nachos. Danach fühlte ich mich voll und zufrieden.

Ich trank den fünften Mix, als Steve ging; er wollte vor seinem Trip nach Calais früh zu Bett. Pete und Dave wollten mich anmachen, und ich war betrunken genug, um sie absichtlich zu quälen. Ich wies keinen von ihnen zurück und bevorzugte auch niemanden. In der Ecke knutschten Zoe und ihr neuer Freund. Er hatte die Hand unter ihrem Top und betatschte ihre Brüste. Das machte die Jungs noch verrückter. Sie sorgten dafür, dass mir die Mix-Flaschen nicht ausgingen.

Als sie uns auf die Straße setzten, drehte sich alles in meinem Kopf. Pete erging es nicht besser, er schwankte, wollte aber unbedingt nah bei mir bleiben. Dave besaß immer noch seine alte Karre. Er zog die Tür auf und winkte mich mit dem Daumen herein. Es sollte wohl eine coole Geste sein.

»Nimm Platz, Fizz, wir machen eine Spritztour. Bis später, Pete.«

Es war Pete, der sich an mir vorbeischlängelte und einen Streit mit Dave begann. Ich stand noch auf der Straße und hielt mir den Bauch vor Lachen. Es tat gut, die Kontrolle zu haben, aber ich wollte nicht, dass sie sich um mich stritten, deshalb kletterte ich auf die Rückbank und schnipste mit den Fingern, als Dave versuchte, Pete aus dem Auto zu drücken.

»Fahren Sie, Chauffeur.«

Er drehte sich zu mir um, und ich konnte die Geilheit in seinen Augen sehen, der Verzweiflung nahe. Ich hatte den Schalk in mir, legte meine Finger auf den obersten Knopf meiner Bluse und öffnete ihn langsam. Dave starrte nur, aber Pete ließ ein Heulen heraus, das an einen kranken Wolf erinnerte. Sie begannen wieder zu streiten, aber dem bereitete ich ein schnelles Ende.

»He, hört auf, ihr zwei, sonst steige ich wieder aus. Fahr einfach los, Dave.«

Pete zeigte ein triumphierendes Grinsen, Dave ein schmollendes Gesicht. Beide wollten mich haben, das sah ich ihnen deutlich genug an.

Ich wusste nicht, was ich tun sollte – vielleicht sollte ich sie zappeln lassen, bis sie explodierten. Ich ärgerte mich immer noch über die Sache mit Martin und hatte nichts dagegen, den beiden zu zeigen, dass ich mich nicht besitzen ließ. Einen kurzen Moment lang musste ich an Stephen denken.

Wir fädelten uns in den Verkehr ein. Mein Kopf war völlig benebelt, deshalb dachte ich auch nicht darüber nach, ob Dave zu betrunken war, um Auto zu fahren. Ich legte mich zurück und schaute zu, wie die Lichter in die Gesichter der Leute schienen, die aus den Kneipen drängten und jetzt die Straßen unsicher machten. Wie gewöhnlich kannte ich die Hälfte von ihnen, darunter auch einen jungen Mann, der vor dem Bull in ein Taxi stieg. Zuletzt hatte ich ihn auf den Knien vor einem anderen Mann auf unserer Überwachungskamera gesehen. Ich musste lachen, und plötzlich kam mir eine wirklich böse Idee.

»He, Jungs, hat schon mal jemand bei einem Dreier mitgemacht?«

Dave wäre beinahe von der Straße abgekommen. Pete drehte sich ruckartig zu mir um.

»Willst du sagen, dass du das schaffst?«

»Schon möglich. Aber nur, wenn ihr euch benehmt.«

Er stieß wieder einen Heuler aus, der einem fast das Ohr verbrannte. Erst danach fand Dave seine Stimme wieder.

»Was denn? Wir beide gleichzeitig?«

»Ja, so ungefähr.«

Seine Reaktion darauf bestand aus einem wortlosen Herauspressen von Atemluft. Pete starrte mich noch an; seine Augen fielen ihm fast aus dem Kopf. Ich lächelte ihn träge an und öffnete noch einen Knopf meiner Bluse. Er fuhr sich mit der Zunge über die Lippen, und als er sprach, war seine Stimme nur noch ein Krächzen.

»Zeig sie uns, Fizz.«

»Nein, nein, nicht hier. Fahr weiter, Dave. Du musst weit aus der Stadt fahren.«

Er erreichte die Ausfallstraße und gab Gas. Ich konnte seinen Atem hören, während Pete mich weiter anstarrte, als hätte er noch nie eine Frau gesehen. Dabei sind wir mal zusammen gegangen. Es war zu schön, und ich konnte nicht widerstehen, also öffnete ich noch einen Knopf und dann auch noch den vierten. Ich ließ die Bluse weit offen stehen, damit sie den BH sehen konnten. Dave schluckte, und ich streckte meine Zunge heraus, leckte über meine Lippen und hob die Körbchen von unten an.

»Augen auf, Petey.«

Ich riss den BH hoch und ließ im flackernden Licht der vorbeirauschenden Straßenlampen meine Brüste sehen. Pete schüttelte den Kopf und starrte mich mit weit aufgerissenen Augen an.

»Lässt du mich ran?«

»Vielleicht.«

Dave konnte die Szene im Innenspiegel sehen. Seine Augen waren nicht weniger weit aufgerissen als Petes, und auf seiner Stirn bildete sich ein einzelner Schweißtropfen. Er trat das Gaspedal durch, und bald hatten wir die Lichter der Stadt hinter uns gelassen. Das Innere des Autos war fast dunkel, abgesehen vom Schimmer des Armaturenbretts.

Ich begann mit meinen Brüsten zu spielen. Pete würde es kaum sehen können, und Dave erst recht nicht. Plötzlich stieg er auf die Bremse und fuhr auf den Seitenstreifen.

»Der Platz ist gut. Oh, Mann, schau dir diese Pracht an!«

Er schaltete die Innenbeleuchtung ein und verrenkte sich den Hals, und nun starrten sie zu zweit auf meinen Oberkörper, während ich mit mir spielte. Sie sahen aus, als würden sie bald platzen, und ich hatte Mühe, das Lachen aus meiner Stimme zu halten, denn ich wollte sinnlich klingen.

»Ja, okay, hier können wir es versuchen. Was wollt ihr denn zuerst, Jungs? Kerze an beiden Enden anzünden?«

»Ja, großartig.«

»Was ist das?«

»Einer an jedem Ende von ihr, du Dummkopf. Viele Fußballer stehen darauf, wenn sie ein Groupie in der Kabine haben.«

»Ja, schön, machen wir es wie die Fußballer.«

Er wollte über seinen Sitz nach hinten klettern, aber ich hielt abwehrend eine Hand hoch.

»Eh … nicht so schnell. Ihr Jungs schwätzt doch anschließend darüber. Aber diesmal will ich, dass ihr unbedingt den Mund haltet. Ist das klar?«

»Ja, ja, versprochen. Was sagst du, Dave?«

»Ja, klar.«

»Und eins will ich auch noch klarstellen: Ich will auch meinen Spaß haben. Also strengt euch an.«

»Ja, gut. Ich habe nichts dagegen, dich überall zu schlecken, das ist doch cool.«

»Prima. Dann zeigt mal, was ihr habt.«

Sie zögerten, und ich sah ihnen an, dass sie sich genierten, weil sie es noch nie zusammen getan hatten. Deshalb musste ich lächeln und rutschte auf der Bank ein wenig nach vorn.

Pete hatte seinen zuerst heraus. Er war schon hart von meiner kleinen Strip-Schau. Dave folgte dann auch, aber er war noch schlaff.

»Reib ihn mir, Fizz«, bettelte er.

Ich streckte meine Hand aus und drückte ihn. Ich liebte das Gefühl des fleischigen Stabs in meiner Hand, wenn er gerade zu wachsen begann.

Pete wusste nicht, wohin er zuerst schauen sollte, aber dann konzentrierte er sich auf meinen blanken Busen. Er streckte eine Hand aus und griff nach meiner Brust, drückte sie ungeschickt. Er rieb sich selbst, ziemlich hektisch schon, deshalb schob ich seine Hand zurück.

»Beruhige dich, Pete. Wenn du es so eilig hast, werden wir nicht lange Spaß miteinander haben, oder?«

»Ich hab's dringend nötig, Fizz, dringender denn je, das kannst du mir glauben.«

»Halt dich bedeckt, Pete. Also, Jungs, wer möchte als Erster ran?«

Ich hatte leise gesprochen und ließ jedes Wort auf der Zunge zergehen. Beide verlangten das Recht auf den ersten Stich, obwohl Dave immer noch nur halb steif in meiner Hand lag. Ich tat überrascht.

»Beide zusammen? Das ist ein bisschen schwierig, oder was sagt ihr?«

Die letzte Frage klang wie ein Flüstern und umfasste auch die Bandbreite meiner Gefühle – von Verlegenheit bis Geilheit. Ich ließ mich auf der Rückbank in eine Hocke nieder, und ich sah, dass ihre Blicke auf meinen Schoß gerichtet waren. Ich schloss die Augen und versuchte mich zu konzentrieren, aber gleich danach schlug ich sie wieder auf, denn ich hörte, wie sich ein Auto näherte.

Als das Auto vorbeifuhr, sah ich auf der Seite das allzu vertraute gelb-blaue Wappen der Polizei. Das Auto wurde langsamer und hielt dann an. Es fuhr rückwärts und hielt erst an, als es neben uns stand.

Die beiden Jungs waren ausgestiegen, ebenso zwei Polizisten aus dem Streifenwagen. Zum Glück war es Dave und Pete gelungen, ihren Penis zu verstecken, und ich hatte längst den BH gerichtet und die Bluse zugeknöpft.

Achtes Kapitel

Ich fühlte mich nicht gut am Samstagmorgen. Ein leichter Kater, schmerzende Muskeln vom langen Fußmarsch nach Hause und ein schlechtes Gewissen, weil ich Dave und Pete zurückgelassen hatte. Sobald ich richtig wach war, rief ich sie an. Dave musste sich am Montag dem Richter stellen, und Pete war verwarnt worden. Mein Name war nie gefallen, wofür ich dankbar war, aber nun fühlte ich mich noch schuldbewusster.

Auf die Polizei war ich sauer. Wir wollten doch nur ein bisschen Spaß haben. Sie hatten unsere Party rüde unterbrochen und aufgelöst, dabei hätte es danach erst richtig heiß werden sollen.

Ich hatte einiges zu erklären, sowohl die matschigen Schuhe wie auch die verdreckte Jacke – ich war beim Versuch einer Abkürzung im Matsch ausgeglitten –, als Mum am Morgen mit einer Tasse Tee hereinkam. Ich sagte ihr, wie es war, und ließ nur die unanständigen Details aus. Trotzdem brachte mir mein Geständnis die mütterliche Ermahnung, endlich erwachsen zu werden und mir Freunde zu suchen, die mehr Verantwortung zeigten.

Ich nahm ein langes Bad und verbrachte den Rest des Morgens in meinem Zimmer, las in den Zeitschriften und ließ meinen Körper zu sich kommen. Nach Mittag ging es mir schon viel besser, und meine Gedanken konzentrierten sich auf meine Verabredung mit Stephen an diesem Abend. Er würde mich abholen, deshalb hatte ich viel Zeit, lungerte im Haus herum und spielte Karten mit meinen Schwestern.

Schließlich fand ich, dass es Zeit war, mich fertig zu machen, aber ich hatte keine Ahnung, wie ich mich kleiden sollte. Mein Kostüm, das ich zur Arbeit trug, war viel zu förmlich, ganz zu schweigen davon, dass es gereinigt werden müsste.

Selbst mit der Wäsche hatte ich Probleme; schließlich wusste ich, dass ich sie bald wieder ausziehen würde. Ich hatte den Eindruck, dass Stephen ›vernünftige‹ Höschen mochte, aber ich wollte mal was Gewagtes anziehen, deshalb entschied ich mich für eine taubengraue Garnitur, die Archie mir zu Weihnachten geschenkt hatte. Ich hatte sie noch nie getragen, denn ich wusste, dass er sie nur ausgewählt hatte, damit er sich an der Vorstellung aufgeilen konnte, dass ich sie trug.

Mir gab es ein Gefühl der Genugtuung, die Wäsche für einen anderen Mann zu tragen. Das würde Archie gar nicht gefallen. Das brachte mich zurück zu der Frage, ob Rock oder Hose; eine noch schwierigere Entscheidung. Jeans schienen nicht richtig zu sein, und meine Mikroröcke, von Sicherheitsnadeln gehalten, erst recht nicht. Viel mehr hatte meine Garderobe nicht zu bieten. Als ich nicht mehr weiter wusste, lieh ich mir von Mum einen langen blau-goldenen Zigeunerrock aus.

Ein Hauch von Make-up, und ich war fertig. Während ich auf ihn wartete, fühlte ich mich genauso auffällig wie in meinem Bürokostüm. Das unaufhörliche Necken meiner Schwestern trug auch nicht zu meiner Aufmunterung bei.

Zum Glück dauerte es nicht lange, bis er kam, wie immer in einem Anzug, diesmal Flanell, in dem er so aussah, als wäre er unterwegs zu einer Bootsregatta. Mum ließ ihn nicht aus den Klauen und wollte ihn von vorn und hinten bedienen; sie bot ihm Tee und Kekse an und mahnte mich – vor Stephen –, mich anständig zu benehmen. Wenn sie nur wüsste . . . he, vielleicht wusste sie ja mehr, als ich ahnte. Archie war in meinen Augen durch und durch pervers, und eigentlich war sie immer mit solchen Typen aufgekreuzt.

Es gelang uns schließlich, uns davonzustehlen, wobei Mum Stephens Saab so ausgiebig bewunderte, dass ich kaum ein Wort einwerfen konnte. Endlich startete er den Motor.

»Du musst meine Mum entschuldigen. So ist sie immer.«

»Eine charmante Dame, deine Mutter.«

»Hm. Wo wohnst du eigentlich?«

»Brettenham.«

»Das ist schräg gegenüber von Thetford, nicht wahr?«

»Ja, aber man kommt schnell hin, solange man auf der ausgebauten Strecke in keinen Stau gerät.«

Er ließ die Kupplung kommen, dann fuhren wir in die Stadt. Wie gewöhnlich fuhr er schnell, aber er bremste vor jeder Kamera, was mich veranlasste, ihn ein wenig zu necken.

»Ich schätze, für dich würde es sich lohnen, auch mit den Blitzkameras Geschäfte zu machen. Du wüsstest ganz genau, wo sie installiert sind.«

Er lachte. »Ich habe schon mal darüber nachgedacht. Digitalkameras wären sehr viel effizienter, und man kann sie mit dem ZX-System koordinieren.«

»Aber du willst dich nicht schnappen lassen?«

»Natürlich nicht.«

»Was unterscheidet dich dann von den kleinen Gaunern in Hockford?«

»Meine Aktionen belasten die Allgemeinheit nicht. Aber wenn ich mit hundert Sachen über die Hockford High Street brettere, wäre es gut, wenn ich überführt und bestraft würde. Solche Sachen mache ich nicht. Ist dir bekannt, dass die Beschränkung auf fünfzig Kilometer schon 1934 in Kraft trat? Die Bremsen waren längst nicht so gut wie heute. Und hier, auf einer schnurgeraden Straße in einem modernen Auto mit einem erfahrenen Fahrer, ist die Geschwindigkeitsbeschränkung auf siebzig Kilometer einfach lächerlich.«

Als wollte er seine Ansicht unterstreichen, drückte er aufs Gaspedal, und die Tachonadel schnellte auf einhundertzwanzig hoch. Ich hatte auf dieser Strecke oft genug auf die Tube gedrückt, deshalb konnte ich ihm nichts vorwerfen. Ich musste an etwas anderes denken.

»Wie steht es denn mit Sex? Was geschieht, wenn die Kameras ein Pärchen festhalten, das auf dem Uferpfad herumknutscht? Sie werden erwischt und müssen ein Bußgeld wegen Erregung öffentlichen Ärgernisses zahlen. Aber sie haben der Allgemeinheit auch keine Kosten aufgebürdet, nicht wahr?«

»Ja, das ist umstritten. Persönlich stimme ich dir zu. Ich würde alle Gesetze abschaffen, die sich mit öffentlicher Nacktheit und Intimität befassen, es sei denn, sie sind als Bedrohung gemeint. Im Gegensatz dazu meint Mrs. Shelby, dass ›unanständiges Verhalten keinen Platz in einer Familienstadt‹ haben darf. Ich weiß nicht genau, was eine Familienstadt ist, aber sie wird es wissen. Mr. Phelps kämpft ebenso vehement, aber sein Schwerpunkt liegt darin, dass er Sex unter Teenagern unbedingt einschränken oder verhindern will.«

»Er soll den Mund nicht so voll nehmen. Er liest schmutzige Magazine.«

»Wirklich?«

Ich machte schnell einen Rückzieher. »Das habe ich gehört. Ich habe keine Ahnung von diesen Dingen, aber manchmal glaube ich, dass das Council seine Überwachung und Bevormundung der Bürger übertreibt.«

»Ich stimme sofort zu. Du und ich leben davon, dass das Council übertreibt.«

»Ja, stimmt. Aber was ist mit den Menschen, die ein Strafgeld zahlen müssen, wenn sie niemandem geschadet haben?«

Er hob die Schultern, anscheinend gleichgültig, aber nachdem er einen Lastwagen überholt hatte, redete er.

»Ich habe keine Sympathie mit den Zerstörern, während Leute wie dieses schwule Pärchen, das wir neulich gesehen haben, wohl lernen müssen, es nicht da zu treiben, wo es nicht gestattet ist. Das Breckland hat gewaltige Ausmaße, und Hockford Council ist nicht in der Lage, das ganze Gebiet mit Kameras auszurüsten. Sie haben auch gar kein Recht dazu, denn der größte Teil gehört der Forstgesellschaft.«

Wieder schwieg er eine Weile, und ich entspannte mich auf meinem Sitz und schaute auf die Nummern, die jeden einzelnen Holzfällerpfad markierten. Es war schwer, ein Haar in der Suppe seiner Argumentation zu finden, aber die ganze Sache mit der Überwachung berührte einen wunden Punkt bei mir.

»Ist mein Eindruck zutreffend, dass meine unschuldige kleine Felicity die Vorstellung von Sex a fresco liebt?«

»Ja, vielleicht.«

»Vielleicht kann ich dir eines Tages dazu verhelfen.« Er ließ ein schmutziges Glucksen hören, und ich spürte, wie sich meine Muschi zusammenzog, obwohl ich gerade dachte, was für ein gönnerhafter Bastard er war. Ich konnte mir alles sehr genau vorstellen. Irgendwo draußen. Zuerst hatte er meinen Po blank gelegt, vielleicht sogar in der Nähe eines Weges, damit die Gefahr bestand, dass jemand uns beobachtete, wie er mich strafte und züchtigte. Dann, wenn meine Backen tief rot waren, führte er mich tiefer in den Wald hinein, und da würde er mit seinem harten Penis in mich eindringen.

Wieder gluckste er, als hätte er meine Gedanken gelesen, und ich spürte, wie ich errötete. Er war wirklich ein Schwein, aber aus irgendwelchen seltsamen Gründen machte mich das an. Sein ganzes Verhalten schien den schmutzigen, erniedrigenden Sex akzeptabler zu machen. Wie auch immer – ich wollte es.

Was ich nicht wollte, war Reden. Aber er hatte mich verwirrt. Ich drehte die Musik lauter und versuchte zu entspannen und nicht daran zu denken, dass er mir den Hintern versohlen würde. Wir fuhren weiter östlich und bogen auf die A 11, um Thetford zu umgehen. In Brettenham verließen wir gleich hinter dem Ortsschild die Hauptstraße und fuhren einen neu asphaltierten Weg entlang, der vor einer Gruppe von alten rot gebrannten Ziegelsteinhäusern endete, schön um einen großen gepflasterten Hof drapiert.

Hier musste früher mal eine Mühle gestanden haben, denn in der Mitte des Hofes befand sich ein Mühlstein, aus dem Wasser sprudelte. Stephen hielt den Saab an, und ich hörte Stolz in seiner Stimme, als er sagte: »Hier sind wir.«

»Ist das deine Wohnung?«

»Ich wohne oben.«

Er zeigte auf ein langes rotes Dach, in das offenbar neue Lichtkuppeln eingelassen waren. Ich hatte eine Wohnung erwartet, wie ich sie aus Hockford kannte, entweder oben oder unten, und gewiss nichts, was so teuer und exklusiv aussah. Eine Holztreppe führte zu einer Tür, auch wieder neu, aber auf Alt gemacht. Der ganze Komplex atmete Wohlhabenheit. Ich wollte nicht fragen, was eine solche Wohnung kostete, und Stephen sagte es nicht von sich aus. Wir stiegen die Treppe hoch, und er zeigte hinüber zum Fluss und zu den Feldern und Wäldern.

»Wir haben eine Stiftung gegründet und das Land zu beiden Seiten des Flusses gekauft, damit die Regierung nicht beschließen kann, das alles zuzubauen.«

Die Tür schwang auf, und ich folgte ihm hinein. Es war ein einziger langer Raum, die Wände aus Steinen, Flint und poliertem Holz, und die Möbel waren klobig und cremefarben. Ich ging zur Musikanlage und hoffte, in der riesigen CD-Sammlung irgendwas mit Punk im alten Stil zu finden, aber er stand sofort neben mir, und seine Stimme klang nervös.

»Das ist ein Sachs and Johansen, brandneu und ein bisschen kompliziert. Was möchtest du gern hören? Vielleicht etwas von Vivaldi?«

Ich hatte genug Männer kennen gelernt, die nervös wurden, wenn es um ihr Lieblingsspielzeug ging, deshalb trat ich einen Schritt zurück.

»Ich weiß nicht. Vielleicht eher was ... mit mehr Mumm.«

»Ah! Wagner!«

»Ich dachte eher an Stranglers oder vielleicht Scissor Girls.«

»Ich fürchte, mit beiden kann ich nicht dienen, obwohl ich einmal ein Vinyl-Exemplar von Rattus Norvegicus besessen habe. Mein Bruder hatte es mir geschenkt. Ich gebe zu, dass eine gewisse rohe Energie von ihnen ausgeht, aber je reifer man wird, desto mehr verändert sich auch die Liebe zur Musik.«

»Mein Geschmack hat sich nicht verändert.«

»Du bist noch jung, aber hast du vor ein paar Jahren nicht die neueste Boy Band angehimmelt?«

»Nein.«

»Nun, dann hast du einen ungewöhnlich guten Geschmack, und zweifellos wirst du irgendwann dazu kommen, Herrn Wagner zu mögen.«

»War er nicht ein Nazi?«

»Himmel, nein! Er ist achtzehndreiundachtzig gestorben, da war Hitler noch nicht geboren. Wird in den Schulen nicht mehr Geschichte unterrichtet?«

Ich wollte den Punkt nicht weiter verfolgen und zog mich zum Sofa zurück, das wuchtig und bequem war. Von einem Bett war nichts zu sehen, und ich fragte mich, wo er schlief.

Dann erkannte ich, dass die Nische, die ich für einen Alkoven gehalten hatte, in Wirklichkeit eine versteckte Wendeltreppe enthielt, die offenbar auf eine weitere Ebene führte. Die Musik setzte ein, sehr leise, und Stephen dirigierte mit einem Finger, während er in die Richtung der Küche ging.

»Wir haben Musik, jetzt brauchen wir nur noch Wein und ein gutes Essen, dann ist der Abend vollkommen.«

»Sex?«

»Geduld, meine Liebe. Ich hoffe, du magst Gnocchi?«

»Ich weiß es nicht; ich habe sie noch nie gegessen.«

»Nein? Das überrascht mich. Deine Mutter hat doch einen ausgezeichneten Geschmack.«

»Mum hat für die feine Küche nicht viel übrig. Lieber geht sie aus.«

»Wie schade. Kaum ein Küchenchef kann mit dem konkurrieren, was zu Hause möglich ist, allein schon wegen der Zeit und der Vorratshaltung.«

Während er sprach, hatte er begonnen, Geräte und Zutaten auf eine Arbeitsplatte aus Stein zu legen, aber plötzlich hörte er damit auf, bückte sich vor dem Kühlschrank und holte eine kleine braune Flasche heraus.

»Ich bitte um Entschuldigung; ich habe es völlig vergessen. Ein Manzanilla als Aperitif?«

»Ja, danke.«

Er schenkte blassen Sherry in zwei Gläser. Er war trocken und sehr kalt, aber auch sehr erfrischend. Ich behielt den ersten Schluck im Mund, bis mein Speichel ihn gewärmt hatte, dann rann alles durch meine Kehle. Noch einen kräftigen Schluck, und mein Glas war leer. Stephen hob die Augenbrauen.

»Man nippt daran«, klärte er mich auf. »Meine Vorbereitungen dauern eine Weile.«

Ich nahm dankend an, dass er mein Glas noch einmal

füllte, dann entspannte ich mich auf dem Sofa und dachte über meine Reaktionen nach, während ich am Sherry nippte. Er war so arrogant und so ganz anders als ich, und doch fiel es mir leicht, ihm die Kontrolle zu überlassen. Und der Sex erst! Stephen hatte etwas an sich, das mich dazu brachte, mich ihm ganz auszuliefern, mich vor ihm auf die Knie zu werfen, um ihn in den Mund zu nehmen, oder mich über seine Knie zu legen, damit er meinen Hintern verhauen konnte.

Seit einer Tüte mit Kartoffelchips zu Mittag hatte ich nichts mehr gegessen, deshalb spürte ich jetzt schon, wie mir der Sherry zu Kopf stieg. Ich fühlte mich müde und ein bisschen beschwipst, während er in der Küche arbeitete und die ganze Zeit redete. Er hatte eine andere Flasche geöffnet, diesmal einen italienischen Rotwein, der kräftig aussah. Ich wusste, dass ich vor dem Ende des Abends betrunken sein würde.

Die Gnocchi stellten sich als mit Käse bestreute Knödel heraus, die Stephen mit geräuchertem Schinken und einer scharfen Sauce servierte, alles sehr köstlich und leicht. In meinem Magen war noch Platz, deshalb hoffte ich, dass er zum Nachtisch Pudding auffuhr oder eine Schüssel mit Eiscreme und Schokostückchen, aber er verteilte nur den Rest der Flasche in unsere Gläser, stand vom Tisch auf und ging zum Sofa. Er winkte mir zu, ich sollte ihm folgen.

Ich folgte ihm, lehnte mich gegen ihn, den Kopf in seiner Armbeuge. Ich war ganz entspannt und fragte mich, ob er mich nicht satt haben wollte, damit ich für den Sex bereit war. So eine Gemeinheit traute ich ihm durchaus zu. Er redete immer noch übers Essen.

»Die Italiener geben sich auf eine Weise dem Essen hin, wie wir Briten das gar nicht kennen, was wirklich seltsam ist, denn wir haben eine große Vielfalt an regionalen Küchen. Ich schätze, dass die Industrialisierung der Tod der britischen Küche war, jedenfalls beinahe.«

Während er sprach, hatte er eine Hand auf meine Brust gelegt. Er streichelte mich träge, als wollte er die Beschaffenheit meines Fleisches überprüfen. Unter seinen Fingern stellten sich meine Nippel auf.

Ich konnte nicht anders und musste kichern. Ich entspannte mich noch mehr und war froh, dass er mit mir spielte. Er redete immer noch, während er die Knöpfe meiner Bluse öffnete, vorsichtig den BH hob und meine Brüste entblößte. Die Nippel zeigten aufgeregt nach oben. Als er das sah, gab er ein leises schmutziges Glucksen von sich, an das ich mich schon gewöhnt hatte, und fuhr fort, mich zu streicheln, und endlich nahm er auch wahr, was er da tat.

»Du bist wahrhaftig eine Schönheit, Felicity, und was noch wichtiger ist, du bist auch sinnlich veranlagt. So viele Frauen fühlen sich heute fast dazu verpflichtet, ihre Sexualität zur Schau zu stellen, aber du weißt, wie du dich voller Anmut einem Mann hingibst, und das ist einfach erregender.«

Für ihn mochte das ja stimmen. Ich hatte mich ihm ausgeliefert, lag auch jetzt an seinem Körper, während er lässig meine nackten Brüste neckte. Er führte meine Hand zu seinem Hosenstall. Ich holte ihn heraus, und während ich ihn rieb und streichelte, schloss ich die Augen.

Ich freute mich schon auf eine langsame, intime sexuelle Begegnung. Er konnte ruhig die Führung übernehmen, solange ich nur einen Orgasmus erreichte und in den Genuss einer bestimmten Behandlung kam. Ich brauchte nur daran zu denken, und schon flatterte es voller Vorfreude in meinem Bauch.

»Wirst du mir wieder den Hintern versohlen?«

»Sag das noch mal, ja?«

»Du bist pervers, Stephen English. Du wirst mich wieder verhauen, nicht wahr?«

»Natürlich werde ich dich verhauen, aber ich bin nicht pervers. Ich bin nur ein Mann, und jeder Mann, in dessen Adern Blut fließt, würde dir den Arsch verhauen wollen, Felicity.«

»Du bist der Erste.«

»Was nur zeigt, welche erbärmlichen Männer du bisher gefunden hast. Aber ich fürchte, das trifft für die meisten zu. Okay, dann komm schon.«

Ich fühlte mich ganz wohl, wo ich bisher gekauert hatte, und ich wäre jetzt am liebsten über seine Knie gekrochen. Er hätte sich um meine festen Backen kümmern können, während ich ihm weiter den Schwanz gestreichelt hätte. Aber er hatte andere Vorstellungen. Er hob mich mühelos vom Sofa hoch, und ich begriff, dass ich zum Bett getragen werden sollte. Ich quietschte alarmiert, als er mich über die Schulter warf. Meine Backen waren die höchsten Teile meines Körpers. Er gab ihnen je einen kräftigen Klaps.

Es war fast so entwürdigend wie die Position, die man zum Spanking einnehmen musste, aber es machte mir nichts mehr aus, und ich ging auch nicht zum Schein auf Abwehrhaltung; stattdessen ließ ich mich die Treppe hinauf tragen. Er nahm nur dann die Hand von meinem Po, wenn er sich am Geländer festhalten musste.

Erst als er mich unsanft auf sein Bett geworfen hatte, konnte ich sein Schlafzimmer sehen, ein großes, rundes Zimmer, das sich wahrscheinlich direkt unter dem konischen Dach der alten Mühle befunden hatte. Auch hier waren die Wände aus Stein, und das Mobiliar war streng und männlich. Über dem breiten Bett lag eine dicke, nicht ganz weiße Tagesdecke.

Es war der perfekte Platz, um mich seinem Willen unterzuordnen. Ich rollte mich herum, reckte den Po in die Luft und griff hinter mich, um den Rock nach oben zu ziehen. Ich zeigte ihm meine Beine und den Sitz meines Höschens. Er lachte, als er sich setzte.

»Ungeduldiges geiles Ding, was?«

Ich nickte, weil es ja stimmte. Seine Hand fand meinen Po und quetschte eine Backe durch das Höschen, dann gab er mir einen freundlichen Klaps. Ich hob meine Hüften, schloss die Augen und wollte ein langsames, sinnliches Spanking erleben. Wie das erste, das er mir verabreicht hatte.

Seine Klapse nahmen an Wucht zu, mal auf die Backen, mal auf die Rückseiten der Schenkel. Ich zupfte an meinem Höschen und zog es zwischen meine Backen, damit er mehr zu sehen hatte. Jetzt ließ er die Hand auf den nackten Po klatschen, und einen Moment später kletterte er aufs Bett, seine Stimme kurz angebunden, während er mir den halb steifen Penis stolz und verlangend vors Gesicht hielt.

»Nimm mich in den Mund. Sauge mich, während ich deinen Po verhaue.«

Das brauchte er mir nicht zu sagen. Mein Mund war schon geöffnet, und ich nahm ihn auf und saugte kräftig, damit er rasch anschwoll, während seine Hand sich weiter auf meinem Po abreagierte.

Ich hielt immer noch mein Höschen zwischen den Backen und zwischen den Labien fest, aber dann übernahm er diese Aufgabe, zog den Stoff streng zusammen und klatschte auf meinen Po. Er war wirklich pervers und geilte sich daran auf, dass er mit meinem Höschen spielen konnte, während er mich vertrimmte und ich seinen Schwanz saugte.

Bald war er hart in meinem Mund, und ich bekam einen warmen Hintern. Meine Pussy wäre bereit, ihn aufzunehmen. Er sollte mal versuchen, meinen Po zu versohlen, während er seine Erektion in mir bewegte, aber er gab mir nur noch einen härteren Schlag und ging zurück, während er amüsiert und mit dem Stolz eines Besitzers auf meinen halb nackten erregten Körper schaute. Er nickte.

»Ja, ein sehr schöner Körper. Bist du schon mal mit dem Stock gezüchtigt worden, Felicity?«

»Stock? Du meinst Rohrstock oder so was?«

»Ja, wie es sie früher in der Schule gab.«

»Bevor ich dich kennen lernte, bin ich nie gezüchtigt worden. Tut das sehr weh?«

»Ja. Ich will dich nicht anlügen, aber ich glaube, es wird dir trotzdem gefallen. Oder treffender: Du wirst den Rohrstock lieben und hassen zugleich. Das ist die Grundlage, wenn man körperliche Züchtigung akzeptiert.«

Ich nickte, weil ich verstand, was er meinte. Die Spankings erfüllten mich mit Scham und Unmut und Angst, und gleichzeitig weckten sie in mir Sehnsucht und Verlangen.

Er hatte meine Reaktion schon als Zustimmung gewertet und seinen Penis wieder in seine Hose versteckt, dann kletterte er vom Bett. Auf der anderen Seite des Zimmers stand eine große Kommode, er ging hin und zog die untere Schublade heraus. Im nächsten Moment hielt er einen langen, hellen Stock mit einem gekrümmten Griff in der Hand. Ich hatte so ein Ding noch nie gesehen, außer vielleicht in einem Comic, und ich musste schlucken, als ich mir vorstellte, es bald auf meinen Pobacken zu spüren.

»Ich bin nicht sicher ...«

»Pst, Darling. Tu, was man dir sagt. Du kannst es abbrechen, wann immer du willst. Steh jetzt auf.«

Er prüfte die Biegsamkeit des Stocks, genau wie ein junger strenger Klassenlehrer in früheren Generationen, nur fiel bei ihm die harte Stange in seiner Hose auf. Ich erhob mich, zitterte ganz schlimm und biss mir auf die Lippe. Aber ich wollte es auch, ich wollte es zumindest versuchen. Einen Schlag wollte ich in jedem Fall aushalten.

Er nickte kurz und selbstzufrieden, als er sah, dass ich bereit war, und wies auf die genaue Mitte des Raums.

»Höschen runter, Felicity, und berühre deine Zehen mit den Fingern.«

Wie immer, wenn er mir einen Befehl erteilte, reagierte mein Körper mit einer Schockwelle, die meine Pussy überschwemmte. Diesmal gehörte auch echte Furcht dazu. Meine Bewegungen kamen mir selbst mechanisch vor, als ich vom Bett aufstand und die entblößende, bemitleidenswerte Position einnahm, die er verlangt hatte.

Meine nackten Brüste hingen zwischen den offenen Seiten der Bluse, und mein Rock war hinten zusammengerafft und hoch geschoben. Mein Po drückte sich stark heraus, als wollte er die Akzeptanz der Strafe betonen, die Stephen für mich festgelegt hatte.

Als ich mein Höschen nach unten schob und Stephen sein Ziel zeigte, zitterten meine Finger so stark, dass ich sie kaum kontrollieren konnte, und doch wollte ich es richtig machen, denn ich wusste, dass er die Lippen meines Geschlechts und den kleinen Stern zwischen meinen Backen sehen wollte.

Das alles war Teil meiner Kapitulation, die erst vollkommen war, als meine Fingerspitzen die Zehen meiner Schuhe berührten. Stephen ließ ein zufriedenes Glucksen hören, das schon vertraute schmutzige Glucksen.

»Hm, sehr gut, Felicity, und darf ich dir ein Kompliment über dein süßes Aussehen machen? Ich liebe es, wenn ein Mädchen bei der Bestrafung die Brüste zeigt, das gibt einen besonderen Kick. Und du hast so einen feinen Hintern. Du solltest dich viel häufiger so zeigen. Jetzt zum Stock. Sechs Schläge sind Tradition für unanständige Mädchen, glaube ich.«

Jedes Wort schickte neue schamgespickte Erregung durch meinen Körper. Ein Teil von mir wollte schreien, dass er seine perversen Kicks nicht an meinem Körper auslassen soll, aber ich behielt die schreckliche Pose bei, und er klopfte mit dem Stock auf meine Backen. Selbst die leichte Berührung brannte auf meiner Haut, meine Muskeln zuckten, dann hob er den

Stock, und ich wimmerte in mein Kleid, das mir über den Kopf fiel und meine Sicht blockierte.

Einen ewigen Moment des Schreckens lang geschah gar nichts, dann hörte ich, wie der Stock die Luft zerschnitt, und ich fühlte seine Härte auf dem nackten, weichen Fleisch meines Pos. Es war ein ungeheurer Schmerz, ich hielt die Luft an und musste dann keuchen, ich nannte ihn Schwein und Bastard und pervers, aber ich behielt meine Pose bei und wappnete mich gegen den nächsten Schlag, denn was er meinem Körper und meinem Kopf antat, war schlimmer als alles, was ich bisher erlebt hatte – und zugleich stand ich kurz vor einem Orgasmus.

»Braves Mädchen. Und einen schönen schnurgeraden Striemen habe ich dir gezaubert. Noch fünf.«

Seine Worte besänftigten und linderten, aber ich konnte auch den Spott und das sadistische Frohlocken heraushören, und lassen Sie sich von niemandem erzählen, dass es ein Widerspruch ist, den zu verletzen, den man liebt, und das Verletzen auch noch genießt. Bei Stephen war das so, und mir gefiel es, dass er mir Schmerzen zufügte.

Wieder hörte ich das schreckliche Zischen, und dann spürte ich den Stock quer über meine nackten Backen, härter noch als zuvor, und ich tanzte auf meinen Zehen und wackelte mit dem Po hin und her, was absolut nichts bewirkte, denn die entsetzlichen Schmerzen blieben.

»Sehr schön, meine liebe Felicity. Mir gefällt es, wenn ein Mädchen so impulsiv auf die gerechte Bestrafung reagiert. Noch vier.«

Ich versuchte ihm zu antworten, aber meine Worte kamen wie ein abgebrochenes Schluchzen heraus. Wieder drückte ich meine Fingerspitzen auf die Zehen meiner Schuhe. Der Stock berührte meinen Po, als wollte er sich das Ziel noch einmal ansehen, dann wurde er hoch gehoben und mit Wucht auf beide Backen geklatscht. Wieder schrie ich auf, und wieder wackelte ich mit dem Po, und Stephen musste wieder lachen.

»Perfekt machst du das. Du bist in allen Belangen perfekt. Du solltest viel häufiger auf diese Weise gezüchtigt werden, am besten vor einem größeren Publikum, damit alle deinen bezaubernden Po sehen können und wie schön du tanzt.«

»Du Bastard, das würde dir gefallen, was?«

»Aber gewiss. Es ist eine Schande, dass die Behörden so eine dumme Einstellung zu diesen Dingen haben.«

Ich schrie wieder auf, als der Stock sich erneut in mein Fleisch biss, völlig unerwartet und tiefer als vorher. Das musste der vierte Striemen auf meiner Haut sein. Mein Hintern fühlte sich an, als hätte er Feuer gefangen, er war viel heißer als bei den vorangegangenen Spankings, aber ich blieb trotzdem in meiner Position, entschlossen, die sechs Schläge mit dem Stock zu ertragen, stolz und halsstarrig.

Aber das waren nicht die wahren Gründe, warum ich die vorgesehenen Schläge aushalten wollte. Nur wenn ich wusste, dass ich nach dem Standard der Tradition anständig gezüchtigt worden war, konnte ich mich ihm völlig ausliefern, wenn er fertig war. Er sprach wieder.

»Ja, ich würde dich gern nackt über die High Street paradieren lassen und dich dabei mit dem Stock traktieren. Genau wie jetzt, genau in dieser Haltung, und hunderte Leute würden zuschauen. Jetzt noch zwei.«

Wieder zischte der Stock durch die Luft, und wieder schrie ich. Diesmal verlor ich die Kontrolle über mich und griff mit beiden Händen an meinen heißen Po.

Er wartete geduldig, während ich mich aufrichtete und in Selbstmitleid zerfloss. Er hatte die Lippen zu einem kleinen grausamen Lächeln verzogen, und der schreckliche Stock baumelte arbeitslos von seinen Fingern hinunter. Es war fast zu viel, aber schließlich schaffte ich es und nahm meine Bestrafungsposition wieder ein. Ich saugte die Luft tief ein, bevor er das letzte Mal zuschlagen konnte.

»Noch einer, Felicity.«

Er trat dicht hinter mich und strich mit den Fingerkuppen über die brennenden Striemen, die jetzt meine Haut dekorierten, fünf insgesamt. Sie würden mir bestimmt eine Woche oder länger erhalten bleiben.

Ich kam mir wie gebrandmarkt vor. Das Mädchen, das sich den Arsch verhauen lässt und daraus seinen Spaß bezieht. Seine Finger zwängten sich jetzt zwischen meine Backen und spreizten sie, als wollte er mich vorführen.

»Ah, ich sehe, wie deine hintere Öffnung zu zucken beginnt. Das ist immer ein Zeichen dafür, dass du bereit bist.«

»Du bist ein Schwein …«

»Ich bitte dich, denk an deine Sprache. Mir ist jetzt klar, dass du diese Tracht verdient hast.«

Während er sprach, ließ er die Backen los, und sie schwappten gegeneinander und zitterten noch eine Weile. Er hob den Stock an, und ich schüttelte den Kopf und bewegte die Zehen in schlimmster Erwartung des letzten Schlags. Er war der härteste überhaupt und wieder über beide Backen, und ich schrie eine ganze Weile und ließ das Becken rotieren, als wollte ich mich von den Schmerzen ablenken. Aber nur einen Moment lang, dann ließ ich mich vor ihm auf die Knie fallen.

Er trat näher heran, ganz lässig, während ich nach seiner Erektion griff. Der Stock lag noch in seiner Hand. Ich befreite den Penis und schob ihn in meinen Mund, dann begann ich kräftig zu saugen, während ich über meinen geschundenen Po strich. Ich konnte die Striemen fühlen, die Striemen, die er mir zugefügt hatte.

Ein Mann hatte mich verprügelt, hatte den Stock auf meinem nackten Hintern missbraucht, er hatte mich erniedrigt und mir große Schmerzen zugefügt, und ich kniete voller Leidenschaft vor ihm und saugte ihm in absolutem Gehorsam den Schwanz.

Ich wäre auf diese Weise gekommen, denn während ich saugte, strich ich über meinen armen brennenden Po und rieb meine Pussy, aber er hatte andere Vorstellungen. Kaum war er in meinem Mund zur maximalen Härte angeschwollen, zog er mich hoch und warf mich aufs Bett.

Er packte mich an den Knöcheln, und mein Körper öffnete sich, der Rock verließ mich wie eine verwelkte Blume. Stephen schaute auf mich und bewunderte das Werk, das er angerichtet hatte. Im nächsten Moment war er in mich eingedrungen und begann mit einem gleichmäßigen Rhythmus, der mich gleich zittern und keuchen ließ.

Meine Hand ging nach unten, weil ich mich selbst streicheln wollte, aber er schob die Hand weg. Er zog sich aus mir zurück, drehte mich auf die Knie und nahm mich jetzt von hinten. Wieder versuchte ich, an meine Pussy zu gelangen, und wieder stieß er meine Hand weg. Meine Frustration und meine Not wurden immer größer.

Ich bettelte um Erlösung, aber er schaffte es wieder. Er konnte meinen Körper manipulieren, als wäre ich eine Puppe. Er nahm mich in allen möglichen Stellungen, und es dauerte eine Ewigkeit, bis er mich wieder auf die Knie brachte und mir sagte, dass ich jetzt kommen könnte.

Sofort brabbelte ich meinen Dank, und meine Finger waren schon unterwegs zwischen die Schenkel. Mit der freien Hand streichelte ich behutsam über die Stockstriemen, und während ich masturbierte, trieb er tief und wuchtig in mich hinein. Mein Kopf war voll von dem, was er mit mir angestellt hatte, wie ich posieren musste, wie er mich geschlagen und wie er meinen Po mit den roten Striemen dekoriert hatte.

Ich war noch nie so heftig gekommen, und während mein

Körper von den Wellen des Orgasmus geschüttelt wurde, belegte ich ihn mit allen schlimmen Namen, die mir einfielen, ich verfluchte ihn und sagte, dass ich ihn liebte, ich nannte ihn einen Bastard und verlangte, dass er mich verhaute, ich schrie ihn an, weil er mir diese schlimmen Schmerzen zugefügt hatte, und ich bettelte ihn an, dass er für mich kam, und das tat er auch und löste dadurch bei mir einen neuen Höhepunkt aus.

Neuntes Kapitel

Es war ein Wochenende, wie ein Wochenende sein sollte. Ich hatte sechs parallel verlaufende Striemen, die mich an das Hauptereignis dieses Wochenendes erinnerten. Ich war geschlagen und gestraft worden. Ich hatte einem Mann erlaubt, meinen Po mit einem Stock zu traktieren. Eigentlich konnte man sich das heutzutage überhaupt nicht mehr leisten, sonst riskierte man eine Anzeige wegen sexuellen Missbrauchs. Nun, Stephen English hatte es riskiert, und ich brachte es nicht über mich, deswegen auch nur einen Moment lang unglücklich zu sein.

Wir schliefen auch miteinander, und als wir später noch einmal Sex hatten, war es ganz anders, intimer und liebevoller. Wir kuschelten völlig ungehemmt in der dunklen Wärme seines Schlafzimmers, und dann wurde mir bewusst, dass ich mich ihm ohne das Spanking nie so bedingungslos geöffnet hätte.

Ich blieb fast den ganzen Sonntag bei ihm. Die meiste Zeit lief ich nackt in seiner Wohnung herum. Es fühlte sich ganz natürlich an, und wenn ich meinen gestreiften Po im Spiegel sah, musste ich in Erinnerung an den Vortag lächeln. Nicht, dass ich den Beweis unbedingt sehen musste, denn die Striemen brannten immer noch. Ich ließ ihn sogar ein Foto davon machen.

Er wies mich an. Ich musste mich in die Mitte des Zimmers stellen, die Hände auf dem Kopf und das Gesicht zur Kamera gewandt, schmollend und splitternackt, sodass man sofort sah, wie er mich zugerichtet hatte.

Schließlich fuhr er mich nach einem Essen im Pub der Nachbarschaft nach Hause. Ich ließ mich aufs Bett fallen und war gleich weg. Als ich aufwachte, war es fast dunkel. Meine Erinnerungen an die letzte Nacht waren seltsam benebelt, und beinahe fiel es mir schwer, daran zu glauben, dass wirklich alles geschehen war.

Am anderen Morgen war das Geschehen nicht klarer geworden, und ich fühlte mich ganz scheu, als ich mich meiner Arbeitsstelle näherte.

Stephen war wie immer; er begrüßte mich mit einem Kuss und einem Klaps auf den Po, aber sonst gab er sich eher als Boss und nicht als Liebhaber. Paul war auch da. Mr. Phelps hatte ihm offenbar gesagt, dass der Rat ihr Überwachungssystem so gut wie angenommen hätte, es bedurfte nur noch des richtigen Stempels vom entscheidungsbefugten Komitee, und danach würden wir umgehend den Vertrag erhalten.

Das bedeutete, dass die Pläne für die Installation in ganz Hockford und Umgebung realisiert werden mussten, denn Mr. Phelps und seine Genossen wollten noch einige Ergänzungen und Veränderungen durchsetzen.

Für mich kam diese Nachricht wie ein herber Schock, und noch schlimmer war, dass ich keine Möglichkeit sah, darauf zu reagieren. So versuchte ich, unauffällig meiner Arbeit nachzugehen und meine Sorgen zu ignorieren. Es schien, dass ich den Kampf verloren hatte. Jetzt konnte ich nur noch meine Leute warnen und versuchen, den endgültigen Standort der Kameras mit zu beeinflussen.

Es stellte sich heraus, dass ich viel mehr erreichen konnte. Ich hatte die Pläne auf meinem Computer, und es gehörte zu meinem Job, sie auszudrucken, was mir ideale Gelegenheit bescherte, über die neuesten Veränderungen im Bild zu sein.

Ich trug die Veränderungen ein, während Stephen und Paul festlegten, welche Kartons wir aus dem Lagerhaus brauchten; es waren keine gewaltigen Veränderungen, und wahrscheinlich würden sie kaum eine Rolle spielen. Ich achtete darauf, dass Steve von den Kameras nicht erwischt wurde, wenn er seine Abkürzungen nahm, um seinen dubiosen Geschäften nachzugehen.

Als ich die Veränderungen also noch einmal leicht veränderte, damit sie Steves Laufwege nicht erfassten, fühlte ich mich nicht gut, und einige Male musste ich mir einreden, dass ich Black Knight Securities damit keinen Schaden zufügte und Stephen persönlich auch nicht, nur dem Council. Trotzdem schlug mein Herz bis zum Hals, als die Seiten scheinbar gequält aus dem Drucker gequetscht wurden.

Weder Stephen noch Paul waren aus dem Lagerhaus zurück, und sobald alle Stationen ausgedruckt waren, heftete ich einen Satz für die Akten ab und steckte einen weiteren Satz in einen großen braunen Umschlag. Es dauerte noch mindestens zehn Minuten, bis Stephen heraufkam.

»Bist du fertig, Felicity?«

»Ja, Mr. English.«

Er lächelte über die Art, wie ich das sagte; meine Stimme klang dabei bewusst unterwürfig. Ich stand da und gestattete seiner Hand, langsam über die Kurve meiner Backen zu streicheln. Er streichelte weiter, während er mir die nächste Aufgabe zuwies.

»Gut. Kannst du einen Satz zum Council bringen? Mir ist es lieber, wenn wir die Unterlagen persönlich aushändigen, und wenn Paul oder ich gingen, würden sie uns mit Fragen überhäufen.«

»Natürlich, Mr. English.«

»Hörst du wohl auf, so unterwürfig mit mir zu reden, sonst muss ich dich gleich noch einmal übers Knie legen.«

»Oh, ja, bitte.«

Seine Augenbrauen gingen hoch, und er drohte mir mit

einem erhobenen Finger, aber ich griff schon nach dem Umschlag. Ich hatte mit ihm gespielt, zum Teil, um meine Nervosität zu kaschieren.

Aber als ich mein Büro verließ, war mir bewusst, dass ich jetzt mehr denn je ein Spanking verdient gehabt hätte. Aber ich würde wohl keins erhalten, jedenfalls nicht für dieses Fehlverhalten. Ich hatte die Standorte leicht verändert, und da Paul und Stephen stark beschäftigt waren, würden sie die Abweichungen kaum bemerken, es sei denn, das Council machte sie darauf aufmerksam, aber damit rechnete ich nicht.

Es war nur ein kurzer Weg bis zum Verwaltungsgebäude des Councils, und wie der Zufall es wollte, stand Mr. Phelps auf dem Parkplatz und unterhielt sich mit Mr. Burrows. Sie standen neben einem glänzenden roten Geländewagen, und dieses eine Mal sah ich Mr. Phelps lächeln.

»... wird nicht so leicht zu klauen sein. Das Sicherheitssystem ist schwer zu knacken.«

Mr. Burrows' Stirn legte sich in Falten. »Ich dachte, Sie hätten das letzte Mal den Schlüssel stecken lassen.«

»Nun, ja, aber ... Was kann ich für Sie tun, Miss Cotton?«

»Ich habe den letzten Vorschlag für die Standorte des gesamten ZX-Systems zusammengestellt, Mr. Phelps. Entschuldigen Sie, dass ich gelauscht habe, aber wenn das System schon installiert gewesen wäre, hätte man den Dieb Ihres Autos zweifellos überführt.«

»Das weiß ich, Miss Cotton. Gut. Ja, ich habe diesmal ein gutes Gefühl, Geoffrey. Das System hat das Potenzial, dass uns der Durchbruch gegen die kleinen und großen Kriminellen gelingt. Wir können die Verbrechensquote senken und werden durch die Strafen eine Menge mehr Geld einnehmen.«

Er sprach mit Mr. Burrows und hatte nicht einmal den

Anstand, sich zu bedanken. Ich drehte mich um und ging und widerstand der Verlockung, mit meinem Schlüssel seinen glänzenden Lack zu schrammen. Aber ich befand mich direkt unter einer Kamera.

Ich hatte schon den Weg zurück ins Büro eingeschlagen, aber dann zögerte ich. Es war fast Mittagszeit, und Stephen konnte nicht wissen, ob Mr. Phelps mich zehn oder dreißig Minuten warten ließ, ehe er gnädig die Unterlagen entgegennahm. Eine kleine Belohnung hatte ich verdient.

Es war ein Morgen voller Stress gewesen, und der Gedanke an ein eiskaltes Glas Wodka mit Limone im Bull, der gleich gegenüber lag, war einfach zu verführerisch. Wenn ich Glück hatte, würde Stephen ein paar Minuten nach eins auch in den Bull kommen und mir ein Essen ausgeben. Ich konnte ihm erzählen, dass ich gerade erst aus dem Council gekommen war. Zwei Minuten später saß ich in einer Fensternische, schaute mir die Welt da draußen an und nippte an meinem Getränk.

Ich hatte getan, was ich tun konnte, zumindest zum jetzigen Zeitpunkt, und so fühlte ich mich einigermaßen zufrieden. Ich redete mir ein, dass Mum vielleicht Recht hatte und es Zeit wurde, sich ein wenig zurückzuhalten, wie sie es gern nannte. Das, was Archie Feltham mit ihr anstellte, war zwar alles andere als zurückhaltend, aber dazu würde ich nichts sagen, denn dann konnte sie mir nicht vorwerfen, was ich alles mit Stephen English trieb. Wenn sie nämlich wüsste, dass er mir den Hintern versohlte, würde sie sich Stephen vorknöpfen. Aber diese Vorstellung erfüllte mich mit absoluter Verlegenheit. Ich musste auf der Hut sein und vermeiden, zu Hause mit einem Po voller Striemen herumzulaufen.

Ich hatte mein Glas gerade erst zur Hälfte geleert, und es war noch ein paar Minuten bis eins, als ich Stephen auf den Pub zugehen sah. Er war allein, und ich lächelte und winkte ihm zu. Er sah sofort auf seine Uhr und runzelte die Stirn. Er trat ein, ging direkt auf meine Nische zu, und ich hatte nichts anderes zu tun, als mich zu entschuldigen.

»Es tut mir leid, ich dachte, es wäre nicht schlimm, weil ich ja …«

Er hob eine Hand.

»Keine Sorge, absolut keine. Fünf Minuten früher oder später sind schließlich nicht das Ende der Welt, und außerdem wissen wir doch beide, wie man am besten mit geringfügigen Übertretungen umgeht. Was trinkst du?«

»Wodka und Limone.«

Er wandte sich zur Bar und ließ mich mit dem unbehaglichen Gefühl im Magen zurück. Es war klar, was er meinte; mein eigenmächtiges Vorziehen der Mittagspause würde mir ein Spanking bescheren. Er kam zurück, und ich wies auf etwas hin, was er nicht beachtet zu haben schien.

»Ich bin noch ein wenig wund.«

»Das glaube ich gern. Ich arbeite lieber mit unversehrter Haut, und außerdem erhöht es den Reiz, wenn ich dich jetzt warten lasse.«

»Sadist.«

»Absolut. Überlegen wir mal. Ohne meine Erlaubnis zu früh in die Mittagspause zu gehen ist kein wirklich ernstes Vergehen. Ein Spanking ist angemessen, auf den nackten Po. Wenn es noch einmal geschieht, benutze ich den Stock.«

Ich nickte und schluckte. Er mühte sich erst gar nicht, seine Freude zu verstecken; Freude über die Macht, die er über mich hatte, und Freude an dem, was er mir noch verabreichen würde. In meinem Bauch flatterte es jetzt schon; es war eine vertraut gewordene Mischung aus Abneigung, Vorfreude und Erregung. Stephen lächelte, als er sich wieder setzte, dann steckte er die Nase ins Weinglas.

»Nicht schlecht«, sagte er. »Ein bisschen zu jung, und ich

schmecke Eiche, was meinem Gaumen nicht so gut gefällt. Möchtest du was essen?«

»Ja, gern, danke.«

Er wechselte das Thema in seiner lässigen Art, die mich manchmal bis zur Weißglut reizte. Als ob die Dinge, die mich interessierten, für ihn nicht wichtig wären. Aber dann fuhr er fort, und ich merkte, dass er sehr wohl auf hohem emotionalem Niveau unterwegs war.

»Felicity ... mir hat unser Wochenende großartig gefallen, und ... und ich darf wohl sagen, dass du eine einzigartige Kombination von Unschuld und – nennen wir das Kind beim Namen – Verdorbenheit hast, und bitte, sei nicht beleidigt, wenn ich das so sage.«

»Nein, nein, bin ich nicht.«

»Gut. Also, was ich nämlich sagen möchte ... kann ich davon ausgehen, dass du derzeit in keiner ernsten Beziehung stehst? Ich meine, du hättest mal einen amerikanischen Flieger erwähnt, nicht wahr?«

»Martin, ja. Ich glaube nicht daran, dass ich ihn noch einmal sehe. Er war zu Besitz ergreifend.«

»Aha. Du magst also keine Besitz ergreifenden Männer?«

»Wenn sie glauben, sie können ein paar Mal mit mir ausgehen und mich dann herumkommandieren, dann läuft das nicht bei mir.«

»Bist du denn interessiert an ...«

Er brach ab, denn Paul stand plötzlich am Tisch und legte eine große Kamera auf den Tisch, die neue ZX-6, die er bestellt hatte, und von nun an wurde es dienstlich.

Ich war sicher, dass Stephen mich fragen wollte, ob wir unsere Beziehung offiziell machen sollten oder wenigstens exklusiv. Leider kamen wir an dem Tag nicht dazu, noch einmal fünf Minuten für uns zu haben, weil das Council tausende Fragen beantwortet haben wollte. Am Abend waren wir beide erschöpft. Ich hätte zwar gern einen Drink mit ihm geteilt, aber ich musste mich mit seiner üblichen Verabschiedungsmasche begnügen: Kuss und Klaps auf den Po.

Am nächsten Tag war es genauso oder noch schlimmer, denn Mr. Phelps war da und ging den halben Tag unsere Vorschläge durch. Er schlug seinerseits lauter Veränderungen vor, wodurch die Veränderungen, die ich vorgenommen hatte, nicht mehr auffielen. Einige von diesen fielen jetzt zwar Mr. Phelps' Vorschlagswut zum Opfer, aber die wichtigste meiner Veränderungen übersah er.

Ich hoffte wieder, dass Stephen nach Feierabend mit mir ausgehen wollte, aber es war Paul, der sich mit ihm verabredete, weil sie noch einiges zu klären hatten.

Ziemlich frustriert ging ich über die High Street, und immer wieder fragte ich mich, was er mir hatte sagen wollen und wie ich darauf reagieren sollte. Er weckte Gefühle in mir wie bisher kein anderer Mann, mit der möglichen Ausnahme von Steve, der kaum zählte.

Er hatte Dinge mit mir angestellt, die sich kein anderer Mann getraut hatte, Steve diesmal eingeschlossen. Ich musste zwar zugeben, dass sie ein bisschen pervers waren, aber trotzdem waren sie auch schön. Auf der anderen Seite war ich nicht wirklich in ihn verliebt, denn wenn ich das wäre, wollte ich ihm bestimmt treu sein. Wenn ich ihm treu war, denn nur ihm zuliebe, nicht weil ich in mir das Verlangen spürte.

Mein Kopf steckte in den Wolken, deshalb bemerkte ich gar nicht die kleine Gruppe amerikanischer Soldaten, die sich auf der Stadtbrücke versammelt hatte. Ich lief fast in sie hinein, und dann hörte ich, wie jemand mich ansprach, und auch jetzt musste ich einige Male blinzeln, bis ich erkannte, wer es war – Martin.

»Eh ... hi.«

»Hi, Fizz. Bist du okay?«

Seine Freunde grinsten breit und wissend, und sie gingen ein paar Schritte weiter, damit wir miteinander reden konnten. Ich war mir überhaupt nicht sicher, was ich sagen sollte, aber er war freundlich, und als er die entscheidende Frage stellte, hörte ich keine Boshaftigkeit in seiner Stimme.

»Was hat das zu bedeuten, was ich da gehört habe?«

»Worüber? Nein, ich weiß schon. Ich nehme an, Billy hat dir erzählt, dass ich eine betrügende Schlampe bin, aber so ist das nicht. Ich wusste nicht, dass du eine feste Beziehung mit mir haben willst, und woher sollte ich wissen, dass du plötzlich in Afghanistan bist und ...«

»He, bleib cool. Ich bin nicht sauer auf dich.«

»Nein?«

»Nein, nur Billy ist sauer. Wo er herkommt, gehörst du ein Leben lang dem Jungen, den du angelächelt hast. Aber ich sehe das nicht so.«

»Oh, gut.«

»Aber da wir schon beim Thema sind – wie läuft's denn so?«

Ich hob die Schultern; unentschlossen. Stephen und ich hatten zwar eine Beziehung, die immer ernster wurde, aber mir wäre eine Bindung zu früh gewesen. Ich wollte nicht, dass einer mir vorwerfen konnte, ich wäre unfair gewesen. Martin stellte schon die nächste Frage, bevor ich entschieden hatte, was ich sagen sollte.

»Willst du mich nun wieder sehen oder nicht?«

»Ich will dich wieder sehen, ja, aber im Moment ist das ein bisschen kompliziert.«

»Erzähl mir davon. Komm, wir gehen spazieren.«

Er ging die Treppe zum Uferpfad hinunter. Ich zögerte, aber die Kamera hatte uns schon erfasst. Ich folgte ihm, aber als er einen Arm um mich legen wollte, schob ich ihn sanft, aber bestimmt zurück.

»Was ist denn los?«

»Nichts, außer, dass wir beobachtet werden.«

Er drehte sich zu der ZX-4 auf der Brücke um. »Aber die ist nicht auf uns gerichtet.«

»Nein, aber wenigstens zwei andere haben uns jetzt erfasst. Meine Firma hat ein Pilotprojekt installiert und diesen Weg erfasst.«

»Aber wir haben doch …«

»Das war kurz bevor die Kameras installiert wurden. Wenn wir das heute tun würden, böten wir nicht nur meinen Bossen eine Live Show, sondern auch den Vorwitznasen im Council und der Polizei.«

»Scheiße! Danke für die Warnung.«

»In ein paar Wochen wird die ganze Stadt erfasst sein, sogar die Parkplätze an den Ausfallstraßen.«

»Das darf nicht wahr sein!«

»Ist es aber. Hör zu, Martin. Ich weiß nicht, was Billy dir gesagt hat, aber ich treffe mich mit meinem Boss. Es ist nichts Offizielles oder so, jedenfalls noch nicht.«

»Willst du damit sagen, dass ein anderer Typ auch noch mal eine Hand im Spiel haben kann?«

»Ja, so ungefähr.«

Er lachte. »Du bist ehrlich, das muss man dir lassen.«

»Das hat nicht unbedingt was mit Ehrlichkeit zu tun. Ich hasse nur emotionale Krisen und solche Sachen. Ich habe nie begriffen, warum die Leute nicht Spaß miteinander haben können, ohne eifersüchtig zu werden und so.«

»Das hat was mit Natur zu tun, glaube ich.«

»Eher was mit der Art, wie wir erzogen wurden. Dass Sex jedes Mal so eine große Sache ist. Ich selbst habe nie einem Mann treu sein wollen.«

»Vielleicht hast du den richtigen Mann noch nicht getroffen.«

»Ja, vielleicht.«

Wir hatten Foulds' erreicht, außer Sicht seiner Kameraden, aber nicht der Kameras. Als wir an der Brücke hinüber zum Blue Boar angelangt waren, fällte ich eine Entscheidung, fasste seinen Arm und schob ihn aufs Feld, sobald wir in Sicherheit waren. Er sagte nichts und akzeptierte, was auch immer ich beschlossen hatte. Er hatte angefangen, mir von Afghanistan zu erzählen, was sich faszinierend und zugleich entsetzlich anhörte. Dagegen waren meine eigenen Sorgen und Nöte nichts als trivial.

Ursprünglich hatte ich in den Pub gehen wollen, aber wir hatten die Straße überquert und gingen ins Breckland hinein. Es war ein wunderschöner Abend, weich und warm war die Luft, und ich konnte leicht entspannen, nachdem ich den ganzen Tag über gerannt war.

Als Martin mich küsste, gab ich sofort nach und ließ mich von ihm leiten. Er lenkte mich vom Weg auf eine kleine Schneise zu, und dort legte er mich ins hohe Gras und küsste mich immer noch, während er mit den Knöpfen meiner Bluse fummelte, bis er sie geöffnet hatte. Ich genoss es, entkleidet zu werden, und konzentrierte mich viel zu sehr auf ihn, sodass ich an nichts anderes denken konnte.

Aber dann schob er das Höschen über meine Backen. Als er eine Backe in seine kräftige Hand nahm, spürte ich die Striemen von den sechs Stockschlägen. Im nächsten Moment setzte er sich auf, rollte mich auf den Bauch und inspizierte meinen Hintern. Meinen quietschenden Protest hörte er nicht.

»Oh, Mann! Welcher Bastard hat dir das angetan?«

»Nein, so war es nicht, Martin. Es war ...«

Ich brach ab, denn ich war sicher, dass er das nicht verstehen würde, und ich sah das Bild vor mir, wie er mitten auf der

Straße Stephens Licht mit den Fäusten auspustete. Ich begann zu brabbeln und erfand eine Geschichte, die von der Wahrheit weit entfernt war.

»... es war nur ein Spiel zwischen mir und meiner Freundin Josie, die von der Band. Wir waren ziemlich besoffen, und sie wollte ein Pfänderspiel spielen. Du kennst das bestimmt – du musst ein Geheimnis verraten oder eine Strafe hinnehmen.«

»So wie Süßes oder Saures?«

»Ja, so ungefähr, und sie ...«

»Ihr habt Süßes oder Saures gespielt, und dabei hat sie dir den Arsch verhauen?«

Seine Stimme klang jetzt ganz anders, nicht mehr aggressiv, sondern eher amüsiert. Offenbar war es okay, wenn ich mit einem Stock vertrimmt wurde, solange ein Mädchen mir die Hiebe verpasste. Ich grinste trocken.

»Ja, sechs Schläge.«

»Das sehe ich. Autsch! Was war das denn für ein Geheimnis, das du nicht verraten konntest?«

»Nun, es ist eben sehr geheim.«

»Und du lässt dir lieber den Arsch versohlen ...«

Seine Hand lag auf meiner Backe, und die Finger berührten die Striemen ganz vorsichtig, während er erstaunt den Kopf schüttelte, dass ich Josie hatte gewähren lassen. Sein Streicheln fühlte sich gut an, aber nach seiner ersten Reaktion glaubte ich nicht, dass er in der Lage war, mich auf ähnliche Weise zu behandeln. Das dachte ich, bis seine nächste Frage kam.

»Hat sie dich dazu gebracht, dein Höschen auszuziehen?«

»He, ich dachte, du wärst um mein Wohlergehen besorgt.«

»Ja, bin ich auch. Wenn das jemand gegen deinen Willen getan hätte, breche ich ihm alle Knochen, aber wenn du sagst, dass es nur ein Spiel war ...«

Er setzte den Satz nicht fort und streichelte weiter über meine Backen. Einen Moment lang wusste ich nicht, was ich sagen sollte, aber es musste offensichtlich sein, dass ich die Schläge auf den nackten Po erhalten hatte.

»Ja, sie hat mich gezwungen, das Höschen auszuziehen.«

»Sie ist eine Lesbe, was?«

»Ja.«

Das traf zu, aber bisher hatte sie auf der Bühne nur an meine Brüste gegriffen, und da gehörte es zum Auftritt der Rubber Dollies. Sie hatte nie auch nur das geringste Interesse an Spanking geäußert.

Aber Martin törnte es an, und ich genoss das Kosen meines Hinterns. Er ging jetzt noch etwas intimer vor und kitzelte mich unter den Backen. Ich legte das Kinn auf meine Hände und blieb am Thema dran.

»Du würdest gern alles wissen, was zwischen uns gelaufen ist, was?«

»Ja, es macht mich an, solche geilen Dinge zu hören. Ich meine, wenn zwei Mädchen so perverse Sachen treiben. Das gefällt mir.«

»Ja, das gefällt dir und jedem anderen Mann auf diesem Planeten. Okay, ich werde dir sagen, was sie mit mir angestellt hat. Ich musste mich bücken und mit den Fingern meine Zehen berühren. Ich stand direkt vor ihr. Zuerst hob sie meinen Rock hoch, dann schob sie mein Höschen nach unten. Ich musste in dieser Position verharren, während sie einen Stock holte ... es war ein Bambus, der von einer Kübelpflanze stammte. Sie hat mir sechs Schläge verabreicht, und alle waren hart.«

»So sieht es aus. Ich wette, das hat höllisch wehgetan.«

»Es hat wie verrückt gebrannt, aber jetzt ist es okay, und auch gleich danach war es nicht mehr so schlimm; mein Po fühlte sich nur warm und glühend an.«

»Tatsächlich? Und wie ging es dann weiter? War es danach vorbei, oder hat sie dich verführt?«

Es lag auf der Hand, dass er ein Ja hören wollte, aber das schien nicht richtig zu sein. Nein, ich wollte ihn noch eine Weile zappeln lassen.

»Das würdest du gern wissen, was?«

Seine Augen wurden weit, nachdem er offenbar seine eigene Schlussfolgerung gezogen hatte. Er stieß den Atem aus und wälzte sich im Gras. Ich veränderte auch meine Position und lachte bei der Vorstellung, was sich jetzt in seinem Kopf abspielte. Es war ja so leicht, ihn auf hundert zu bringen.

Die Beule in seiner Hose war verräterisch genug. Ich legte meine Hand darauf und fing an, ihn zu streicheln, was bei mir kleine Schauer auslöste. Im nächsten Augenblick hatte ich seinen Reißverschluss geöffnet, und dann lag der Schaft nackt in meiner Hand, dick und dunkel und heiß, der Hodensack auch, und alles drängte sich aus dem Schlitz seiner Uniformhose.

Ich glaube, ich habe das schon mal gesagt: Mir ist das eine der liebsten Szenen; ein ansonsten tadellos gekleideter Mann steht da, und aus dem Hosenstall lugen Erektion und Hoden. Die Fliegeruniform machte sich besonders gut, vor allem, weil Martin gut bestückt war. Mir hätte dieser Schauer schon genügt, die schiere Körperlichkeit der Szene, aber Martin hatte andere Vorstellungen.

»Erzähl mir davon, während du das machst.«

»Du bist ein schmutziger alter Mann, Martin. Weißt du das?«

Ich begann ihn zu masturbieren und ließ meine Finger auch über die seidige Haut seiner Hoden streicheln, ehe ich mir wieder den gespannten Schaft vornahm. Er stöhnte und legte einen Arm um mich, damit er mich näher heranziehen konnte. Er streichelte über meine Wange.

»Mach schon weiter mit der Geschichte, Fizz. Du kannst mich doch so nicht hängen lassen.«

»Kann ich nicht?«

»Tu mir das nicht an.«

Ich lachte wieder, amüsiert vom Drängen in seiner Stimme, aber immer noch unsicher. Josie war meine Freundin und hatte meine Sexualität immer respektiert, wie ich ihre respektierte. Aber es war schließlich nur eine Phantasie, und sie diente doch nur dazu, Martin noch heißer zu machen.

»Okay, okay, aber gib zu, dass du ein schmutziger alter Kerl bist.«

»Was immer du willst.«

»Sage es!«

»Himmel, Fizz! Okay, ich bin ein schmutziger alter Kerl. Jetzt fang an zu erzählen.«

»Ja, gut.«

Ich legte meine Hand um seinen Schaft und zupfte fest daran, während er fortfuhr, meinen Po zu streicheln. Ich wusste nicht genau, wie ich anfangen sollte, aber dann dachte ich, alles zu erzählen, wie ich mich nach einer Züchtigung von Stephen fühlte – aber ihn durch Josie ersetzte.

»Mit jedem ihrer Schläge wurde ich erregter und irgendwie eifriger. Ich glaube, ich wollte alles für sie tun. Sie wusste das auch, denn sie fing an, mir Anweisungen zu geben. Zuerst musste ich mich ganz ausziehen, während sie auf ihrem Stuhl saß und mir dabei zuschaute. Dann musste ich über den Boden auf Händen und Knien zu ihr kriechen und mich zu ihr umdrehen, damit sie meinen glühenden Po sehen konnte. Sie tatschte mich ab, wie du das gerade tust, aber sie hatte ihre Finger überall – und ich meine überall.«

Es war eine Einladung, die ich nicht zweimal aussprechen musste. Wieder stöhnte er, und seine Finger gruben sich zwischen meine Schenkel, nahmen mein Geschlecht in Besitz und masturbierten mich, wie ich ihn masturbierte. Ich rieb mich gegen seine Hand und spürte, dass ich schrecklich erregt war, ohne es eigentlich zu wollen.

»Sie redete schmutzig mit mir, nannte mich ihre Schlampe und dass sie mich in Zukunft häufiger züchtigen würde, immer auf den nackten Hintern, und vielleicht vor anderen Leuten, damit jeder sehen konnte, dass sie mein Boss war. Als sie ihren Spaß mit mir gehabt hatte, musste ich mich wieder umdrehen und zu ihren Füßen knien, während sie sich langsam Jeans und Höschen abstreifte. Ich musste sie lecken, Martin, während mein Po immer noch glühte, und sie gab erst Ruhe, als ich ihr einen Höhepunkt besorgt hatte.«

Ich brach ab, denn mein Körper fand sich in seinem Griff, und ich begann, in einem kleinen Orgasmus zu zittern und zu rucken. Er rieb mich härter. Sein Daumen drang in die hintere Öffnung ein. Ich schmiegte mich an ihn. Ich wusste, dass ich bald richtig kommen würde, und ich wurde die Bilder nicht los, die ich in meinem Kopf entwickelt hatte. Wie ich nackt über den Boden kroch, wie sechs Striemen meinen Po dekorierten und wie Josie mich an sich zog, damit ich sie lecken konnte.

»Du hast es geschafft, du Bastard.«

Dann kam ich auch schon und wand mich gegen Martins kundige Hand, während ich seinen Schwanz mit der eigenen Hand fest umschloss. Noch bevor mein Orgasmus abgeklungen war, rollte er sich auf mich, stieß meine Beine hoch und zerrte an meinem Höschen, damit er freien Zugang hatte.

Zuerst dachte ich, er wollte in die hintere Öffnung eindringen, weil er auch so fasziniert von meinem Po war, aber dann schob er sich etwas höher und drang tief hinein, bis seine Hoden gegen meine Backen schwangen.

Er trieb fest in mich hinein, schnell und geschickt. Er drückte mich ins Gras, und ich fühlte mich überwältigt, körperlich und seelisch. Mein Kopf war voller Scham und voller schmutziger Gedanken, die mich in den nächsten Orgasmus begleiteten.

Mein Abend mit Martin war richtig gut gewesen, nicht nur wegen des Sex. Wie Stephen konnte auch Martin mich ganz locker nehmen, was der Grund dafür war, dass ich mich bei beiden sehr wohl fühlte.

Allerdings war ich ziemlich verlegen, weil ich gekommen war, während mein Kopf voller Bilder war, wie Josie mich gezüchtigt hatte. Das irritierte mich gewaltig. Abgesehen davon war es ein schöner Abend gewesen, und im Gegensatz zu Stephen behandelte mich Martin als Gleichberechtigte.

Auf der anderen Seite konnte er mich nicht auf das Niveau heben, das ich mit Stephen erreichte, wenn er mir ein Spanking verordnete. Das waren Ekstasen gewesen, wie ich sie zuvor noch nie erlebt hatte, und ich hatte sogar daran denken müssen, als Martin mir den Höhepunkt beschert hatte. Ich wusste, dass es schon fast eine Sucht war, aber ich war noch nie gut darin gewesen, mich von der Vernunft leiten zu lassen.

Am folgenden Nachmittag, nach einem anstrengenden Tag, kaum besser als der Tag zuvor, fragte Stephen, ob ich mit ihm ins Cuatro Cortado kommen wollte. Ich sagte sofort zu und überlegte noch, was ich ihm sagen sollte, als wir gemeinsam die High Street hinunter gingen.

Er gab sich lässig wie immer, jedenfalls nach außen, und er sprach darüber, wie er und Paul planten, das Kamerasystem in Hockford als Musterbeispiel zu nutzen, das sich andere Interessenten ansehen konnten. Wenn ihre Pläne aufgingen, so Stephen, würden sie expandieren.

Seltsam, erst vor ein paar Tagen hatte ich gedacht, wenn ich so viel Geld hätte, wie er offenbar besaß, dann würde ich kürzer treten und mehr freie Zeit genießen. Dann, als wir uns an einen Tisch setzten, eine Flasche mit trockenem Sherry zwischen uns, fragte ich mich, worauf ich mich überhaupt einließ.

Im Gegensatz zu dem dunklen Gesöff war dies hier wenigstens trinkbar. Er lächelte und sagte, mit der Zeit würde ich auch noch auf den Geschmack kommen.

»Wie groß willst du denn werden?«, fragte ich. »Wäre es nicht besser, jetzt genug Geld zu verdienen, damit man sich in den Ruhestand zurückzieht?«

»Nein, überhaupt nicht. Jedenfalls noch nicht. Ich werde nicht sagen, dass Geld mir nicht viel bedeutet, aber mir kommt es auf die Arbeit an. Wenn ich keine Arbeit hätte, würde ich schon nach Stunden die Wände hochgehen. Nein, der springende Punkt ist, eine Firma aufzubauen, bis eine der großen Konzerne in deiner Branche auf dich aufmerksam wird und ein Kaufangebot vorlegt. Ich habe bisher immer zugestimmt.«

»Du hast das also schon mal so gehandhabt?«

»Zweimal schon. Ich hatte das Glück, in beiden Fällen das richtige Produkt zur richtigen Zeit auf den Markt gebracht zu haben.«

Er brach ab und schenkte den Sherry in die Gläser ein. Dann setzte er sich zurück und fuhr in seiner selbstgefälligen Art fort, die mich so sehr störte.

»In den achtziger Jahren bin ich zur Schule gegangen, als alle Welt von Aktien redete. Ich war noch zu jung, um davon zu profitieren, aber am Ende meiner Schulzeit hatte ich ein bisschen gespart, und durch viel Glück habe ich mein Geld an der Börse verdoppelt. Dann brach der Immobilienmarkt ein, und ich habe alles Geld, das ich hatte, in Immobilien gesteckt. Mitte der neunziger Jahre hatte ich einen satten Gewinn auf dem Konto. Zu dieser Zeit begann das Geschäft mit den Mobiltelefonen. Der Markt wuchs unvorstellbar schnell. Ich gründete eine Firma mit Paul, und wie du weißt, versteht er von Technik viel mehr als ich, dafür aber hat er keinen Sinn fürs Geschäftliche. Unsere Firma entwickelte sich sehr gut, aber im Nachhinein muss ich sagen, wir hätten noch ein bisschen warten sollen mit dem Verkauf. Das war das erste Mal, dass ich die magische Formel anwendete, denn mein Ausflug in die Immobilien zählt nicht wirklich.«

Ich hörte fasziniert zu und war verblüfft, dass er so leidenschaftslos davon erzählen konnte, als wäre das Ganze nur ein Spiel für ihn. Nach einem Moment und einem Schluck Sherry fuhr er fort.

»Wir standen also ganz gesund da. Ich investierte genug, um mir ein engmaschiges Sicherheitsnetz aufzubauen, verbrachte ein halbes Jahr in Europa, um ein bisschen Kultur aufzusaugen, dann stürzte ich mich auf die neue Generation von Computern – du weißt schon, Flachbildschirme und Multi-Gigabytes-Rechner. Leider versuchten zu viele andere Menschen das auch, und außerdem war es schwierig, mit der technischen Entwicklung Schritt zu halten. Wir haben zwar keinen Verlust eingefahren, aber erfolgreich waren wir auch nicht. Da habe ich beschlossen, mich auf dem Gebiet der Sicherheit zu tummeln. Ich bin davon überzeugt, dass dieser Markt in den nächsten Jahren expandiert, und das will ich nicht verpassen.«

Er lächelte und hob wieder sein Glas. Es hörte sich so einfach an, wie er es beschrieb, aber ich musste an einen Ex meiner Mum denken, der auch geglaubt hatte, an der Börse das große Geld zu machen, aber er hatte Insolvenz anmelden müssen. Offenbar hatte Stephen Glück und ein Händchen.

Ich nahm auch einen Schluck Sherry und fragte mich, wie es sein würde, von der Angestellten zur Freundin zu wechseln. Es wäre ein leichteres Leben für mich. Ich hätte dann überhaupt keine Geldprobleme mehr, würde großartigen Sex und keine Sorgen mehr haben, konnte entspannen, einkaufen nach Herzenslust oder mich betrinken.

Okay, vielleicht würde es mir nach einer Weile so gehen wie ihm, und ich würde die Wände hochgehen, weil ich nichts Sinnvolles zu tun hatte, aber ich würde schon etwas finden, was mich bei Laune hielt.

»Erzähl mir von dir«, sagte er unvermittelt. »Wie bist du hier nach Hockford gekommen?«

»Es gibt nicht viel zu erzählen. Mein Leben war entweder langweilig oder das reinste Chaos.«

»Das kann ich kaum glauben. Du hast eine sehr gute Aussprache, bist gebildet und ...«

»Ich bin in Hockford geboren, und meine erste Schule war vom Feinsten. Bis ich elf wurde. Dann haben sich Mum und Dad getrennt, nachdem er seinen Managerjob in der Schuhfabrik verloren hatte. Sie war früher da, wo sich jetzt Hereward niedergelassen hat.«

»Ich fürchte, solche Stresssituationen sind häufig Anlass für die Scheidung.«

»Ja, aber es war mehr als das. Mum ... Nun, Mum braucht ihre Männer, und sie hatte schon eine Affäre mit einem Typ namens Eddie French, aber kurz nach der Scheidung hat sie ihn aus dem Haus geworfen. So lief das danach immer ab, einen Trottel nach dem anderen schleppte sie als Freund an. Du hast Archie Feltham kennen gelernt, nicht wahr?«

»Ja, er scheint ganz nett zu sein.«

»Er ist ein Idiot.«

»Ein bisschen unpraktisch vielleicht.«

»Ein Idiot. Und er giert nach mir, als ob ich mich mit einem Mann seines Alters einließe!«

»Ich selbst bin auch ein bisschen älter als du.«

»Du bist anders. Du kommst mir nicht zu alt vor.«

»Danke.«

»Vielleicht liegt es auch nur daran, dass er Mums Freund ist. Aber er beginnt sie schon zu langweilen. Ich kenne die Zeichen. Entschuldige, ich bin sicher, dass ich dich mit meinem albernen Leben auch langweile.«

»Überhaupt nicht. Ich finde, du zeigst unter den gegebenen Umständen eine bemerkenswerte Charakterstärke. Du stehst auf eigenen Füßen und kannst für dich allein entscheiden. Das bewundere ich.«

Er hatte insoweit Recht, dass ich mir von anderen Leuten nicht sagen ließ, was ich zu tun hatte, obwohl gerade er eine Ausnahme war. Ich leerte den Sherry, und er schenkte nach, aber sein eigenes nicht. Er erklärte auch warum.

»So ausgezeichnet dieser *fino* auch ist, muss ich doch vorsichtig sein. Du hingegen kannst so viel trinken, wie du magst.«

»Nun, es kommt darauf an, wie viele Arbeiten du mir morgen Vormittag auf den Schreibtisch legst.«

»Wenn ich dich betrunken gemacht habe, kann ich mich nicht über deinen Kater beklagen.«

»Das ist fair.«

Er schaute auf seine Uhr. »Ich sollte nach Hause. Ich habe ein feines Schnitzel mariniert; es liegt im Kühlschrank und ruft nach mir.«

Einen Augenblick lang dachte ich, dass er die entscheidende Frage nicht stellen würde, aber dann redete er weiter.

»Ein ziemlich großes Schnitzel sogar. Hast du vielleicht Lust, mich zu begleiten?«

»Sehr gern.«

»Dann solltest du vielleicht deine Mutter anrufen, denn wir fahren gleich los. Bringst du die Flasche mit?«

Ich erledigte beide Anweisungen und drückte die Sherryflasche an meine Brust. Er hatte einen Arm um mich gelegt, als wir zum Auto gingen.

Die Unterhaltung, die er im Auto begann – er fuhr schnell wie immer –, verriet seine leichte Nervosität, die mir schon vor ein paar Tagen aufgefallen war. Der Stadtverkehr war sehr dicht gewesen, deshalb beschränkten sich seine Bemerkungen auf seine Ansichten über andere Verkehrsteilnehmer. Aber dann, als wir die Stadt hinter uns gelassen hatten, wandte er sich direkt an mich.

»Felicity, ich sage das lieber jetzt als später, dann kann ich dich am Straßenrand absetzen, wenn du meine Frage mit nein beantwortest.«

Er lächelte, aber es war ein angestrengtes Lächeln, und ich war mir nicht sicher, ob die Bemerkung als Witz gedacht war.

»... aber gehe ich Recht in der Annahme, dass du gern häufiger bleiben würdest, vielleicht sogar jede Nacht?«

Ich hatte meine Entscheidung schon getroffen, deshalb gab es kein Zögern in meiner Stimme.

»Ja, bitte. Aber du musst versprechen, mir den Po zu verhauen, wenn ich böse war.«

Zehntes Kapitel

Am anderen Morgen wachte ich auf, und meine Zukunft sah so rosig aus wie mein Po. Stephen hatte sein Versprechen gehalten und mich nach dem Essen übers Knie gelegt. Ein langes, sinnliches Spanking, das unvermeidlich in Sex überging. Für mich wurden beide immer unzertrennlicher. Stephen fragte mich, ob ich bei ihm einziehen wollte, und ich stimmte zu.

Wir hatten uns nicht die Mühe gemacht, über Einzelheiten zu diskutieren, aber ich war davon überzeugt, dass wir mit der Zeit darauf zurückkommen würden. Für mich war wichtig, dass ich seine Freundin war und bei ihm wohnte.

Ich hatte für mich entschieden, ihm treu zu sein. Schließlich lebten wir von nun an unter einem Dach, da wäre es einfach nicht fair gewesen, die Abende damit zu verbringen, amerikanische Flieger zu bumsen.

Aber auch jetzt hatte ich nicht das Gefühl, dass ich Stephen gehörte, dass er mich besaß. Es sollte nach meiner Vorstellung ein Geben und Nehmen zwischen uns sein. Nur eine Sache schien ihn zu bewegen, wie er mir auf dem Weg zur Arbeit erklärte.

»Ich will natürlich, dass du weiter für uns arbeitest, aber es wird unvermeidbar sein, dass sich unser Alltagsleben verändert.«

»Ich muss dich also nicht mehr als ›Mr. English‹ ansprechen?«

»Oh, es wäre mir lieb, wenn du das beibehältst, wenigstens vor Leuten des Councils und vor anderen Kunden. Hast du Probleme damit?«

»Nein. Es macht sogar Spaß, dich vor Mr. Phelps so zu nennen, wie ich dich beim Spanking anspreche.«

Er lachte, bevor er antwortete: »Lass uns die Dinge mehr oder weniger so belassen, wie sie sind. Ich werde nur dein Gehalt aufstocken.«

»Das ist lieb von dir, aber nicht nötig. Mein Gehalt ist jetzt schon sehr großzügig.«

Wieder lachte er, diesmal lauter. »Felicity, Darling, hast du eine Vorstellung, wie viel Geld wir verdienen?«

»Ich kenne den Umfang des Vertragswerts mit dem Council, und ich kenne auch die Kosten der Kameras. Ja, da wird einiges hängen bleiben, schätze ich, aber darüber habe ich noch nicht nachgedacht.«

»Ja, es bleibt was hängen, und wenn dein Gehalt auch fair ist, so kann man es doch nicht großzügig nennen. Du solltest auch ein Auto fahren, oder hast du gar keinen Führerschein?«

»Doch, doch. Aber ich möchte mir lieber selbst ein Auto kaufen, wenn du nichts dagegen hast. Ich bin ein bisschen komisch, glaube ich.«

»Was stellst du dir denn vor?«

»Ich weiß es noch nicht. Irgendein stilvolles Auto. Ein Morgan vielleicht oder ein altmodischer Jag.«

»Himmel! Du hast einen erlesenen Geschmack!«

»Ich mag Autos, schöne Autos. Ich hasse Schachteln auf Rädern.«

»Und du glaubst, so etwas hätte ich dir gekauft?«

»Nein, nein, entschuldige, ich wollte dich nicht beleidigen.«

»He, Felicity, du hast wirklich Defizite im Benehmen, aber vielleicht hilft ja ein gutes Spanking. Jetzt warten schon zwei Bestrafungsaktionen auf dich.«

»Zwei? Was war denn gestern Abend?«

»Pures Vergnügen. Wir müssen klar unterscheiden zwischen der Schwere der Vergehen. Wenn wir abends nach Hause kommen, können wir kleine häusliche Meinungsverschiedenheiten durch disziplinarische Maßnahmen beilegen.«

Er schloss mit seinem charakteristischen Glucksen, und ich sah voller Anspannung und Erwartung auf ein Leben mit regelmäßigem Spanking.

In der Firma veränderten sich die Dinge so gut wie gar nicht, denn wir hatten einfach zu viel zu tun, um uns den Kopf über unser Verhältnis zu zerbrechen. Oder um die Frage zu beantworten, wer der Boss war. Wenn es ums Management ging, war Stephen der Boss. Bei technischen Details war Paul zuständig. Bei allen anderen Fragen – Fizz.

Immer häufiger war ich das Laufmädchen, denn ich rannte zwischen Lagerhaus und den Amtsstuben des Councils hin und her. Mr. Phelps blieb das ignorante Schwein, aber Mr. Burrows schien mich zu mögen, und Mrs. Shelby zog es offenbar vor, mit einer Frau zu reden.

Es schien, dass sie alle fünf Minuten mit mir reden wollten. Auf einer meiner Touren ins Council und zurück traf ich auf Pete und Dave, die auf einer Bank saßen, Dosen eines starken Biers in den Händen und weiteren Vorrat in einer Plastiktüte. Ich hatte einige Male mit ihnen gesprochen, aber ich hatte sie nicht gesehen, seit sie verhaftet worden waren. Bei ihrem Anblick lächelte ich sofort und fühlte eine Mischung von Verlegenheit und Sympathie.

»Hi, Jungs.«

Es war Dave, der mit einem Grinsen antwortete.

»He, Fizz. Du bist uns was schuldig, sage ich dir.«

Ich hob die Schultern und konnte es nicht einfach abstreiten, obwohl ich wusste, dass ich sie abweisen würde.

Pete fügte hinzu: »Ja, ganz dicke, sage ich dir.«

»Tut mir leid, Jungs. Geht nicht.«

Dave sah verletzt aus. »Was meinst du damit? Du hast gesagt, du würdest es uns besorgen, Fizz, und es hat nicht geklappt, weil sie mich hopsgenommen haben.«

»Sie haben dich hopsgenommen, weil du ein Auto gefahren hast, das weder versichert noch versteuert war. Mit mir hat das nichts zu tun. Und was ich damals versprochen habe, traf für damals zu und nicht für heute.«

»Ja, aber du schuldest uns trotzdem was ...«

Er brach ab, und ich dachte, ich wäre ihnen zumindest eine Erklärung schuldig.

»Es tut mir wirklich leid, und ich wäre vielleicht noch einmal auf meine Zusage zurückgekommen, aber ich wohne jetzt bei meinem Freund, da kann ich nicht mit euch rumhängen, versteht ihr?«

»Warum nicht?«

»Weil ich beschlossen habe, ihm treu zu sein, deshalb. Das geht auch nicht anders, wenn ich in seinem Haus wohne.«

Er sah nicht glücklich aus, aber er konnte kein Argument dagegen finden. Pete auch nicht. Ich fühlte mich schlecht, und so bückte ich mich und gab ihnen einen Kuss auf die Wange, und dann gab ich ihnen noch etwas mit, um sie aufzumuntern.

»Es tut mir leid, Jungs, aber ich habe nicht gesagt, dass es nie geschieht, klar?«

Das brachte sie zum Lächeln, und obwohl ich wusste, dass es höchst unwahrscheinlich war, fühlte auch ich mich ein bisschen besser, als ich mich abwandte und weiterging. Ich war froh, dass wir darüber geredet hatten – und dass es so schnell über die Bühne gegangen war. Jetzt wussten sie, dass ich nicht mehr der Spaßvogel war, und nun blieben nur noch Martin, der eine Erklärung verdient hatte, und Steve natürlich auch, aber Steve war Steve und zählte eigentlich nicht.

Steve hatte auch Glück mit dem Council, wie ich an diesem Nachmittag entdeckte. Mr. Phelps persönlich rief an, um mir zu sagen, dass sie die Kamerastandorte genehmigt hätten, aber nun würde die Liste verschiedenen anderen Ausschüssen vorgelegt, sodass es noch eine Weile dauern könnte, bevor wie die Geräte endlich installieren konnten.

Die Hauptkamera auf der Bury Road würde es Steve gestatten, sich durch den Park in die Stadt zu schleichen und wieder hinaus, sodass er stets ein Alibi für seine Touren nach Calais hatte – falls er mal eins brauchte.

Ich war trotzdem nicht wirklich glücklich, aber ich wusste nicht, was ich sonst noch tun konnte, abgesehen davon, dass ich nach Brettenham zog, wo es keine Kameras gab. Meine Freunde mussten einfach auf der Hut sein, dachte ich, während ich den Prozess bis zur Vollendung verfolgte.

Wieder war Freitag, aber statt zum Abendessen nach Brettenham zu fahren, hielt Stephen das Auto an der Mündung eines Holzfällerwegs an der Thetford Road an – Schauplatz dessen, was mein erstes öffentliches Bestrafungsspanking werden sollte. Ich fragte mich sofort, was er im Schilde führte. Kaum waren wir ausgestiegen und in die warme Abendsonne getreten, bestätigte er meine Hoffnungen und Ängste.

»Dies ist ein schöner Platz, und ich habe nicht vergessen, dass ich dir ein Spanking *al fresco* versprochen habe.«

»Ja, so ungefähr ...«

»Ob ja oder nein, du wirst eins erhalten.«

Er schwang ein Bein über die Schranke, atmete tief durch und schwang das andere Bein hinüber, dann gingen wir beide den Holzfällerweg entlang. Wir waren noch nicht weit von der Stadt entfernt, viel zu nahe, um sich sorglos zu fühlen, kein Wunder also, dass ich nervöser war denn je. Er sah sich schon nach einem geeigneten Platz um, obwohl wir hier noch im Blickfeld des vorbeifahrenden Verkehrs waren.

»Eh ... Stephen, sollten wir nicht ein bisschen tiefer in den Wald gehen?«

Er nickte ernst. »Ja, ein paar Schritte noch. Ich will nicht für einen Zusammenstoß auf der Straße verantwortlich sein.«

»Wir wäre es mit hundert Schritten, direkt unter diesen Bäumen da?«

»Ach, ich glaube, das wird nicht nötig sein, aber ich brauche einen Platz zum Sitzen. Vielleicht auf diesen gestapelten Stämmen?«

»Man soll sich nicht auf diese Stapel setzen, denn wenn sie erst einmal in Bewegung geraten, kann das gefährlich sein. Außerdem wirst du deine Hose mit Harz versauen.«

»Ah, ja, daran hatte ich nicht gedacht.«

Er ging weiter, aber nur kurz, dann entdeckte er einen Fußweg, der mit einem Drehkreuz abgesichert war. Das Drehkreuz gefiel ihm, weil er bequem darauf Platz nehmen konnte. Er wandte sich an mich.

»Okay, wir probieren es mit dieser kleinen Variante. Zieh dein Höschen nach unten, aber nur bis kurz über den Knien.«

»Was? Hier?«

»Natürlich.«

Ich konnte nicht anders und musste ihn schmollend ansehen, während ich ihm gehorchte, unter meinen Rock griff, die Daumen unter das Elastikband des Höschenbunds steckte und langsam nach unten zog.

Man konnte nichts sehen, aber ich fühlte mich wegen meines nackten Hinterns unter dem Rock entsetzlich verlegen. Es war auch gewagt, denn jeden Moment konnte jemand vorbeigehen, und wenn jemand kam, würde er Zeuge davon werden, wie Stephen mir den Po versohlte. Dachte ich. Aber Stephen hatte andere Vorstellungen.

»Gehen wir ein bisschen weiter. Aber lass dein Höschen, wo es ist.«

Er drohte mir mit dem Finger, das Gesicht voller Schalk, weil es ihm gelungen war, mich so nervös und verlegen zu machen. Ich selbst stand mit einem wahrscheinlich tristen Gesicht da, aber ich hätte nicht leugnen können, dass meine Erregung immer stärker wurde. Ich wusste nur zu gut, wie hoch auf Touren er mich mit etwas Zeit und ein bisschen Grausamkeit bringen konnte – und er wusste es auch.

Er nahm meine Hand, und wir gingen den Weg entlang. Ich konnte fühlen, wie sich der Rock gegen meinen blanken Po rieb, sodass ich bei jedem Schritt an meine Entblößung erinnert wurde. Mein Höschen rutschte nach unten, und ich war sicher, dass man es jetzt sehen könnte.

»Warte mal, Stephen.«

»Was ist denn?«

»Mein Höschen rutscht.«

Er lachte, und seine Augen blickten amüsiert, als er mir mit Entzücken zuschaute, wie ich das Höschen wieder nach oben schob, und weil ich es mit den Beinen in der Position oberhalb der Knie halten wollte, stand ich ziemlich gespreizt da. Mein Po blieb entblößt, wie Stephen es haben wollte.

Es war pervers, nein, *er*, Stephen, war pervers. Solche Dinge passten zu einem schmutzigen alten Mann, und ich hätte nie gedacht, dass ich mal auf so etwas abfahren würde. Jetzt war ich schon nass und fragte mich, auf welches hohe Plateau er mich diesmal bringen würde.

Wir gingen tiefer in den Wald hinein. Zweimal begegneten uns Frauen, die ihre Hunde ausführten, und wir nickten kurz und höflich und wünschten einen guten Abend. Ich zitterte schon am ganzen Leib, denn für mich stand fest, dass jeder, der uns begegnete, meinen Zustand sehen oder ahnen würde.

Wir überquerten gerade die Sariton Road, als es geschah: Ein älterer Mann mit einem Schäferhund tauchte um die Biegung auf, genau in dem Augenblick, in dem ich mich leicht bückte, um zum fünften oder sechsten Mal mein Höschen etwas höher zu ziehen. Ich war mir sicher, dass er das gesehen hatte, und ich war mir auch sicher, dass er ahnte, was wir vorhatten.

Als wir auf einer Höhe waren, begann sein Hund an mir zu schnüffeln, und ich wäre vor Scham fast gestorben. Ich hörte Stephen nur glucksen, und ich wäre fast geplatzt oder explodiert. Sobald der Mann außer Sicht war, platzte es aus mir heraus: »Das halte ich nicht länger aus. Wenn du mich verhauen willst, dann tu es endlich.«

»Wenn du darauf bestehst.«

Er zog mich sofort zu den Bäumen hin. Es waren dicke Pinien, hoch und ausgewachsen, und um die Stämme rankten sich keine Büsche, sondern nur ein paar Farne. Es gab keinen Platz zum Sitzen, und der Boden war klamm, deshalb überlegte Stephen weiter.

»Hm, ziemlich kompliziert. Aber man darf einer Lady keinen Wunsch verwehren. Halt dich an diesem Ast fest.«

Er deutete auf den Ast, der aus dem Stamm der nächststehenden Pinie wuchs, hoch über meinem Kopf. Es war ein toter Ast und abgebrochen, nur gut einen halben Meter lang und ohne Rinde. Ich musste mich auf die Zehen stellen, um mich daran festhalten zu können, und sicher fühlte ich mich nicht. Stephen trat neben mich.

»Perfekt. Obwohl ich es lieber habe, wenn ich deinen Körper fühlen kann, wenn du über meinem Knie liegst. Aber kleine Veränderungen richten keinen Schaden an.«

Während er sprach, hatte er meinen Rock nach oben gezogen und in den Bund gesteckt. Mein Po war jetzt völlig entblößt, umrahmt von zerknautschten Kleidern und sehr verletzlich. Er begann mich zu streicheln und dann zu schlagen. Er klatschte mich, dass die Backen zu wackeln anfingen. Ich hielt mich fest, schwenkte den Po leicht hin und her und verzog den Mund in Erwartung des nächsten schmerzvollen Schlags.

Ich wusste, dass die Gefahr bestand, gesehen zu werden, denn der Pfad war nicht weit weg von den großen Bäumen. Ich hörte das Klatschen von Stephens Fingern auf meinen Backen; es klang laut in der stillen Abendluft, aber ich tat mein Möglichstes, mein Stöhnen zu unterdrücken, sonst wäre ich es gewesen, die Aufmerksamkeit auf sich gezogen hätte.

Selbst in diesen Momenten wusste ich nicht, ob ich gesehen werden wollte oder nicht. Der Gedanke war alarmierend, sehr peinlich, eben wie alles, wenn man der Welt nichts als einen wunden Po zeigen kann.

Stephen hatte seinen Spaß; er genoss meine Nacktheit und meine Reaktion, aber er blieb ganz cool, verabreichte mir genau platzierte überlegte Schläge auf meinen bebenden Hintern, und ich schleppte mich wackelnd und zitternd und stöhnend durch meine Bestrafung.

In kürzester Zeit war ich heiß und bereit, nicht nur glücklich, ihm wieder zur Verfügung zu stehen, sondern auch begierig auf ihn, und es wäre mir egal gewesen, wenn er mich auf dem nassen Boden genommen hätte.

Das Spanking hörte schließlich auf und ließ mich auf einem glühenden Plateau zurück. Ich war zu aufgeregt, um meine Blöße zu bedecken, und hielt mich immer noch an dem niedrigen Ast fest, während mein nun leuchtender Po um seine Aufmerksamkeit warb.

Stephen drückte seine Erektion kurz durch den Hosenstoff, aber das war auch schon alles. Er hatte die Arme vor der Brust verschränkt und entfernte sich vom Baum.

»Sehr schön. Und mir gefällt, wie du reagierst. Diese Emotionen! Aber jetzt ist Essenszeit.«

»Willst du mich nicht?«

»Natürlich. Aber der Boden ist ein bisschen zu nass. Ich sage dir was – du kannst so, wie du jetzt bist, zurück zum Auto gehen, wenn du willst. Das wird dir helfen, in der richtigen Stimmung zu bleiben. Natürlich mit dem Rock über deinem Po. Oder willst du lieber nackt gehen?«

»Du bist so ein Bastard, Stephen.«

Er gluckste nur, und ich war sicher, dass er genau wusste, was er in mir anrichtete. Der Gedanke, jetzt den ganzen Weg zurückzugehen und meinen roten Po zu zeigen, hatte schon was Verführerisches an sich, und nicht das erste Mal wurde mir bewusst, wie sehr Stephen mich manipulierte.

Mit jedem Schritt des Weges war mir klar, in welchem Zustand ich mich zeigte. Das Höschen befand sich immer noch oberhalb der Knie, und wenn ich die Beine nicht spreizte, rutschte es nach unten. Die glühende Hitze meiner Backen hielt mich in einem dauernden zitternden Stadium der Erregung. Wir begegneten einigen Menschen, und ich war sicher, dass sie bemerkten, wie stark ich zitterte, und vielleicht nahmen sie auch den Duft meiner Erregung wahr, den ich verströmte, wodurch meine Gefühle noch gestärkt wurden.

Als wir endlich das Auto erreichten, empfand ich Bedauern und Erleichterung zugleich, und für die Fahrt nach Brettenham blieb ich so, wie ich war.

Stephen war cool wie immer, plauschte lässig über dieses und jenes und warf dann mal eine Bemerkung übers Spanken ein, als wollte er mich bei Laune halten. In der Mühle blieb er gelassen, obwohl er mich schon auf der Türmatte hätte flachlegen können. Er dagegen schritt zum Kühlschrank und nahm eine Flasche Wein heraus.

»Wie sieht es mit deinen Kochkünsten aus?«

»Es gibt sie nicht.«

»Dann musst du lernen, denn Kochen ist das zivilisierteste aller Talente. Ich werde dir zeigen, wie man eine Knoblauchzehe hackt. Komm her.«

Ich stellte mich neben ihn an den Platz, auf dem er ein dickes Hackbrett und ein langes Messer abgelegt hatte. Über uns hing ein Netz mit Knoblauchzwiebeln, und er nahm eine heraus.

»Zuerst löst man eine Zehe aus der Zwiebel heraus und schneidet mit einem scharfen Messer oben und unten ein. Dann drückt man sie behutsam, um die Haut besser lösen zu können. Sobald die Zehe nackt ist, schneidet man sie in feine dünne Streifen, die man sehr klein hackt, also so.«

Er demonstrierte die Längsschnitte und begann dann zu hacken, was so schnell passierte, dass ich gar nicht sehen konnte, wie sich das Messer hob.

»Jetzt du.«

Ich nahm das Messer, und nach ein paar falschen Ansätzen hatte ich den Bogen raus, zwar längst nicht in seiner Geschwindigkeit, aber er schien zufrieden. Er wusch sich die Hände und schaute mir zu.

»Warum nimmst du dir nicht auch die anderen Zehen vor?«

»Wenn du willst, ja. Was machst du in der Zwischenzeit?«

»Wir können nichts anderes tun, bevor der Knoblauch gehackt ist. Deshalb werde ich ein Glas Wein trinken.«

Er trat dicht an mich heran und hob meinen Rock an. Ich seufzte einen leisen Protest, der nicht ernst gemeint war, und stellte mir vor, dass er mich hier auf der Arbeitsplatte in der

Küche nahm, aber er steckte den Rock nur wieder in den Bund, sodass mein Po blank war.

»Das sieht doch viel besser aus.«

»Schwein.«

»Ich bitte dich!«

Er gluckste und wandte sich ab, damit er sich dem Wein widmen konnte. Er öffnete die Flasche und schenkte zwei volle Gläser ein. Er reichte mir meins, während er mit seinem hinüber zum Sofa ging. Entspannt drückte er sich in eine Ecke, schlug die Beine übereinander, nippte am Wein und sah mir bei der Arbeit zu. Ich konnte seine Wirkung auf mich nicht leugnen, aber ich stellte mir mit widersprüchlichen Empfindungen eine Zukunft vor, in der ich nach seinen Anweisungen kochte und auch die Hausarbeit nackt oder nur mit einer kleinen Schürze erledigte. Barfuß in der Küche war schon schlimm genug, aber mit blankem Hintern in der Küche, das brachte eine neue Dimension.

Wenigstens war es sexuell und nicht wirklich chauvinistisch, dachte ich. Als er mich lange genug von hinten betrachtet hatte, kam er zurück an die Arbeitsplatte und zerlegte kleine Zwiebeln, die er in eine Pfanne mit heißem Olivenöl gab, dann fügte er Tomaten und meinen Knoblauch dazu. Er bewegte sich sehr sicher und hätte meiner Hilfe nicht bedurft; ich war bestenfalls die Dekoration.

Ich trat zurück und versuchte den Tisch zu decken, aber dabei fand ich heraus, dass es nur eine Möglichkeit gab, den Tisch richtig zu decken – wenn man es so machte, wie er es sagte.

Das Essen war köstlich; das Kalbfleisch schmolz in meinem Mund, und die Sauce dazu ließ die Geschmacksnerven explodieren. Ich vergaß sogar die Erregung, in die er mich versetzt hatte, aber sie kam zurück, als wir später auf dem Sofa lagen und am Wein nippten, während er meinen Nacken streichelte und über meine Haare fuhr.

Es gibt nicht viele Männer, die so geduldig sind wie er; die meisten wollen immer gleich loslegen und sind dann viel zu schnell fertig. Nicht so Stephen. Er hatte sanfte klassische Musik aufgelegt, und die einzige Beleuchtung in der Dämmerung kam vom Musikturm. Ich schlüpfte in einen angenehmen erotischen Dunstschleier, in dem er mich hätte nehmen können, aber wieder tat er es nicht.

Schließlich war ich es, der den Bann brach. Mein Verlangen war einfach zu stark, um mich weiter zurückhalten zu können. Ich hatte mich an ihn geschmiegt, und ich konnte nicht länger warten und griff an seinen Hosenstall. Ich wollte den Reißverschluss aufziehen, aber seine Hand legte sich auf meine, bevor ich auch nur die Hälfte des Schlitzes geöffnet hatte.

»Ts, ts. Hast du nicht irgendwas vergessen?«

»Nein, ich glaube nicht. Ich bin mehr als bereit, das kannst du mir glauben.«

»Daran zweifle ich nicht, aber eine Belohnung kommt besser zur Geltung, wenn man auf sie warten muss.«

»Wer erhält denn die Belohnung? Ich wollte dich saugen.«

»Keine Frage, ein großes Vergnügen«, sagte er, »aber ich will, dass du lernst, es als Belohnung anzusehen, mich überhaupt zu berühren. Ich versichere dir, dass es dann noch viel besser wird für dich.«

Das wollte ich so nicht akzeptieren.

»Niemals! Eine Belohnung ist es, wenn ich zulasse, dass du mich anfasst. So läuft das.«

»Ich glaube nicht.«

Während ich gesprochen hatte, hatte ich mich aufgerichtet, und das war ein großer Fehler gewesen. Er hatte seinen Arm schon um mich gelegt, und noch bevor ich reagieren konnte, hatte er mich über seine Beine geworfen, mit dem Po nach oben und einen Arm um meine Taille. Ich brachte noch einen entsetzten Schrei heraus, dann hatte er den Rock schon gehoben und das Höschen nach unten gezogen, und schon wurde ich wieder verhauen.

»Autsch! Stephen, das ist nicht fair!«

»Doch, ist es! Du hast doch zugestimmt, bestraft zu werden, oder nicht?«

»Ja, aber ... autsch! Autsch! Aber du hast mich doch schon im Wald gezüchtigt ...«

»Das war nur eine amüsante Ablenkung, und jetzt sei still und gehorche.«

Gegen meine Überzeugung hielt ich den Mund, obwohl ich weit davon entfernt war, still zu bleiben, während er das Spanking fortsetzte und vielleicht hundert Schläge auf meinen Po klatschen ließ, der heiß und rot glühte.

Schließlich hörte es auf, und er ließ mich los. Ich fiel auf den Boden, richtete mich auf und kniete mich hin. Ich strich mir mit den Händen über die Pobacken und merkte, dass ich nicht aufhören konnte zu schmollen. Stephen ließ sein vertrautes Glucksen hören, öffnete seine Beine, zog den Reißverschluss auf und entblößte Erektion und Hoden.

»Jetzt kannst du deine Belohnung haben.«

Ich schimpfte ihn Bastard, aber dann beugte ich mich vor und nahm ihn in den Mund, und während ich zu saugen begann, fragte ich mich, ob ich mich jemals damit abfinden würde, wie er mich behandelte. Niemand löste solche Gefühle in mir aus, nicht einmal Martin. Niemand sonst konnte mich dazu bringen, auf den Knien herumzurutschen und dankbar zu sein für das Privileg, seinen Schwanz im Mund zu haben, nicht einmal Steve. Niemand, wirklich niemand, konnte mir den Hintern versohlen – niemand außer Stephen.

Er wusste das auch. Ich bin sicher, dass er meine Gedanken lesen konnte. Wie jetzt zum Beispiel. Er sah mich ganz entspannt an, wie ich seinen Penis saugte und seine Hoden leckte, während er gönnerhaft über meine Haare streichelte und mich hinter den Ohren kitzelte.

Ich wusste, dass ich mich nicht lange würde zurückhalten können. Ich hielt jetzt schon meinen geschundenen Po in den Händen, damit ich meine Haut besänftigen konnte. Sekunden später schob ich eine Hand in mein Höschen und berührte mich selbst.

Stephen gab nur ein leises Glucksen von sich, als er sah, was ich tat. Es war mir egal. Ich wollte ihn wissen lassen, was er mit mir anstellte, wie er mich zu Plätzen geführt hatte, an denen ich noch nie gewesen war. Er war hart, und ich setzte meine Verehrung mit Zunge, Lippen und Mund fort, während ich vor ihm kniete und masturbierte.

Ich dachte daran, wie er mich behandelt und zu einem harten Spanking über seine Knie geworfen hatte. Ich hoffte, er würde es wieder tun, noch viele Male. Ich musste daran denken, wie ich mit blankem Po in der Küche hatte arbeiten müssen, und hoffte, dass er das zur täglichen Routine erheben würde. Ich dachte daran, wie er mich dazu zwang, durch den Wald zu wandern, das Höschen oberhalb der Knie. Ich hoffte, er würde verlangen, dass ich den ganzen Tag so herumlief. Ich dachte daran, wie ich mich an dem Ast hatte festhalten müssen, während er mich im Freien verhaute, wo immer die Gefahr bestand, dass wildfremde Leute uns sehen konnten.

Ich wünschte mir, wir wären gesehen worden, nicht nur gesehen, sondern beobachtet von der halben Einwohnerschaft von Hockford.

Bei diesem Gedanken kam es mir; es war ein Orgasmus, so lang, so herrlich, dass ich zu schweben schien, und die ganze Zeit saugte ich seinen wunderschönen Schwanz und hielt das Bild in meinem Kopf fest, vor Publikum vertrimmt zu werden. Ihm kam es auch, als mein Orgasmus gerade abgeklungen war, und das brachte mich noch einmal in Fahrt; ein feiner, finaler Kick eines perfekten Erlebnisses.

Das war erst der Anfang. Der Rest des Abends und der größte Teil der Nacht vergingen in einem gnädigen goldenen Dunstschleier, verursacht von Sex und Wein und Sex und Wein und ... Ich spürte, dass ich völlig erschöpft war, und mit glücklichen Gedanken schlief ich in Stephens Armen ein.

Der Samstag verlief ähnlich; ich nackt in seiner Wohnung, halb nackt im Wald und am Fluss entlang, ein Picknick auf dem Rasen neben der Mühle. Ich befand mich in einem permanenten Zustand der sexuellen Bereitschaft. Ich blieb wieder die Nacht bei ihm und freute mich darauf, dass ich jetzt bei ihm wohnte, aber am Sonntag wollte ich nach Hause, um meiner Mum die gute Nachricht zu übermitteln und um zu überlegen, wie ich denn mit meinen Sachen umziehen konnte.

Bei all seiner sexuellen Dominanz bemühte sich Stephen sehr, mir beim Umzug entgegenzukommen, und nur als ich fragte, ob ich meine Schießbude in seiner Wohnung aufbauen könnte, äußerte er Bedenken. Meine Trommeln hatte ich auch zu Hause nicht aufbauen können, was bedeutete, dass ich nur in Josies Garage probieren konnte, und von dort musste ich sie auch immer zu unseren Auftritten schleppen.

Zum Glück befand sich Josies Dad meistens in einem Zustand, in dem er nicht bemerkt hätte, dass unter seinem Sessel eine Bombe explodiert war, und Stephen brachte mir schonend bei, dass ich die Dinge so belassen sollte, wie sie waren.

Sonst gab es nicht viel, was ich brauchte. Stephen wusste immer noch nicht, wie ich mich gewöhnlich kleidete, aber das war auch nicht das Problem, nur ein Vorwand für einen mittleren Kaufrauschanfall, den ich mir ja jetzt erlauben konnte. Mum war auch darüber entzückt, denn sie hatte schon vor Jahren erwartet, dass ich meine Punk-Phase hinter mir ließ, und sie war zunehmend verzweifelt geworden, als sie feststellen musste, dass die Phase offenbar Dauerzustand wurde.

Ich wollte auch einige Zeit für mich haben, deshalb bat ich Stephen, er sollte mich bei Mum absetzen und mich am späten Nachmittag wieder abholen. Er war einverstanden, und so landete ich wieder zu Hause, oder genauer: Ich ging in das Haus, das so viele Jahre lang mein Zuhause gewesen war.

Durch das offene Küchenfenster waberten die Düfte von Roastbeef und Yorkshire Pudding. Drinnen waren sie bereit, sich an den Tisch zu setzen. Mum scharwenzelte noch herum, meine Schwestern stritten sich um die besten Plätze, und Steve zankte meinen kleinen Bruder, dass wir Roast Dog aßen. Ich fühlte sofort, wie mich beim Gedanken, meine Familie zu verlassen, eine Welle der Einsamkeit erfasste, aber ich hatte keine Zeit, darüber nachzudenken, denn Mum drückte mir sofort zwei Ofenhandschuhe in die Hand.

»Da bist du ja, Felicity, genau rechtzeitig wie immer. Kannst du das Gemüse abschütten, bitte?«

Ich schüttete das Gemüse ab, stellte die Teller auf den Tisch, füllte die Butterdose auf und konnte mich endlich setzen. Steve begann zu tranchieren. Zu meiner Überraschung war von Archie Feltham nichts zu sehen, denn er war immer scharf auf Mums Sonntagsbraten. Mum kam mir auch ein bisschen gestresst vor, deshalb formulierte ich meine Frage vorsichtig.

»Kein Archie?«

Ihre Antwort ließ keinen Raum für Zweifel. »Ich sehe Mr. Feltham nicht mehr.«

»Oh. Tut mir leid.«

»Schon gut. Ich weiß, dass du ihn nie gemocht hast. Kannst du mir den Pfeffer reichen, bitte?«

Ich reichte ihr den Pfeffer und wartete, bis das kleine komplizierte Ritual, das richtige Essen auf die richtigen Teller zu bringen, abgeschlossen war, bevor ich wieder zu Wort kommen konnte.

»Ich wollte dir was Wichtiges mitteilen«, begann ich. »Stephen hat mich gefragt, ob ich bei ihm einziehen will, und ich habe zugesagt.«

Ich konnte die gemischten Gefühle auf Mums Gesicht sehen, noch bevor sie geantwortet hatte.

»Oh, das freut mich für dich. Er ist so ein netter Mann. Er wohnt in Brettenham, nicht wahr?«

»Ja, in einer umgebauten Mühle. Woher weißt du das?«

»Wir unterhalten uns oft im Cuatro Cortado.«

Nur Mum schien sich vage für meine Neuigkeit zu interessieren, worauf ich mich in Selbstmitleid erging. Steve schaufelte das Essen in seinen Mund, aber irgendwann fand er die Zeit für eine Frage.

»Willst du den Van ausleihen?«

»Nein, danke. So viele Dinge werde ich gar nicht mitnehmen. Und die Drums lasse ich bei Josie.«

»Da sind sie auch am besten aufgehoben. Sie will dich sehen. Sie hat einen Auftritt an Land gezogen, glaube ich.«

»Oh? Wo denn? Hockwold Airbase?«

»Nein, denen war deine Show ein bisschen zu deftig. Billy hat einen Rüffel gekriegt, weil er euch empfohlen hatte. Nein, euer Auftritt soll irgendwo sein, was sich Flying Fortress nennt. Ein Club, glaube ich.«

»Danke. Ich gehe später zu ihr.«

Während ich zu essen begann, überlegte ich, wie ich Stephen das Thema der Rubber Dollies näherbringen konnte.

Er wusste, dass ich Schlagzeug spielte und ab und zu auch mal einen Auftritt mit der Band hatte, aber er hatte keine Ahnung von den Einzelheiten. Ich konnte noch nicht sehen, wie unsere Art von Retro Punk mit seinem Musikgeschmack übereinstimmte, aber bisher hatte er sich in solchen Dingen tolerant verhalten – abgesehen von den Themen, zu denen er eine feste Überzeugung hatte.

Als wir gegessen hatten, fühlte ich mich angenehm abgefüllt und mehr als ein bisschen schläfrig, was nach den Exzessen der vergangenen Nächte nicht verwunderlich war. Ich ging hinauf auf mein Zimmer, um meine Sachen zu sortieren, aber als ich mich aufs Bett setzte, überfiel mich die Melancholie.

Mein ganzes Leben lang war ich in diesem Zimmer gewesen; mein Bett, meine verstreut herumliegenden Sachen, meine Poster an den Wänden, alles sehr ich und gar nicht Stephen. Er war ordentlich, fast pedantisch, während ich es liebte, im Chaos zu leben. Seine Wohnung war ausgesprochen maskulin, und während sich das wohl ändern würde, konnte ich nicht sehen, dass ich mal eine Wand mit verschiedenen Lidschatten bemalen würde, um das perfekte Purpur herauszufinden.

Dann die Sammlung von Puppen und Teddybären, die jetzt auf meinem Kleiderschrank thronte. Ich hatte sie bestimmt seit zehn Jahren nicht mehr in der Hand gehabt, aber sie gehörten immer noch mir. Irgendwie hatte ich nicht den Eindruck, dass ich sie mit in Stephens Wohnung bringen konnte. Sie hatten genug gesehen in diesem Zimmer, und ich weiß, wie albern sich das anhört, aber ich wollte nicht, dass sie zuschauten, wenn mir der Arsch verhauen wurde.

Gut zehn Minuten saß ich da und starrte Löcher in die Luft. Ich hatte Heimweh. Die Erinnerung, wie schön der Morgen gewesen war, half überhaupt nicht. Mir gelang nur ein schwaches Lächeln, als Mum rief, ich sollte beim Abwasch helfen. Das würde sich ändern, denn Stephen hatte eine Spülmaschine, und nach dem zu urteilen, wie er sich bisher verhalten hatte, würde er mich an die zerbrechlichen Sachen gar nicht heranlassen. Ich hatte auch die Weingläser nicht abtrocknen dürfen, aus Angst, ich könnte die Stiele abbrechen.

Als ich fertig war, ging ich hinaus, denn ich hatte entschieden, dass ich nur ein paar Klamotten und ein paar wesentliche Dinge fürs Bad mitnehmen würde. Am Montag würde ich in der Mittagspause mit dem Klamottenkauf beginnen und das so lange fortsetzen, bis ich wieder eine anständige Garderobe hatte – wenn auch in einem völlig anderen Stil als bisher. Mum hätte es den Erwachsenenstil genannt.

Ich zog Jeans an und ein weites Top, was schon ganz gut war, denn kurz bevor ich Josies Haus erreichte, hielt sie neben mir an und gab mir zu verstehen, ich sollte mich auf den Gepäckträger setzen. Sie strampelte sofort los, und ich musste beide Arme um ihre Taille legen.

Mir fiel sofort ein, was ich Martin erzählt hatte, wie Josie mich verhauen hatte und solche Dinge. Zum Glück wusste sie nichts davon. Dachte ich wenigstens. Ihre ersten Worte, nachdem sie den Helm abgenommen hatte, ließen mir dann aber das Blut ins Gesicht steigen.

»Was ist denn mit deinen kranken Phantasien, du kleines perverses Mädchen?«

Mein erster Impuls war, dass Josie mir leidtat. Ich war schrecklich verlegen, und ich war wütend auf Martin.

»Oh, verdammt, kann denn keiner mal sein Maul halten? Es tut mir leid, Josie, ich ...«

Sie trat einen Schritt auf mich zu und nahm mich in ihre

Arme. Eine rein freundschaftliche Geste, aber sie konnte dem Reiz nicht widerstehen und gab mir einen Klaps auf den Po, als sie sich von mir wieder löste.

»Rege dich nicht darüber auf. Ich kenne dich, und ich kenne doch die Männer. Er wollte auf irgendeine lesbische Phantasie abfahren, was?«

»Ja, etwas in der Art.«

Sie schüttelte grinsend den Kopf, und ich fühlte, wie ich mich entspannte. Aber dann stellte sie mir eine Frage, und das Blut schoss mir wieder in den Kopf.

»Nun, wie sind denn die Striemen wirklich auf deinen Arsch gekommen?«

Ich wusste nicht, was ich sagen sollte, ob ich Martin der Lüge bezichtigen oder irgendeinen anderen Kerl erfinden sollte. Das listige Lächeln in Josies Gesicht sagte mir, dass sie sich nicht an der Nase herumführen ließ. Ich hob die Schultern. Meine Wangen leuchteten dunkelrot.

»Mein ... eh ... mein neuer Freund steht ein bisschen auf solche Sachen.«

»Ein bisschen?«

»Okay, vielleicht auch ein bisschen mehr. Aber bitte, erzähle das nicht weiter, Josie. Du weißt doch, wie sie sind. Kann ich mich drauf verlassen?«

Sie versuchte, sich das Lachen zu verbeißen, dann sagte sie: »Okay, ich verspreche es. Wie läuft das denn bei euch ab? Er traktiert dich mit dem Rohrstock? Fizz, ich kenne dich. Warum also hat der noch seine Eier?«

»Ich weiß es nicht, ehrlich. Bei ihm empfinde ich anders. Von ihm will ich bestraft werden. Nichts Schlimmes, nichts Böses. Aber erklären kann ich das nicht, Josie ...«

Ich brach den Satz ab und spürte, dass ich den Tränen nahe war. Sie legte eine Hand auf meine Schulter, und ich gab meinen Emotionen nach und ließ meinen Tränen freien Lauf. Sie liefen über meine Wangen, während ich einen weiteren Erklärungsversuch unternahm.

»Er hat mich gern unter Kontrolle, und wenn ich was verbrochen habe, meistens was Unanständiges, dann bestraft er mich, und ich liebe das. Nein, ich liebe es nicht, ich giere danach. Es ist wie eine Sucht, und ich will wirklich nicht, dass alle davon erfahren. Das verstehst du doch, oder?«

»He, hör auf, Fizz. Du weißt, dass ich das verstehe. Wie, denkst du, ist es, wenn du die einzige Lesbe in der Stadt bist?«

Ich schaffte ein Lächeln. »Hart, schätze ich mal.«

»Ja, es ist hart, und du hast dich immer für mich eingesetzt. Hör jetzt auf zu heulen, sonst fange ich gleich auch noch an, du großes Baby.«

Sie nahm mich in ihre Arme, drückte mich an sich, aber nur für einen kurzen Moment, dann löste sie sich von mir.

»Wir müssen aufpassen, sonst kommen die hinter ihren Gardinen hervor.«

»Die zerreißen sich so oder so das Maul. Steve sagt, du hättest einen Auftritt für uns?«

»Ja, wieder über Billy. Es gibt diesen Club in Norwich, Flying Fortress. Bei den Yanks ist er sehr beliebt. Eigentlich wird im Club Jazz gespielt, aber irgendwie haben sie es geschafft, uns da unterzubringen. Oder sie wissen nicht, was wir spielen. Wir werden sogar bezahlt.«

»Oh, verdammt. Und wann läuft das ab?«

»Nächsten Samstag.«

»Hervorragend. Aber ich werde Stephen einiges zu erklären haben. Er hat noch nie was von den Rubber Dollies gehört, und er glaubt, ich sei sein süßes, unschuldiges kleines Ding ... nun ja, so unschuldig vielleicht nicht.«

»Warum musst du ihm überhaupt was sagen?«

»Weil ich bei ihm einziehe. Da kann ich am Samstag nicht einfach ohne Erklärung abhauen.«

»Du könntest sagen, dass wir Girls uns diesen Abend reservieren. Umziehen kannst du dich bei mir.«

»Nun ja, irgendwann muss ich ja doch mit den Rubber Dollies herausrücken ...«

»Dein Bier.«

Elftes Kapitel

Josie hatte natürlich Recht; es war mein Bier. Mir wäre es lieber gewesen, ich hätte diesen Teil meiner Vergangenheit verschweigen können, aber da die Rubber Dollies trotz all der Schwierigkeiten noch lebten, wollte ich nicht diejenige sein, die von sich aus aufgab und die ganze Band gefährdete. Ich musste es Stephen sagen, aber der Gedanke, dass er einen Auftritt von uns live erlebte, war entsetzlich peinlich. Deshalb hoffte ich, dass er diesen Teil meines Lebens akzeptierte, ohne daran beteiligt zu sein.

Als er mich abholte, war er erstaunt, dass ich nur eine kleine Tasche dabei hatte.

»Ich sah dich auf dem Bürgersteig stehen, umgeben von Möbelstücken und Krimskrams.«

»Nein, nein. Ich reise leicht.«

»Das sehe ich. Das mit deinen Trommeln tut mir leid, aber vielleicht fällt uns ja noch eine Lösung ein.«

»Ach, ich habe eingesehen, dass sie besser da sind, wo sie sind. Solange du nichts dagegen hast, dass ich ab und zu zum Üben und Probieren hinfahre.«

»Ja, klar. Ich will dich nicht festbinden.«

»Schade. Ich hatte gehofft ...«

»Sehr lustig. Wenn du drauf bestehst, können wir da was arrangieren. Aber im Ernst, du kannst kommen und gehen, wann du willst. Du darfst nie den Eindruck haben, dass ich dich von irgendwas zurückhalte. Mir ist bewusst, dass es einen großen Altersunterschied zwischen uns gibt.«

»Danke. Und da wir eben von Trommeln geredet haben:

Meine Freundin Sam hat uns für nächsten Samstag einen Auftritt besorgt. In einem Jazzclub in Norwich.«

»Jazz? Jazz hat einen gewissen Stil, das muss ich zugeben.«

»Wir spielen keinen Jazz, wir spielen Retro Punk.«

»Ah, das hätte ich bei deinem Musikgeschmack wissen sollen. In diesem Fall hoffe ich, dass du nicht beleidigt bist, wenn ich bei eurem Auftritt nicht dabei bin?«

»Überhaupt nicht. Ich weiß, dass du diese Musik hasst. Danke.«

Ich küsste ihn, glücklich über das Ergebnis meines Geständnisses. Es war überraschend, wie nachgiebig er war, denn im Schlafzimmer und im Büro war er der Oberkontrolleur, aber ich wollte nicht klagen. Er startete den Motor, und als er sich in den Verkehr eingefädelt hatte, sprach er noch einen weiteren Punkt an.

»Wirst du spät zurückkommen oder die Nacht da bleiben?«

»Eh ... ich weiß es nicht. Es kann sein, dass es verdammt spät wird, und da wir alle zusammen im Van sind, wäre es vielleicht am besten, wenn ich da schlafe. Entschuldige, dass ich unser Wochenende verderbe, besonders, wenn die Woche so stressig sein wird.«

»Mach dir keine Sorgen. Wir können uns am Freitagabend für den Samstag entschädigen.«

Ich wusste auch schon wie und beantwortete sein breites schmutziges Grinsen mit einem Lächeln. Das Leben war eben doch gut.

Wir fuhren auf der nun schon vertrauten Route nach Süden und dann nach Osten. In Stephens Wohnung überkam mich wieder das Glücksgefühl, wie ich es seit Freitag empfunden hatte. Deshalb verstand ich nicht, warum ich mich am Nachmittag so schlecht gefühlt hatte. Es war nicht einmal die falsche Zeit im Monat.

Der Abend war warm und trocken, deshalb aßen wir draußen. Zwischen Mühle und Fluss gab es einen schmalen Rasenstreifen. Wir tranken gekühlten Weißwein zu Räucherlachs und leckerem Kartoffelsalat.

Nachdem wir zugesehen hatten, wie die Sonne hinter der Reihe hoher Pappeln am anderen Flussufer untergegangen war, gingen wir zurück in die Wohnung und ins Bett. Diesmal war unser Sex langsam und liebevoll, was ich zwar sehr mochte, aber nichts mit der großartigen Intensität zu tun hat, wenn ich unter seinem Kommando stehe.

Wir waren am Montag früh auf, und auf der Arbeit versank alles in Hektik. Die Leute vom Council kamen und gingen; sie schienen eine unvorstellbare Liebe zum Detail zu haben sowie einen nie versiegenden Vorrat an Ausschüssen, und alle wollten gefragt werden. Stephen schien das als großes Spiel aufzufassen, und ich bemühte mich auch um diese Haltung.

Ich schaffte wenigstens meine Einkäufe und gab fast mein ganzes erstes Gehalt für zwei elegante Kostüme und ein paar sportliche Klamotten aus; und für lange Röcke und mädchenhafte Blusen, die Stephen so gut gefielen. Bei uns in Hockford gab es solche Dinge viel eher zu kaufen als Punkklamotten, die ich fast ausschließlich aus dem Internet angeschafft hatte.

Am Dienstag ging es nicht viel anders zu. Ich ging zum Council, um Mr. Phelps zu erklären, wenn wir eine Kamera dort installierten, wo der Ausschuss sie haben wollte, prangte sie an einer Fensterscheibe.

Die Empfangsdame und ich lernten uns immer besser kennen; ich sah sie öfter als meine Familie. Sie begrüßte mich mit einem Lächeln und nickte mich durch die Sicherheitsschleuse. Mr. Phelps war nicht in seinem Büro, aber als ich am Raum für den Ausschuss vorbeiging, sah ich ihn dort zusammen mit Mrs. Shelby, Mr. Burrows und einigen anderen, deren Gesichter ich schon mal gesehen hatte, am Tisch sitzen.

Ich wartete, unsicher, was ich tun sollte, aber jemand hatte mich gesehen, und Mr. Burrows winkte mich in den Konferenzraum.

»Ah, Felicity! Ich hatte gehofft, dass sich Mr. English und Mr. Minter mal sehen lassen.«

»Aber es geht doch nur um ein Detail, oder?«

»Das Gegenteil ist richtig! Aber setzen Sie sich doch.«

Verdutzt nahm ich Platz. Mr. Phelps begann zu reden, aber dann brach er wieder ab, da Stephen und Paul zur Tür hereinkamen. Offenbar hatte jemand sie alarmiert, kaum, dass ich das Büro verlassen hatte. Mr. Phelps setzte wieder zu seiner Ansprache an.

»Ich bedauere, sagen zu müssen, dass sich ernste Schwierigkeiten eingestellt haben.«

Es war Stephen, der darauf in seiner gewohnt energischen, optimistischen Art reagierte.

»Aber nichts Katastrophales, nehme ich an. Wir sind bereit, mit der Installation zu beginnen, abgesehen von den zwei kleineren Änderungen, die Miss Cotton mit Ihnen diskutieren will.«

Er warf mir einen fragenden Blick zu, aber ich konnte nur die Schultern heben, während Mr. Phelps fortfuhr.

»Es geht nicht mehr um zwei kleinere Änderungen. Tatsache ist, dass wir die Installation nicht durchführen lassen können.«

Stephen sah verblüfft aus.

»Nicht durchführen lassen? Aber Mr. Phelps, die Verträge sind unterschrieben ...«

»Das ändert nichts daran, dass wir die Verträge nicht erfüllen können. Ich habe Anweisungen direkt aus dem Innenministerium, die eine andere Handlungsweise nicht zulassen.«

»Aus dem Innenministerium?«

Ich sah, dass Mr. Phelps' Brust anschwoll, als nun auch allen Anwesenden die Bedeutung des Falls bewusst wurde.

»Ja, das Innenministerium, das wiederum in Verbindung mit der amerikanischen Botschaft steht, die deutlich gemacht hat, dass niemand in Hockford, ob öffentlich oder privat, ein System mit Sicherheitskameras einrichten darf, das die Technik der Gesichtserkennung verwendet.«

Stephen und Paul sahen sich an, völlig verdutzt.

»Aber was hat die amerikanische Botschaft damit zu tun? Die ist kaum zuständig und ...«

Mr. Phelps unterbrach Stephen. »Das ist eine Frage der militärischen Sicherheit. Der Kommandant der Hockwold Airbase hat eigens vor der Archivierung der Gesichtserkennungsdaten seiner Leute gewarnt.«

Mr. Burrows meinte: »Ich fürchte, Ihr System ist das Opfer seiner Wirksamkeit geworden, Stephen. Leider haben wir keine Wahl, als uns den Forderungen zu unterwerfen.«

Ich dachte wirklich, dass Stephen einen Fluch ausstoßen würde, aber er schaffte es, ruhig zu bleiben. »Darf ich davon ausgehen, dass unser Vertrag aber nach wie vor von Ihnen anerkannt wird?«, fragte er.

»Gewiss«, antwortete Mr. Phelps.

Im Grunde war alles gesagt, aber sie diskutierten noch eine Weile weiter. Schließlich verließen wir das Council, und in stillschweigendem Einverständnis überquerten wir die Straße und gingen in den Bull. Erst als eine Flasche Weißwein und drei Gläser auf dem Tisch standen, fand Stephen seine Sprache wieder.

»Verdammt, wie haben die Amis eigentlich Wind von den Kameras bekommen?«

Ich hatte einen bestimmten Verdacht, aber ich sagte nichts. Erst jetzt wurde es mir bewusst. Ich hatte es geschafft! Es war gar nicht meine Absicht gewesen, also auch kein cleverer Plan, den ich ausgeheckt hatte, aber ich hatte es trotzdem geschafft. Ich hatte nur einen Freund gewarnt, er sollte mich entlang des Uferpfads nichts angrabschen, weil wir sonst von den Kameras erfasst würden.

Möglich, dass ich mich um meinen Job geredet hatte, aber das war jetzt auch nicht mehr so wild, schließlich war ich die Freundin des Bosses.

Paul schüttelte den Kopf. »Die verdammten Yanks. Und was machen wir nun?«

Stephen überlegte einen Moment, bevor er antwortete. »Nun, wir haben noch unser Vorratslager. Das Ausgangsprinzip stimmt noch, deshalb schlag ich vor, dass wir irgendwo anders unsere Zelte aufschlagen, möglichst in einer Stadt, in der es nicht von Amis wimmelt.«

»Also können wir die ganze Gegend hier vergessen«, murmelte Paul.

»Ja, stimmt. Hmm ... du hast deinen amerikanischen Freunden nichts von unserem System erzählt, Felicity?«

»Nein, absolut nein. Aber es überrascht mich nicht, dass es sich herumgesprochen hat. Jeder, der für das Council arbeitet, hat es gewusst. Wenigstens eine der Frauen hat einen Freund bei den Amerikanern in Hockwold.«

Er nahm einen Schluck Wein, dann sprach Stephen weiter. »Das war zwar ein Schlag ins Wasser, aber wir werden jetzt überlegen, welche Stadt wir mit unserem System beglücken können. Du wirst doch bei uns bleiben, Felicity?«

»Ja, natürlich, wenn ich darf.«

»Absolut. Du weißt inzwischen, wie alles läuft, und ich bin sicher, es würde dir wenig Spaß machen, wenn du in einer fremden Stadt allein in der Wohnung hockst.«

»Ja, stimmt. Hast du schon eine Vorstellung, ob sich eine bestimmte Stadt anbietet?«

»Nein, nicht wirklich. Wir müssen uns wieder eine kleine Stadt suchen, die eine hohe Kriminalitätsrate hat, denn dort kann das ZX System eine Menge bewirken. Wir haben uns vor Monaten für Hockford entschieden, weil es landesweit die meisten Raubüberfälle gab. An zweiter Stelle lag damals eine Stadt in South Wales, wenn ich mich recht erinnere.«

Pauls Stirn kräuselte sich. »War es nicht diese Stadt bei Manchester?«

Für mich machte es keinen Unterschied; beide Städte waren ziemlich weit weg, und wenn ich daran dachte, dass ich meine Verbindungen mit Hockford und ganz Suffolk kappte, litt ich jetzt schon an Heimweh.

Bisher hatte ich mich immer eingesperrt gefühlt in der Enge der Kleinstadt, aber plötzlich schien mir mein bisheriges Leben idyllisch zu sein, wenigstens im Vergleich zu einer anderen Kleinstadt, wo ich niemanden kannte.

Ich wäre völlig von Stephen abhängig, finanziell und gefühlsmäßig. Der einzige andere Mensch, den ich in der fremden Stadt kennen würde, war Paul, und wenn er auch ein netter Kerl war, so hatten wir doch wenig gemeinsam.

Aber ich würde Geld verdienen, sagte ich mir, und ich würde auch bald neue Freunde finden. Was für eine Sorte Freunde, nun, das stand auf einem anderen Blatt. Ich schätzte, dass ich immer Geheimnisse vor Stephen haben würde. Anfangs hatte mir das sogar gefallen, aber ob das auch auf die Dauer seinen Reiz hatte, bezweifelte ich.

Sie hatten begonnen, über den neuen Standort zu diskutieren, so hatte ich Zeit, den Wein zu trinken und über meine gemischten Gefühle nachzudenken. Ich wollte unbedingt mit Stephen zusammen sein, aber der Preis dafür schien ständig zu steigen. War ich überhaupt in ihn verliebt?

Ich war mir nicht sicher. Ich wusste nicht wirklich, was Liebe ist. Es sollte wohl heißen, dass er das einzige Objekt meiner Zuneigung ist, oder? Alle anderen Männer hatten hinter ihm zurückzustehen, aber ich hatte noch viele Gefühle für meine alten Freunde.

Vielleicht war ich nur in den Sex verliebt, besonders in die Spankings. Nur Stephen brachte diese Gefühle in mir zum Vorschein, aber als Martin und ich im hohen Gras gelegen hatten, seine riesige Hand unter meinem Po, da hatte ich mich gefragt, wie sich ein Spanking von ihm anfühlen würde, und von Josie auch, obwohl sie gar kein Mann war.

Ich würde mich betrinken, wenn ich vom Wein nicht abließ. Ich trank den Rest aus meinem Glas und setzte es ab. Paul und Stephen diskutierten den kriminellen Stellenwert von Graffiti im Vergleich zum Autodiebstahl. Es dauerte eine Weile, ehe ich mich zu Wort melden konnte.

»Hast du was dagegen, wenn ich einkaufen gehe?«

Stephen reagierte mit einer lässigen Geste. »Nein, nein, geh nur. Es gibt noch ein paar Dinge, die du im Büro erledigen musst, aber das hat jetzt keine Eile mehr.«

»Danke.«

Ich gab ihm einen Kuss und verließ den Pub, ein wenig angeheitert und ziemlich verunsichert. Selbst das Einkaufen half nicht, denn alle Sachen, die ich brauchte, waren ein weiterer Schritt zum neuen Ich, und ich wusste nicht genau, wie gut ich mit dem neuen Ich zurechtkommen würde.

Nachdem ich zehn Minuten lang in die Schaufenster gestarrt hatte, beschloss ich, zu einem Spaziergang aufzubrechen, aber dann sah ich Martin, Billy und einige ihrer Freunde, die im Buzz Shack saßen.

Irgendwann musste ich Martin sagen, dass ich jetzt mit Stephen zusammen war, aber das wollte ich nicht vor der Gruppe seiner Freunde sagen. Zuerst wollte ich vorbeigehen, aber dann überlegte ich mir das noch einmal.

Sie würden sich das Maul über mich zerreißen, wenn ich

Martin einfach an den Kopf knallte, dass ich mich gegen ihn und für Stephen entschieden hatte. Auf der anderen Seite hatte ich jetzt einen Vorwand.

Soweit er wusste, war ich eine loyale Mitarbeiterin von Black Knight Securities. Ich wollte nur nicht gefilmt werden, wenn er meinen Po streichelte. Weil er das weitergab, was ich ihm über die Kameras gesagt hatte, war nun mein Job in Gefahr, und darüber konnte ich nicht erfreut sein.

Trotzdem zögerte ich noch. Ich mochte Martin, und eigentlich wollte ich ihm nicht den Laufpass geben. Auf der anderen Seite wollte ich Stephen treu sein, und ich konnte so tun, als wäre ich sauer auf Martin und wollte deshalb nichts mehr mit ihm zu tun haben.

Ich drehte mich auf dem Absatz um, wild entschlossen, meinen Standpunkt durchzusetzen, wobei ich mir noch nicht klar war, ob ich ein Engel oder ein Luder war.

Ich übte einen wütenden Ausdruck, als ich den Buzz Shack betrat. Martin sah mich, den Arm gehoben, die Bierflasche auf dem Weg zum Mund. Sie verharrte dort wie eingefroren, als er mein Gesicht sah.

»Hi, Fizz, was ist denn los?«

»Du weißt ganz genau, was los ist.«

»Nein, weiß ich wirklich nicht. Was soll ich denn angestellt haben?«

Seine Freunde sahen sich an, verdrehten die Augen und kicherten, nur Billy nicht; er starrte mich aggressiv an. Ich fuhr fort.

»Du hast jedem von den Kameras erzählt, stimmt's?«

Damit hatte er nicht gerechnet, und er brauchte einen Moment, ehe er umschalten konnte.

»Die Kameras? Eh ... ja, sicher. Das musste ich tun, Fizz. Da geht es um die Sicherheit des Standorts. Tut mir leid.«

Ich schmolz dahin. Seine Entschuldigung klang echt, und

doch stand er zu seiner Entscheidung, während ich wusste, dass ich nicht aufrichtig war.

Statt ihm zu sagen, dass Black Knight Securities den Auftrag und ich beinahe meinen Job verloren hätte, stammelte ich vor mich hin.

»Oh ... ja, aber trotzdem ...«

»He, ich sage dir doch, dass es mir leidtut, Fizz, aber das musste so sein. Trink einen Mix mit, ja?«

»Nein, danke. Ich ... eh ... wir sehen uns, Martin. Bis später vielleicht.«

Ich hatte auf der ganzen Linie versagt und immer noch nicht gestanden, dass ich bei Stephen eingezogen war. Ich ging weiter die High Street entlang und wünschte, er wäre nicht so nett, denn ich musste ihn natürlich aufgeben, und das schmerzte. Aber Stephen war der einzige Mann, der einen Anspruch auf mich hatte, und so sollte es sein und nicht anders. Jedenfalls redete ich mir das ein, als ich schnell zur Stadtbrücke ging und dann die Treppenstufen hinunter. Ich wollte mich rasch entfernen, ich mochte für eine Weile nicht unter Leuten sein, aber ich wollte auch nicht die Route nehmen, die Martin und ich zuletzt gegangen waren.

Die andere Strecke war auch besser für mich, am Fluss entlang und am Hattersley Estate vorbei. Unsere Kameras hingen noch da und verursachten mir Bauchgrimmen, bis ich den Fluss überqueren konnte.

Langsam ging ich über die Wiesen, über absolut flaches Land. Auf diesem Weg waren Pete und ich an dem Abend heimlich in die Stadt gelangt, an dem wir Mr. Phelps' Auto in Brand gesteckt hatten.

Ich ging am Rand des Sumpflands vorbei, bis ich bemerkte, dass meine Schuhe nicht für diesen Boden gedacht waren. Nach einem Leben, das ich fast ausschließlich in Turnschuhen verbracht hatte, musste ich mich erst an hohe Absätze gewöhnen. Noch ein Nachteil für meinen neuen Kleiderstil. Zum Schluss nahm ich den Bus zurück in die Stadt.

Auf der Büroetage fand ich Stephen Kaffee trinkend vor dem Computer vor. Von Paul war nichts zu sehen.

»Entschuldige, dass es so lange gedauert hat.«

»Ist nicht schlimm – oder doch, es ist schlimm.«

Er schob seinen Stuhl zurück und stellte seine langen Beine nebeneinander. Ich wusste genau, worauf er hinauswollte und was in seinem Kopf vorging.

»Ich ... ich bin nicht in Stimmung.«

»Ah, du wirst schnell in Stimmung kommen. Komm her und hör auf mit dem Unsinn.«

Ich verzog das Gesicht. »Was ist mit Paul?«

»Er ist im Council und baut das System ab.«

»Oh.«

»Über meine Knie, Felicity.«

Ich hatte mein Gesicht immer noch verzogen, ging aber zu ihm und begab mich in die inzwischen vertraute Pose auf seinen Knien, den Kopf über den orangefarbenen Teppichfliesen. Schließlich hatte ich eine Bestrafung verdient, weil es mir nicht gelungen war, Martin aus meinem Leben zu entfernen. Außerdem fiel es mir leicht, Stephen zu gehorchen, weil er mein Boss und mein Geliebter war.

Wenn er sagte, dass er mir ein Spanking verabreichen wollte, und auch noch an diesem Arbeitsplatz, dann hatte das seine Berechtigung.

Seine Finger fanden den Saum meines Rocks, und ich schloss die Augen, als ich wieder durch das kleine Ritual geführt wurde: Rock hoch, Höschen runter. Er sprach das so gerne aus und betonte jedes Wort dabei.

Mein Po wurde entblößt, und ich öffnete die Lippen in einem stillen Seufzer. Alles, was mir eben noch wichtig war, verblasste vor meinen Augen, denn jetzt ging es mir um meine wachsende Erregung, und trotz meiner verwundbaren Lage hatte ich mich noch nie so beschützt gefühlt.

Stephen begann auf meinen Po zu klatschen. Mein Körper hing schlaff auf seinen Knien, der Hintern nackt, wie es bei einem bösen Mädchen sein sollte, wenn es zur Bestrafung geht. Und gab es eine angemessenere Bestrafung, als mich in seinem Büro übers Knie zu legen, weil ich meine Mittagspause über Gebühr verlängert und seine Großzügigkeit ausgenutzt hatte? Klatsch, klatsch, klatsch auf meinen nackten Po.

Die Schläge kamen härter, stachen ins Fleisch und ließen meine Beine zucken. Ohne es zu wollen, trat ich mit den Füßen um mich. Stephen veränderte seinen Griff, mit dem er mich gepackt hielt, dann hob er ein Knie an, wodurch sich auch mein Po anhob, und die Backen wurden mehr geöffnet.

Jetzt schmerzten die Schläge mehr, und er konnte jedes intime Detail meines Körpers sehen, was natürlich sein Recht war. Er wusste, wovon er redete, denn innerhalb von Minuten hatte er mich aus meinem Schmollwinkel geholt und bis kurz vor die Ekstase gebracht.

Ich brauchte diese Züchtigungen. Ich brauchte sie wirklich und dringend. Er hörte auf.

»Hmm, vielleicht noch ein kleines Extra, weil du so ein böses Mädchen bist.«

Er spielte mit mir, aber mir kam es sehr real vor, allein schon wegen meiner Emotionen und weil ich ihn belogen hatte, denn ich hatte Martin gegenüber von den Kameras gesprochen, und wegen tausend anderer Dinge, die ich getan hatte. Oh, ja, ich verdiente diese Bestrafung und viel mehr, und viel mehr würde ich auch noch erhalten.

Eine der Kameras, mit denen sie experimentiert hatten, lag auf dem Schreibtisch. Von einem Ende hing ein Gewirr von Kabeln. Als ich den Kopf wandte, konnte ich sehen, wie er ein Stück Kabel abtrennte. Er ließ sein besonnenes, grausames

Lächeln sehen und stellte seine Knie weiter auseinander, damit er meine Balance besser halten konnte.

»Lege die Hände auf den Rücken, Felicity.«

Ich gehorchte, ohne zu zögern. Er griff sofort nach meinen Gelenken und fesselte sie mit einem Stück Kabel. Noch ein paar Schlaufen, dann ein fester Knoten, und ich war hilflos. Ich hatte mich ihm nicht nur unterworfen, ich war ihm auch ausgeliefert und abhängig von ihm.

Leise schluchzte ich, als er den Saum meines Rocks unter den überkreuzten Armen in den Bund klemmte. Ich hoffte, dass er seine Schläge jetzt leichter dosieren würde, weil er ja wusste, dass ich völlig hilflos dalag.

Er war mit mir noch nicht fertig, aber ich schien den schlimmsten Teil hinter mir zu haben. Statt mit der Züchtigung fortzufahren, begann er eine seiner Lieblingsmelodien zu summen, während er mein Höschen weiter die Schenkel hinunterschob, bis er es von meinen Füßen ziehen konnte.

Von den Hüften abwärts war ich jetzt völlig nackt, abgesehen von Strümpfen und Schuhen. Meine Beine waren jetzt mehr gespreizt als zuvor, und mein nasses Geschlecht musste weit geöffnet sein.

»Öffne den Mund, Felicity.«

Während er sprach, bot er meinem Mund das Höschen an. Eine Sekunde lang starrte ich entsetzt auf das kleine Bündel aus weißer Baumwolle, dann gehorchte ich und riss meinen Mund weit auf, damit er mich mit dem Höschen füttern konnte.

Jetzt war ich auf erniedrigende Weise gefesselt und geknebelt, und ich wartete darauf, dass meine gerechte Bestrafung wieder begann.

Ich konnte noch sehen, und mein Hintern zuckte unfreiwillig, als Stephen ein Lineal in die Hand nahm. Es war schwer, obwohl es aus Plastik war, vielleicht einen halben Meter lang. Das würde wirklich schmerzen, und ich wusste nicht, ob ich mehr Angst oder Dankbarkeit empfinden sollte, als er das Instrument über meine Backen gleiten ließ, über meine schon erhitzte Haut.

Dann begann er mich wieder zu klatschen und ließ das Lineal hart auf meinen Backen tanzen. Er war so schnell, dass ich keine Chance hatte, mich von einem Schlag zu erholen, ehe der nächste kam. Er klatschte mich, bis ich eine zuckende, herumrutschende Masse war.

Mein Po bäumte sich auf und sackte im Schmerz zusammen. Die Beine gingen wie Scheren auseinander und zeigten alles, was dazwischen lag. Die Schmerzen waren so groß, dass ich kaum noch bei mir war, jedenfalls hatte ich nicht mal mehr einen Hauch von Kontrolle über mich.

Ich habe keine Ahnung, wie lange er damit fortfuhr. Ich befand mich in einem Nebel aus Schmerzen, und mein brennender Hintern war der Fokus meines ganzen Seins.

Der einzige rationale Gedanke, der in meinem Kopf blieb, war jener, dass ich mit Fug und Recht bestraft wurde. Lange bevor er mit den Schlägen aufhörte, hatte ich zu weinen begonnen, und das war es, was ich brauchte – alle bösen Gefühle mussten raus, bis ich sauber war.

Als er aufhörte, bat ich um mehr, was ich durch mein vom Speichel getränktes Höschen murmelte. Ich erhielt mehr; Stephen setzte das Lineal wie in einem furiosen Trommelwirbel auf meine nackten Backen ein, aber so schnell wie er habe ich noch nie gewirbelt.

Dann schien irgendwas in mir zu brechen, und ich befand mich wieder in diesem himmlischen Zustand, in den er mich schon zuvor gehoben hatte, angemessen geschlagen, bereit, sich seinem Willen zu unterwerfen, bereit, ihm zu dienen. Er schien das zu bemerken und verabreichte mir die letzten Klatscher, ehe er endgültig aufhörte.

»Das ist die Art und Weise, wie ein Büromädchen geklatscht werden sollte, und dies ist, was sie anschließend tun soll. Auf deine Knie, Felicity.«

Er half mir auf den Boden und in eine kniende Position. Meine Hände waren noch auf dem Rücken gefesselt, mein Po streckte sich nach hinten, glühend und nackt.

Ich wusste, wozu er mich zwingen wollte, aber es hätte des Zwangs nicht bedurft. Ich wusste doch, dass ein anständig verprügeltes Büromädchen ihrem Boss auf bestimmte Art für die Bestrafung danken musste. Er nahm mir das Höschen aus dem Mund, er zog den Reißverschluss seiner Hose auf und holte den Schaft und die Hoden heraus.

Ich wartete noch einen Moment, weil ich zuerst nach oben schaute, um ihn mir anzuschauen. Er gab das perfekte Bild ab; saß auf seinem Bürostuhl, trug seinen makellosen Geschäftsanzug, aber keine Krawatte, und zum perfekten Bild passten natürlich auch nicht der heraushängende harte Schaft und der schwere Hodensack.

Ich konnte nur noch ein bisschen auf den Knien nach vorn rutschen und ihn aufnehmen. Sofort griff er mir in die Haare und kontrollierte die Bewegungen meines Saugens.

In meinem Kopf drehte sich alles, und meine Pussy brauchte dringend Beachtung, aber in dieser Position konnte ich nichts tun; ich war ihm ausgeliefert, aber ich vertraute ihm. Ich wusste, dass er mir einen Orgasmus besorgen würde, aber er würde zuerst kommen, und zwar in meinem Mund.

Das zu wissen war schon Ekstase, und als er kam, stand ich auch ganz kurz davor. Ich schluckte so gut ich konnte, und ich hielt ihn auch so lange es ging in meinem Mund, dann zog er behutsam an meinen Haaren. Ich schaute zu ihm hoch, meine Sicht leicht benebelt, und trotzdem konnte ich sehen, wie er lächelte.

»Gutes Mädchen«, lobte er. »Du lernst schnell. Dreh dich jetzt um.«

Ich gehorchte und rutschte so schnell ich konnte auf meinen Knien herum, obwohl ich nicht wusste, was er mit mir vorhatte. Mein Po stand schon in Flammen, diese Bestrafung war abgeschlossen, aber wenn er mich weiter schlagen wollte, konnte er das natürlich tun. Das war sein Recht.

»Streck deinen Po schön raus. Ja, so ist es gut, mein Mädchen, schön die Backen auseinander.«

Ich nahm die Position ein, die er verlangt hatte, und kniete breitbeinig da. Von seinem Stuhl aus konnte er beide Öffnungen sehen. Ich verrenkte mir den Hals, um über meine Schulter zu ihm zu schauen, und ich sah ihn lächeln; wahrscheinlich gefiel ihm der Anblick, den ich ihm bot.

Er war gerade erst gekommen, und nicht zu knapp, deshalb bedeutete es mir viel, als er versprach: »Jetzt werde ich mich um dich kümmern.«

Er wollte schon anfangen, aber dann fiel ihm noch »ein letztes Detail« ein.

Ich fühlte seine Finger auf meiner Bluse. Er öffnete den ersten Knopf, den zweiten, den dritten, dann zog er die Bluse über meinen Brüsten weit auseinander. Ein schnelles Zupfen an den BH-Körbchen, dann hatte er mir den letzten Fetzen der Anständigkeit geraubt.

Eine Weile nahm er meine Brüste in die Hände und zurrte an den dicken Nippeln. Ich zitterte immer stärker, und er zog immer härter an den Warzen, bis er sich zurück auf seinen Platz setzte und mich eine Zeitlang beobachtete.

Er beugte sich über mich und drang mit den Fingern in meine Pussy ein. Es war ein schönes, ebenmäßiges Pumpen, während er den Daumen über der Klitoris kreisen ließ. Ich fühlte mich wie im Paradies.

Ich begann schon vor Lust zu wimmern, als er noch gar nicht begonnen hatte, mich ernsthaft fertig zu machen. Mir ging durch den Kopf, was er heute wieder mit mir angestellt hatte und wie er es schaffte, diese Gefühle in mir auszulösen, von denen ich gar nicht gewusst hatte, dass ich ihrer fähig war.

Ich erlebte noch einmal das entwürdigende Entblößen, das Klatschen auf die Backen, erst mit der flachen Hand, dann mit dem Lineal, nachdem er meine Hände auf den Rücken gefesselt und mein Höschen als Knebel eingesetzt hatte. Und dann hatte ich ihm die Dankbarkeit eines verhauenen Büromädchens gezeigt, indem ich seinen Schwanz gelutscht hatte.

Wie ich schrie, als ich kam! Sie mussten mich in den anderen Lagerhallen des Industriegebiets gehört haben. Wahrscheinlich hatten sie mich sogar in Norwich gehört.

Aber ich konnte nichts dagegen tun, und als er versuchte, mein Höschen wieder in meinen Mund zu stecken, war es schon zu spät. Mein ganzer Körper war von den Zuckungen geschunden, die mich in der Ekstase erfasst hatten, unerträglich stark und völlig unaufhaltsam.

Ich wäre fast ohnmächtig geworden, und als ich kollabierte, liefen noch kleine Erschütterungen über meinen Körper, aber als ich allmählich zu mir kam, stand für mich fest, dass ich bei Stephen bleiben würde. Ganz egal, welches Opfer ich bringen musste – er war es wert.

Zwölftes Kapitel

Stephen und Paul hatten sich auf Burston geeinigt, eine Stadt nördlich von Manchester. Sie sah nicht sehr ansprechend aus, obwohl keiner vorhatte, da zu wohnen. Ich musste mir immer wieder ins Gedächtnis zurückrufen, wie sehr ich sexuell auf Stephen angewiesen war und wie viel Geld ich verdiente, wenn ich Hockford mit ihnen verließ. Es war das Ende von so vielem, fast von meinem ganzen Leben.

Der Plan sah vor, dass Stephen Kontakt mit dem Council aufnahm, und wenn die Dinge sich vorteilhaft entwickelten, würde er das Haus in Brettenham vermieten und ein anderes Haus in den Pennines nördlich oder westlich von Burston kaufen. Ich war noch nie in dieser Gegend gewesen, aber ich sah Moore vor mir und verregnete Täler und Fabriken mit hohen Schornsteinen. Was für ein Unterschied zu den Wäldern, die ich kannte.

Es schien auch Gewissheit zu werden, dass die Flying Fortress die Abschiedsvorstellung der Rubber Dollies sehen würde. Wir hatten seit der Gründung auf unsicheren Füßen gestanden und uns von einem Auftritt zum nächsten gehangelt; schließlich hatten wir so oft Lokalverbot erhalten, dass niemand es mehr zählen konnte, entweder wegen Nacktheit in der Öffentlichkeit oder wegen zu großer Lautstärke oder wegen des allgemeinen Tumults. Nie hatten wir uns auf Kompromisse eingelassen. Wir weigerten uns, bestimmte Verhaltensmaßregeln einzuhalten, auch wenn das bedeutete, dass wir nicht spielen konnten. Ich war stolz darauf, aber wenn ich nicht mehr spielte, würde die Band auseinanderfallen, da war ich mir sicher. Ich kam mir beinahe wie eine Verräterin vor.

Die ganze Woche über war ich oben und unten; oben, wenn ich bei Stephen war, unten, wenn ich ihn nicht sehen konnte. Die einzige Konstante blieb meine Entschlossenheit, beim letzten Auftritt alles zu geben, was in mir steckte. Ich würde besser spielen, ich würde mich besser anziehen, und ich würde mich noch unverschämter geben.

Die Sache mit dem Anziehen bedeutete, dass ich am Samstagmorgen nach Hockford musste, und Stephen fuhr mich hin. Leider fuhr er nicht sofort wieder zurück, sondern nahm Mums Einladung an, im Garten Kaffee zu trinken. Ich wollte mich vor den beiden nicht aufbrezeln, deshalb steckte ich alles, was ich gekauft hatte, zusammen mit dem Make-up in eine Tüte und überließ die beiden ihrer Diskussion über Käse.

Bei Josie verwandelte ich mich in ein Rubber Dollie. Zuerst zog ich mich aus und stieg unter die Dusche, dann half Josie mir, steife blonde Spikes in meine Haare einzubauen, die ansonsten giftgrün, scharlachfarben, türkis und schwarz leuchteten. Es sah großartig aus und transformierte mich von dem süßen, adrett gekleideten Büromädchen in einen nackten Punk. Selbst Josie war tief beeindruckt.

»Das ist meine Fizz. Sicherheitsnadeln?«

»Ja, sicher, warum nicht?«

Ich hatte schon meine Ohrringe herausgenommen und durch zwei Ketten aus Sicherheitsnadeln ersetzt. Josie schaute mir zu, scheinbar völlig ungerührt, dass ich splitternackt neben ihr stand, obwohl es mir schwerfiel, nicht an das zu denken, was sie über mich wusste. Aber ich war fest entschlossen, mein Verhalten in keiner Weise zu ändern, deshalb zog ich auch nichts an, als ich mich zum Schminken an ihren Tisch setzte. Sie setzte sich auf den Bettrand und erklärte mir die Abfolge der Songs.

»… dann kommt *Pretty Vacant*, und wenn ich bei ›oh, so pretty‹ angekommen bin, kannst du anfangen zu strippen, wenn du willst.«

»Darauf kannst du dich verlassen. Es ist unser letzter Auftritt, Josie, deshalb will ich noch einmal richtig durchstarten.«

»Was? Du willst dich nackt ausziehen?«

»Ja, warum nicht?«

»Mach es, prima. Aber wer sagt, dass es unser letzter Auftritt ist?«

Ich atmete tief durch. »Stephen zieht mit seiner Firma nach Burston um. Das liegt bei Manchester, und ich werde mit ihm umziehen.«

»Scheiße. Das darf nicht wahr sein.«

»Ist es aber. Tut mir leid.«

»Oh, verdammt, Fizz, was soll denn aus der Band werden? Und du bist meine einzige anständige Freundin, seit Sam jede wache Minute mit Billy zusammen ist.«

»Ja, es ist verdammt schade. Es ist keine einfache Entscheidung gewesen, das kannst du mir glauben, und ich werde dich ganz arg vermissen.«

Sie ließ einen langen Seufzer hören, dann wurde sie still und starrte auf den Boden. Ich hatte einen richtigen Kloß im Hals und musste kämpfen, um nicht in Tränen auszubrechen. Aber plötzlich stand sie auf.

»He, dieser letzte Auftritt muss den Leuten in Erinnerung bleiben – und uns auch. Du legst deinen Strip hin. Weißt du was? Wir bringen ›God Save the Queen‹, und bevor du aufstehst und am Ende salutierst, reißt du dir den Rock runter.«

»Ich will ihn zuerst ausziehen. Hinter meiner Schießbude sieht das keiner.«

»Ja, cool, dann sind sie schockiert, wenn du dich dann hinstellst.«

»Und … eh, du kannst mich angrabschen, wenn du willst, wie damals im Dog and Duck.«

»Schlampe.«

Ich musste mich ein wenig strecken, um die Konturen meiner Lippen besser zu treffen, und für einen Moment hob ich den Po vom Stuhl. Während sie mich Schlampe nannte, gab sie mir einen scharfen Klaps auf die Backen, fest genug, um mich quieken zu lassen, und ich spürte auch die brennende Stelle, als ich mich rasch wieder setzte.

»Aua! Josie!«

Sie lachte nur und wühlte sich durch ihren Kleiderschrank. Ich blieb am Toilettentisch sitzen und wusste nicht genau, ob ich mich für Rot und Schwarz oder für die Regenbogenfarben entscheiden sollte, weil sie besser zu den Haaren passten.

Josie ging unter die Dusche. Als ich mit der Kriegsbemalung fertig war, fing ich mit den Fingernägeln an und bemalte jeden in einer anderen Farbe. Erst als ich sie alle lackiert hatte, wurde mir bewusst, dass ich nackt bleiben musste, bis sie getrocknet waren. Kurz dachte ich darüber nach, ob es dafür ein Motiv im Unterbewussten gab, aber ich tat das als Unsinn ab.

Da ich einmal gesagt hatte, ich würde auf der Bühne strippen, konnte ich nun keinen Rückzieher machen. Aber ich wollte nicht minutenlang splitternackt auf der Bühne stehen, deshalb packte ich ein Höschen, ein weites Top und einen Rock in eine Tasche. Ich hatte mich schon für klobige Stiefel statt für hohe Absätze und Fischnetzstrümpfe entschieden; nicht nur, weil man darin besser spielen konnte, sondern es gab auch ein stärkeres Bild ab, wenn ich nackt bis auf meine Stiefel über die Bühne stapfte.

Einer meiner kurzen schwarzen Röcke war ideal, denn ich brauchte nur den Reißverschluss aufzuziehen, dann würde das schmale Ding einfach auf den Boden rutschen, während ein paar Schnitte von Josies Nagelschere dafür sorgen würden, dass mein Top leicht zerrissen werden konnte. Es ergab keinen Sinn, einen BH zu tragen, und nach einem kurzen Zögern legte ich mich fest, auch aufs Höschen zu verzichten.

Als Steve mit dem Van eintraf, waren Josie und ich bereit. Josie sah in ihrer Lederkluft hart wie immer aus, und natürlich auch sexy, denn unter der Jacke trug sie nichts. Steve starrte uns an, und frech hob er meinen Rock an, als wir den Van beluden. Ich gab ihm einen Klaps auf die Hand, aber ganz sanft nur, und dann hörte ich ihn glucksen.

»Kein Höschen, was?«

»Nein. Später wirst du sehen warum.«

»Würde gern dabei sein, aber ich komme nicht mit.«

»Warum nicht?«

»Ich beliefere einen Pub in Lingfield Farm, der die ganze Nacht geöffnet hat.«

Davon hatte ich noch nicht gehört, weder vom Pub noch von seinem Auftrag, was bewies, wie sehr und wie lange ich schon außen vor war.

»Ihr müsst mir also den Van dahin bringen«, fuhr er fort. »Die Uhrzeit ist mir egal, aber haltet euch mit dem Alkohol zurück. Wer fährt?«

Josie hob die Schultern.

»Ja, entweder du oder ich, Mädchen«, sagte ich. »Oder kommt Sam mit?«

Josie schüttelte den Kopf. »Sie fährt mit Billy.«

»Oh, verdammt. Er ist also da. Dann ist Martin bestimmt auch da, was?«

»Sie sagt, dass er Dienst schieben muss.«

»Das ist gut so. Die Dinge sind ein bisschen ... sagen wir kompliziert zwischen Martin und mir. Zwischen Billy und mir auch, aber ihn kann ich ignorieren. Aber ich hasse es zu spielen, wenn ich nüchtern bin. Kannst du nicht fahren, Josie?«

»Ich habe schon zehn Punkte kassiert, Fizz. Und wie viele hast du? Null?«

»Ja, aber ...«

»Kein Aber. Außerdem hast du diese Karre ich weiß nicht wie oft gefahren, wo liegt also das Problem? Du schluckst ein paar, und danach bechern wir dich mit Kaffee zu.«

»Ja, gut, wenn es sein muss ...«

Es gab nicht wirklich eine Alternative dazu. Sie brauchte nur noch einmal geblitzt zu werden, dann war sie den Lappen los. Okay, sie würde trotzdem weiterfahren, aber das würde nur zu weiteren Strafen führen. Ich dagegen hatte eine weiße Weste, was das anging, wenn auch nur deshalb, dass ich in gestohlenen Autos gesessen hatte, als sie mich geblitzt hatten.

Steve half uns, das Zeug einzuladen und festzuzurren, damit es nicht durch die Gegend fliegen konnte. Er fuhr dann selbst bis Lingfield Farm, und dort übernahm ich und hielt auf die A 11 zu. Es war ein komisches Gefühl, an Brettenham vorbeizufahren, und ich fragte mich, ob Stephen schon zu Hause war.

Oder saß er da und überlegte, welcher Wein aus seiner respektablen Sammlung am besten zu welchem feinen Essen passte? Ich hatte mir den Hunger mit einem Wurstsandwich gestillt, was aber dazu führte, dass ich meine Lippen nachziehen musste.

Als wir Norwich erreichten, fing es an, dunkel zu werden, und als die Lichter angingen, sah der Club viel spektakulärer aus. Da war ein riesiger Hangar, fast genau wie die Flugzeughalle in Hockwold, in der wir gespielt hatten, aber statt eines Tores stand ein Flugzeug im Eingang, ein gewaltiger, viermotoriger Bomber aus dem Zweiten Weltkrieg, und an der Holztreppe prangte ein halb nacktes Mädchen, wie Vargas sie gemalt hatte. Vieles sah echt aus, aber der Flugzeugrumpf war ein Korridor, der zurück in den Hangar führte.

Die Ausstattung schien direkt aus den vierziger Jahren zu stammen. Alle Tische waren rund und mit Tüchern bedeckt, und in der Mitte war Platz zum Tanzen gelassen worden. An den Wänden hingen – Schwarz auf Grün – Silhouetten von Jazzmusikern, die verschiedene Instrumente spielten, und alle wurden von gelben Glühlampen unter grün-gelben Schirmen angestrahlt. Es war eine echte Atmosphäre, nur, dass sie nichts mit unserer Musik zu tun hatte.

Sam war schon da. Sie brachte Billy und einige seiner Kameraden dazu, uns beim Aufbau zu helfen. Ich konnte fühlen, dass ich nicht beliebt bei ihnen war, weil sie offenbar glaubten, ich hätte Martins Spielzeug zu sein. Einige warfen mir säuerliche Blicke zu, als wäre ich die Hure von Babylon.

Das hätten sie wohl gern, dachte ich, aber noch bestimmte ich, mit wem ich mich abgab. Ich bemühte mich, sie zu ignorieren, aber es fiel mir schwer, mich nicht über ihre blöde Einstellung zu ärgern.

Die Bar wurde von zwei uniformierten Jungs betrieben. Drei verschiedene Biere waren im Angebot und eine Vielzahl von Cocktails. Einen Moment war ich versucht, mit Cocktails zu beginnen, aber dann begnügte ich mich doch mit einem Bier, während Josie einem der Barmänner beim Zubereiten eines Manhattan zuschaute.

Es waren noch nicht viele Leute da, und da ich keine Lust hatte, mit den Amerikanern zu reden, ging ich auf die Bühne, setzte mich auf meinen Platz und überprüfte die Reichweiten zu den Instrumenten.

Wir hatten Lichter in unseren Augen, was wir oft auf Bühnen erlebten. Ich konnte also nur meine Trommeln sehen und den hell beleuchteten Halbmond auf dem Bühnenboden, auf dem Josie und Sam spielen würden.

Mich störte es nicht, dass ich nicht in den Hangar schauen konnte. Manchmal verliert man sich schneller an die Musik, wenn man das Publikum nicht sieht, erst recht, wenn das Publikum nicht wirklich zur Musik passt.

Unterwegs hatten Josie und ich den Buzzcocks zugehört, und ich begann mit den Fingern den Rhythmus von *Ever Fallen in Love with Someone* zu trommeln, denn diese Musik spukte mir seither im Kopf herum, weil der Text auf meine Situation mit Stephen zutraf. Ich musste das alles schleunigst aus meinen Gedanken verbannen. Ich holte mir noch ein Bier ab und fing dann wieder mit ein paar Übungen an.

Es gab zu viele Grübeleien in meinem Kopf, die würden sich im Alkohol ertränken lassen, wenn ich mir Mühe gab. Aber ich musste richtig betrunken sein, damit es nur noch auf mein Trommeln ankam.

Wir eröffneten unseren *gig* mit *Barbed Wire Love,* wegen der schnellen Wechsel gar nicht so einfach zu spielen, deshalb übte ich die kompliziertesten Passagen, aber dann musste ich feststellen, dass der Text mich auch bei diesem Lied an Stephen erinnerte. Ich musste einfach aus mir heraus, sagte ich mir und ging für ein drittes Bier zur Bar.

Ich war sicher, dass ich den Alkohol ausschwitzen konnte, wenn ich erst richtig zu spielen begonnen hatte, und ich nahm mir fest vor, keinen Alkohol mit auf die Bühne zu nehmen.

Allmählich trafen Leute ein, eine sehr gemischte Zuhörerschaft aus amerikanischen Soldaten, älteren Männern und Frauen, denen man ansah, dass sie zur Stammkundschaft zählten, wenn es hier die Jazz Sessions gab, und dann natürlich einige von unseren treuen Fans.

Ich spielte ein anderes Lied, *Homicide,* und dann kam Josie auf die Bühne und begleitete mich. Jetzt fühlte ich mich schon ein bisschen besser. Sie stellte sich mir gegenüber, wie wir auch in der Garage spielten; zwei junge Frauen, selbstbewusst und auf Krawall aus, geleitet von sexueller Energie.

Wir spielten den Song durch, und unsere Leute, aber auch einige der Amerikaner, riefen, dass sie mehr davon hören wollten. Einige der Jazzfreunde nickten im Takt unserer Musik, andere schienen eher amüsiert zu sein, aber niemand verließ den Hangar – na, bitte, geht doch!

Wir waren bereit. Josie kletterte von der Bühne und klaubte Sam aus Billys enger Umarmung. Ihre Hände waren voller Bier, als sie auf die Bühne stieg; mir gab sie zwei Dosen, die anderen stellte sie auf den Boden.

Ich spielte einfach weiter, weil ich jetzt schon high war, während sie mir letzte Anweisungen gab. Die Rampenlichter gingen an, als Sam sich aufrichtete, während ich in meinem Kokon aus Licht und Klang eingeschlossen wurde.

Josie schrie den Zuhörern ein fröhliches Willkommen zu und rief trotzig, die Jazzer sollten uns mögen oder abhauen. Unsere Show hatte begonnen. Ich fiel in den Song ein, den Josie angespielt hatte, und sofort stieg der Beat, und meine Emotionen steigerten sich mit dem Rhythmus, bis ich mich von allem abgeschottet hatte, was nicht Musik war. Da hämmerte bloß eine leise blecherne Stimme in meinem Kopf, die immer und immer wieder sagte: *Dies ist das letzte Mal.*

Ich musste immer weiter spielen, und ich spielte wie nie zuvor. Bei *Ever Fallen in Love with Someone* brach ich in Tränen aus, und meine Sicht betrug nur ein paar Handbreiten. Doch ich drosch auf die Trommeln ein und wandte meine ganze Kraft auf; der ganze Club wurde durchgeschüttelt, und ich hörte Kreischen und Stampfen von den Zuschauern.

Die Abfolge unserer Songs hatte ich längst vergessen; ich fiel immer ein paar Takte zu spät ein, bis Josie merkte, was los war, und mir die Titel zurief, damit ich früh genug einfallen konnte. *My Way* folgte als nächster Song, dann spielten wir *Teenage Kicks,* noch einmal *Homicide* und *Pretty Vacant.*

Meine Gliedmaßen waren schon nass und glitschig vom Schweiß, meine Muskeln hart vom Spielen, und in meinem Kopf brummte es. Ich würde es tun, ich würde mich vor allen ausziehen und nackt spielen. Sollten sie doch unsere Musik abbrechen und uns rauswerfen.

Ich wartete nur noch auf meinen Einsatz. Josie war schon hinter mich getreten, hatte die Gitarre schon abgestellt, sang aber weiter im Duett mit Sam auf wahre chaotische Punk Art. Sie hielt mir das Mikro dicht vor den Mund, und ich schrie die Worte hinaus, laut und aufgeregt, während sie mein Top aufschnitt und zerriss, und dann fielen auch schon meine Brüste heraus, und alle konnten sie sehen.

Sie griff sich wieder das Mikro und ließ meine Brüste schwingen, als wollte sie die Zuschauer noch verrückter machen. Ich spielte weiter, aber als das Duett zu Ende war, drückte Josie ihren Mund auf meinen und küsste mich hart. Unvermittelt ließ sie mich los, dann griff sie mir noch mal an die Brüste und stellte sich wieder ganz vorn auf die Bühne.

Es gelang mir, den Beat wieder aufzunehmen, und Josie hielt auch ihre Gitarre wieder vor den Bauch, und wir waren beide zurück im Song, nur dass die Menge jetzt höllisch grölte und mein zerrissenes Top vorn weit auseinanderklaffte.

Als der Song zu Ende war, schälte ich mich einfach aus meinem Top. Meine Haut glänzte vom Schweiß, und mein Mund kitzelte noch nach Josies Kuss. Meine Nippel waren hart geworden. Ich würde noch mehr von mir preisgeben, keine Frage.

Josie reizte die Zuhörer und fragte, ob sie noch mehr sehen wollten. Plötzlich wirbelte sie herum und packte Sam, riss deren Rock hoch und enthüllte die Backen, die in Fischnetzen steckten. Während alle Augen auf diese spannende Szene gerichtet waren, ließ ich meinen Rock fallen.

Ich war bis auf meine Stiefel splitternackt, und ich labte mich daran; ich fühlte mich schmutzig und frei. *God Save the Queen* wurde angespielt, und ich spielte nackt mit. Ich wusste nicht, ob die Zuschauer das bemerkt hatten oder nicht und wenn ja, ob sie das gut fanden oder verlangten, dass wir von der Bühne geholt würden.

Josie schien völlig durchgedreht zu sein; sie improvisierte Texte, gegen die sich die Texte der Sex Pistols wie Kindergartenreime ausnahmen, und ich konnte nur ahnen, wann sie zum Ende fand, weil dazu ein Crescendo meiner Trommeln gehörte. Ich hatte mir schon ein Finale ausgedacht, das den Zuschauern noch lange in Erinnerung bleiben würde, ich breitbeinig und leicht erhöht, damit alle mich gut sehen konnten.

Josie hatte ihre Gitarre abgelegt. Sams Gitarre starb mit einem leisen Wimmern, und die entzückten Schreie der Punks unter den Zuschauern übertönten uns ebenso wie die anerkennenden Pfiffe der Amerikaner.

Ich hob meine Hände und winkte ihnen fröhlich zu. Ich überlegte, wie ich reagieren konnte, wenn sie eine Zugabe verlangten. Aber dann gingen die Lichter an. Ein Mann schritt auf uns zu; das miesepetrige Spielverderbergesicht nur allzu vertraut. Was er sagte, verstand ich nicht, aber das war auch nicht nötig. Es war zu Ende.

Meine Tasche stand neben mir, und der Notausgang befand sich nur ein paar Schritte hinter mir. Erstere schnappte ich, und die Tür trat ich auf, was einen Alarm auslöste. Das war mir egal, selbst wenn sie meine Trommeln beschlagnahmten. Ich würde sie nicht mehr brauchen, aber ich hatte mit ihnen einen unglaublichen Höhepunkt erlebt.

Ich versteckte mich hinter einem Kastenwagen, zog rasch

mein Ersatzhöschen, Rock und Top an. So schnell verwandelte ich mich in eine anständige Frau.

Niemand schien mir gefolgt zu sein, und dann dauerte es nicht lange, bis die Leute aus dem Club strömten. Josie kam auch heraus, sie hatte die Gitarre und ihr Mikro dabei. Ich traf sie bei unserem Van.

»Was ist denn drinnen los?«, fragte ich.

»Die übliche Chose. Aber er will es nicht an die große Glocke hängen.«

»Haben wir ein Auftrittsverbot?«

»Was glaubst denn du?«

Ich lachte nur. Ich fühlte mich gut, wie ich mich nach so einem Hammer immer gut fühlte, aber diesmal kam das Wissen hinzu, dass wir so etwas nie wieder tun würden. Ich kletterte in den Van und sagte mir, ich hätte meine wilde Zeit hinter mir, aber trotzdem blieb mein gefühltes Hoch.

Ich hörte Billys Stimme und blieb, wo ich war, während unser Zeug eingeladen wurde. Ich schloss die Augen und dachte darüber nach, wie gut es sich angefühlt hatte, sich vor all den Leuten nackt zu zeigen. Wie mein Top zerrissen worden war und wie ein anderes Mädchen mich auf den Mund geküsst hatte …

»He, wach auf, Fizz. Bist du überhaupt in der Lage, die Karre zu fahren?«

»Ja, ist doch klar. Kein Problem. Ich musste nur daran denken, wie gut es war.«

Ich fühlte mich okay, aber ich war mir nicht sicher, wie viel davon auf den erhöhten Adrenalinspiegel zurückzuführen war. Josie zündete eine Zigarette an und hielt mir die Schachtel und Streichhölzer von der Flying Fortress hin. Ich nahm sie, obwohl ich schon lange aufgehört hatte. Seltsam, aber ich hatte das Gefühl, dass ich eine Zigarette brauchte. Ich rauchte die zweite gleich danach, dann ließ ich die

Kupplung langsam kommen und fuhr vom Parkplatz hinunter.

Auf dem Weg aus Norwich heraus rechnete ich fest damit, angehalten zu werden, aber nichts geschah, und auf der Umgehungsstraße entspannte ich mich allmählich. Ich wurde plötzlich müde und fuhr eine Tankstelle an, die die ganze Nacht geöffnet hatte, kaufte zwei Kaffee und zwei Doughnuts mit Marmelade. Wir verschlangen sie mit Heißhunger, und zwischen den Bissen wiederholte Josie den Satz, den sie seit Fahrtbeginn fünf oder sechs Mal gemurmelt hatte.

»Es war geil, nicht wahr, richtig geil.«

Wehmut schwang in ihrer Stimme mit, und das verschaffte mir sofort ein schlechtes Gewissen, weil ich es war, die schuld an diesem Ende war.

»Tut mir leid, Josie, ich ...«

»Nein, es braucht dir nicht leidzutun. Im Gegenteil; durch dich habe ich einen großartigen Abend erlebt.«

Sie sprach nicht weiter und starrte aus dem Fenster, als wäre es ihr unmöglich, mich anzusehen. Den Kaffeebecher hielt sie im Schoß. Ich fühlte mich schlimmer denn je, weil ich wusste, dass sie mir die Schuld geben würde. Rubber Dollies, das war ihre Band, war es vom ersten Tag an gewesen. Es gehörte auch zu ihrem Image, durch die Rubber Dollies war sie populär in der Schule geworden, und kaum jemand hatte sich aufgeregt, als sie sich als Lesbe bekannte. Ich dachte darüber nach, was ich sagen könnte, aber sie kam mir zuvor.

»Ich bin diejenige, die sagen sollte, dass es ihr leidtut.«

»Wieso das denn?«

Ich war ehrlich verdutzt, aber sie antwortete nicht auf meine Frage, deshalb wiederholte ich sie.

»Wieso, Josie?«

»Ich hab dich bedrängt, ich hab dich angegrabscht, und dann hab ich dich hart auf den Mund geküsst.«

»Ja, aber ich hab dir vorher gesagt, dass du das tun kannst, wenn du willst.«

»Ja, ja, aber ich hätte es nicht tun dürfen. Ich weiß, dass du nicht auf mir stehst und ...«

»Aber ich hatte nichts dagegen, Josie.«

»Ich weiß, aber ... ach, Scheiße. Du wirst mich hassen, wenn ich es sage, aber ich sage es trotzdem. Es war okay, solange du hier warst, aber weil du jetzt gehst, da musste ich es einfach tun. Es tut mir leid, ich brauche dich so schrecklich. Ich habe dich immer schon gebraucht, Fizz ... und deshalb habe ich dich küssen müssen, dieses eine Mal ... oh, verdammt.«

Sie brach in Tränen aus, schluchzte und wandte ihr Gesicht ab, und ihre Hände zitterten so arg, dass ich fürchtete, der Kaffee würde überschwappen. Ich wusste immer noch nicht, was ich sagen sollte, denn ich war völlig verdutzt von ihrem Bekenntnis. Ich sollte mich schämen, dass ich von ihren Gefühlen nichts bemerkt hatte.

»Komm schon, Josie, weine doch nicht. Du hast noch nie geweint.«

»Du würdest überrascht sein. Tut mir leid, Fizz.«

Während sie redete, wischte sie sich mit dem Handrücken die Augen trocken. Natürlich verschmierte sie ihren Lidschatten übers ganze Gesicht. Wieder rang ich nach Worten, um etwas zu sagen, was ihr gut tun würde.

»Es war schön, Josie. Es hat mir gefallen, besonders, als du sie hast pendeln lassen. Und dann hast du sie hüpfen lassen. Meine Nippel sind hart geworden, und das auch noch vor diesen Jazz-Typen.«

Was ich sagte, war zur Hälfte wahr, aber ich sagte es auch, weil ich sie zum Lachen bringen wollte. Es gelang mir ein bisschen, denn sie zeigte ein schwaches Lächeln, aber als ich sie an mich ziehen wollte, stieß sie meine Arme weg.

»Nein, Fizz, nicht. Das ertrage ich nicht.«

»Sei nicht albern, Josie. Ich will nur, dass wir uns umarmen, okay?«

Ich ließ mich von ihr nicht abwimmeln, nahm den Kaffeebecher aus ihrer Hand und drückte sie in meine Arme. Sie erwiderte die Umarmung nicht und weinte wieder; dabei war sie nicht einmal sehr betrunken. Ich griff ihren Arm und legte ihn um meine Taille.

Sie tat mir leid, und ich fragte mich, warum ich ihr nicht das gab, was sie wollte. Ich tat es doch auch für Steve und die anderen Freunde. Was für ein Unterschied war das schon? Ich gebe gern, wenn es sich um Freunde handelt. Aber ich war völlig durcheinander und wusste auch nicht, was ich wirklich wollte, und dann spürte ich, wie eine Erregung in mir wuchs, die ich nicht gleich wieder abwürgen wollte.

Endlich fiel mir etwas ein, was ich ihr sagen konnte. Und ich konnte so tun, als sagte ich es nur, um lieb zu ihr zu sein.

»Josie? Komm, du kannst mich anfassen, wenn du magst. Es macht mir nichts aus, wirklich.«

»Nicht aus Mitleid, Fizz.«

Ich zögerte, hielt sie aber immer noch umschlungen. Sie zwang mich zuzugeben, was ich schon länger in mir spürte, vielleicht seit damals, als ich bei Martin diese Phantasie über Josie entwickelt hatte. Vielleicht auch schon länger.

»Es hat nichts mit Mitleid zu tun. Es hat was damit zu tun, dass ich deine Freundin bin. Und dass ich es will. Weil ich es mag. Glaubst du wirklich, ich hätte mich küssen und betatschen lassen, wenn ich es nicht gewollt hätte? Glaubst du wirklich, mir wäre es bei Martin gekommen, als ich ihm erzählte, wie du mich verhauen hättest, wenn sich in meinem Kopf nicht schon ein paar Rädchen gedreht hätten? Und jetzt küss mich, du dumme Kuh.«

Sie wollte etwas sagen, aber ich hob ihren Kopf an und

presste meine Lippen auf ihre. Ich konnte den Zucker vom Doughnut schmecken und den bitteren Kaffee. Die Süße machte es leichter, ganz hart zu küssen, und dann gab sie den Widerstand auf. Ihr Mund öffnete sich nicht nur unter meinem, sie erwiderte den Kuss und brachte mehr Härte hinein.

Ich entspannte mich und ließ es geschehen; sie sollte so vorgehen, wie sie es am liebsten hatte. Sie rieb ihre Lippen gegen meine, umschlang mich mit den Armen und wetzte ihren Körper an meinem.

Noch nie hatte ich etwas so dringend nötig, emotional und auch physisch. Josie zitterte, als wir uns küssten. Sie zog mich fester an sich heran. Dann lösten wir uns für einen Moment. Ich kroch auf ihren Sitz und grätschte über sie. Ihre Hände fanden den Saum meines Tops. Unsere Blicke trafen sich, ihre Augen voller Ungewissheit.

Ich nickte, und Josie zog mein Top hoch. Ich schloss die Augen und ließ sie gewähren. Sie sollte mich streicheln, wie es ihr gefiel. Ich konnte die Lust nicht leugnen, die sie in mir auslöste. Sie öffnete schnell meinen BH und nahm meine vollen Brüste in ihre Hände.

Meine Nippel waren hart; härter konnten sie auch bei einem Mann nicht werden. Ich konnte gar nicht anders, als auf ihre Berührungen zu reagieren. Immer noch redete ich mir ein, dass ich nur ihr zuliebe so empfand, aber ich wusste genau, dass es eine Lüge war.

Ich revanchierte mich und zog ihr Top über den Kopf. Darunter war sie nackt, und als meine Hände über ihre Brüste strichen, lief ein gewaltiger Schauer durch mich. Es fühlte sich seltsam an aber gut, sehr sexy und oh, so unanständig. Zwei Mädchen, die sich gegenseitig anfassen und küssen und vielleicht auch noch mehr.

»Alles, was du willst, Josie, wirklich alles … ehrlich, ich meine es ernst.«

Ihre Antwort bestand darin, dass ihre Hände nach unten glitten, sie strichen über meinen Rücken und drückten meinen Po. Ich hob mich leicht an, kniete zwischen ihren Beinen auf dem Sitz und hatte die Augen in Glückseligkeit geschlossen, während sie meinen Rock bis zur Taille hob.

Jetzt wurde es richtig unanständig, denn nur noch mein Höschen bedeckte meine Blößen – und auch nicht mehr lange, denn Josie zog es nach unten und legte meine Pussy und den Po blank. Ihr Mund fand eine meiner Brüste, und ihre Hände strichen über meinen Po, stießen in die Kerbe und drückten die Backen auseinander.

Ich schrie auf, als sie mich penetrierte. Zwei Finger schob sie in mich hinein, und dabei musste sie natürlich feststellen, wie nass ich war. Als wären meine Lügen ertränkt worden. Von wegen ›ich mach das nur dir zuliebe‹.

Ich begann mich aus meinen Klamotten zu schälen, wollte alles ausziehen bis auf die Stiefel. Dann präsentierte ich mich ihr wie auf der Bühne, aber diesmal nicht vor Publikum, sondern nur vor ihr, meiner lesbischen Geliebten.

In dem Moment, in dem ich nackt war, schmiegte ich mich wieder in ihre Arme. Ihre Hände konnten mich jetzt ungehindert erforschen, jeden Teil meines Körpers. Es war nicht einfach in der Enge des Vans, aber wir waren beide viel zu gierig, um uns daran zu stören, und so küssten und rieben wir uns gegenseitig, bis ich high genug war, um ihr das Intimste zu geben, was mir einfiel – sie sollte auf meiner Zunge kommen.

Aus Erfahrung wusste ich, dass ich mich in den Fußraum quetschen konnte, wenn der Sitz ganz nach hinten gerückt wurde. Das tat ich, und dann glitt ich zwischen ihre Schenkel und kniete mich auf den Boden. Josie sah mir ins Gesicht.

»Willst du's auch wirklich?«

Ich nickte, und sie zupfte sofort an ihrem Rock, hob ihn

hoch, und gleich darauf schob sie das Höschen nach unten. Jetzt präsentierte sie mir ihre offene Pussy. Ich hatte sie hunderte Male nackt gesehen, aber dies hier war was ganz anderes; sie hatte die Schenkel geöffnet und erwartete meine Zunge.

Einen kurzen Moment zögerte ich, schließlich wusste ich nicht, ob ich das wirklich bringen konnte, doch nach dieser Unsicherheit wurden die Fragen überflüssig, denn mein Gesicht drückte sich zwischen ihre Schenkel, und meine Zunge leckte zwischen ihren Lippen. Josie gab einen tiefen, leisen Seufzer von sich und rief meinen Namen.

Mit einer Hand griff sie an meinen Hinterkopf und hielt mich sanft, aber bestimmt in Position. Eigenartig, aber diese Geste festigte meine Gefühle, während ich meine Zunge arbeiten ließ. Ja, ich tat es wirklich, und auch aus freien Stücken. Ich befand mich im Reich der Selbstaufgabe, in das bisher nur Stephen mich hatte schicken können.

Ich wollte ihr Lust verschaffen, ich wollte ihr alles geben, was sie haben wollte. Sie sollte genießen, deshalb konnte sie auch alles mit mir anstellen, was ihr in den Sinn kam. Sogar meine Backen verhauen, wenn sie darauf abfuhr.

Meine Hand schlüpfte zwischen meine Beine, aber dann hielt ich inne. Ich musste auch kommen, aber jetzt noch nicht, denn ich wollte erst das erleben, was ich mir eben erst vorgenommen hatte, denn eine solche Gelegenheit würde so schnell nicht wieder kommen.

Ich leckte fester und wetzte die Zunge über ihre Klitoris. Josie stöhnte, rief wieder meinen Namen, und einen Moment später kam es ihr. Sie rieb ihre Pussy gegen mein Gesicht, während ihr Körper von Erschütterungen erfasst wurde.

Ich hörte erst auf, als sie meinen Kopf nach hinten drückte. Sie lächelte mich an, gesättigt und doch traurig. Sie breitete ihre Arme aus und zog mich hoch.

»Danke, Fizz.«

»Gern geschehen. Aber das möchte ich jetzt von dir auch haben. Und noch etwas, Josie ... kannst du mir den Arsch verhauen? Richtig fest und hart?«

Sie sah mich überrascht an, aber sie rutschte auf ihrem Sitz zur Seite, um mir Platz zu schaffen. Ich spreizte die Knie und streckte den Po heraus. Meine Hand glitt dahin, wohin sie sich eben schon vorgetastet hatte.

Josie kniete sich hinter mich, während ich zu masturbieren begann. Ihre Hand strich über meine Backen, quetschte sie und klatschte sanft mit der flachen Hand.

»Härter, Josie, du musst mich bestrafen.«

Das brauchte man ihr nicht zweimal zu sagen. Sie verstärkte den Griff ihres Arms um meine Taille, legte sich meinen Hintern zurecht und begann kräftig zu klatschen. Ich fühlte die Wärme, die sich langsam ausbreitete, und nun fing ich an, mich heftig zu reiben, während mir die Gedanken im Kopf nachliefen, dass ich von einer anderen Frau gezüchtigt wurde. Von Josie, die immer so zäh gewesen war.

Es war viel besser, als von einem Mann verhauen zu werden. Unanständiger, erniedrigender. Und während meine Backen hüpften, schrie ich Josies Namen und bettelte sie an, dass sie härter zuschlagen sollte, und sie sollte mich zwingen, sie nachher noch einmal zu lecken. Ich würde mich wieder vor sie hinknien und ihre Pussy mit meiner Zunge verehren.

Als ich ihr das zurief, kam ich. Ein Orgasmus, der gar nicht zu enden schien. Auch ihr Spanking schien kein Ende zu finden. Ich zitterte und wurde durchgeschüttelt, und ich sagte ihr mit bebender Stimme, dass ich sie liebte und wie gut es sich anfühlte, unter ihrer Kontrolle zu sein.

Sie hinterfragte das nicht, sie nahm alles hin, was ich sagte, aber so richtig schien sie es nicht zu begreifen. Als mein

Orgasmus abklang und sie nicht weiterschlug, blieben wir stumm; wir klammerten uns aneinander fest und küssten uns eine lange Zeit. Schließlich war sie es, die sich aus der Umarmung löste. Ich hörte sie seufzen.

»Ich habe dich schon lange haben wollen, Fizz. Ich danke dir.«

»Du brauchst dich bei mir nicht zu bedanken. Es war wunderbar, und von mir aus können wir es immer wieder machen.«

Ihre Antwort war ein schwaches Lächeln. Ich wusste, was sie dachte. Wir hätten uns schon viele Jahre diese Lust bereiten können. Wenn sie nur etwas gesagt hätte. Sie hätte mich doch an irgendeinem Abend, wenn wir beide betrunken waren, dazu verführen können. Wenn sie einmal das Gefühl der Unterwerfung in mir ausgelöst hätte, wäre alles gut gewesen. Danach hätten wir es regelmäßig auf diese Weise erleben können, unser schmutziges, köstliches Geheimnis.

Es war fast ein Uhr am frühen Morgen, als wir uns angezogen und halbwegs hergerichtet hatten. Ich war sehr müde geworden, und sie erklärte sich bereit zu fahren. Vorsichtig fuhr sie zurück auf die Straße.

Wir hatten dann eines dieser vernünftigen Gespräche, in dem Emotionen hintangestellt wurden. Wir stimmten überein, wenn wir beide in Hockford lebten, würden wir die Finger nicht voneinander lassen können, und das könnte allerlei Konsequenzen haben. Also war es gut und vernünftig, dass ich die Stadt verließ.

Ich erzählte ihr alles über Stephen, und während ich erzählte, spürte ich zunehmende Schuldgefühle, die so stark wurden, dass ich sie beinahe wie Schmerzen spürte. Schließlich konnte ich es nicht länger ertragen. Ich musste ihn sehen und meine Gefühle für ihn bestätigen.

»Kannst du mich an der Abbiegung nach Brettenham absetzen?«

»Wirklich? Ich dachte ... Ach, nein, ich glaube, das ist am besten so.«

Ich nickte. Der Kloß im Hals wurde so groß, dass ich nicht mehr sprechen konnte. Fast eine Minute lang fuhren wir schweigend, bevor ich das Hinweisschild nach Brettenham sah. Josie ging auf die Bremse, hielt genau an der Abbiegung an und biss sich auf die Lippe, als sie mich ansah.

»Noch mal danke, Fizz. Ich habe das dringend gebraucht.«

»Und ich erst.«

»Verpiss dich jetzt, bevor ich wieder zu heulen anfange.«

Ich küsste sie und sprang aus dem Van. Unsere Blicke begegneten sich ein letztes Mal, dann war sie weg, und ich blieb allein auf der Straße stehen; im Kopf ein verwirrendes Durcheinander – verhaltene Erregung, Freude und Traurigkeit, Schuld und – mehr als alles andere – das bittere Gefühl, einen Verlust erlitten zu haben.

Aber ich kannte ein Heilmittel gegen dieses Gefühl. Auch gegen die Tränen, die mir aus den Augen schossen, als ich über die vom Mond beschienene Straße ging. Sobald ich mich wieder unter Stephens fester, liebender Kontrolle befand, würde alles wieder gut sein. Das war es, was ich brauchte: Er musste mich festhalten und mir sagen, dass er mich liebte – was er bisher noch nicht gesagt hatte. Dann konnte er mich rosig schlagen.

Meine Gedanken gingen rund und rund in meinem Kopf, aber sie kamen immer zu dem einen Schluss: Das war es, was ich brauchte, und ich brauchte es jetzt. Mein Herz schlug in meiner Kehle, als ich die Holztreppe hoch zu seiner Wohnung stieg. Ich hatte sein Auto gesehen, also war er da.

Ich würde mich an ihn schmiegen, ihn aufwecken und mit ihm kuscheln, danach konnte er mich verhauen. Ich würde gern die verdiente Strafe auf mich nehmen für alles, was ich getan hatte und wovon er nichts wusste.

Oder sollte ich es ihm sagen? Vielleicht sollte ich ihm erzählen, dass ich mit einem Mädchen zusammen gewesen war. Ich würde mich dafür bei ihm entschuldigen und ihn bitten, mich dafür zu bestrafen.

Ja, das wäre am besten. Ich würde es zugeben und um Vergebung bitten. Ich würde ihm sagen, er könnte mich trotzdem verhauen, entweder mit der Hand oder mit dem Rohrstock, und danach würde ich mich gern wieder vor ihm auf die Knie begeben, oder er würde mich von hinten penetrieren, wenn ich meinen glühend heißen Po weit ausgestreckt hatte. Vielleicht würde er mich auch mit Sodomie bestrafen. Ja, das war es, was ich verdient hatte: erst ein Spanking, dann Sodomie zur Strafe. Ich wusste, dass ihm das gefallen würde.

Ganz vorsichtig drehte ich den Schlüssel im Schloss, dann glitt die Tür fast geräuschlos auf. Drinnen war es dunkel, abgesehen von einem schwachen Licht auf der Treppe zu seinem Schlafzimmer.

Es war nicht still, und das erste Geräusch, das ich hörte, war unverkennbar das Klatschen einer harten männlichen Hand auf einen weichen weiblichen Po, und gleich darauf folgten ein leises Stöhnen und ein Kichern.

Ich erstarrte zu Eis. Mein Mund öffnete sich langsam, als sich all die vertrauten Geräusche wiederholten. Ohne den geringsten Zweifel hatte Stephen eine andere Frau bei sich in seinem Schlafzimmer, in unserem Schlafzimmer. Er verabreichte ihr ein Spanking, und sie genoss es.

Wut kam in mir hoch, legte sich aber rasch, als ich daran dachte, was ich gerade hinter mir hatte, doch dann kam sie wieder hoch. Okay, ich war mit Josie zusammen gewesen, aber nicht in dem Bett, in dem ich so viel gegeben hatte. Es war nicht fair, so hinter meinem Rücken zu agieren.

Es musste eine längere Bekanntschaft von ihm sein, denn wie viele Frauen lassen sich am ersten Abend gleich auf ein Spanking ein?

Ich trat vor, denn ich wusste, dass ich ihn damit konfrontieren würde. Ich wollte ihn auf frischer Tat ertappen. Ihm keine Gelegenheit bieten, sich herauszureden. Auf den Zehenspitzen ging ich weiter vor.

Die Klatscher wurden lauter und die Reaktionen der Frau immer lüsterner, bis sie abrupt aufhörten. Ich hörte Stephen seufzen, da wusste ich, womit er ihr den Mund gestopft hatte. Ich hatte die Wendeltreppe erreicht und ging vorsichtig die ersten Stufen hoch. Ich schlich mich näher, bis ich sehen konnte, was da ablief.

Stephen kniete auf dem Bett, ein wenig von mir abgewandt, und trug noch Hemd und Anzugshose. Seine Erektion lugte aus dem Hosenstall, worauf ich so schön abfuhr. Er war hart, aber die Hälfte steckte im Mund der Frau, die eifrig lutschte.

Die Frau war nackt und lag auf Händen und Knien da. Der Bauch wurde von mehreren Kissen gestützt. Ihr Hintern reckte sich in meine Richtung, hoch und weit geöffnet, die prallen Backen leuchtend rot. Man konnte jedes intime Detail dazwischen erkennen. Seine schwere Hand hob sich und klatschte wieder auf den Po. Die Backen vibrierten.

Nichts davon interessierte mich, absolut nichts. Es hätten noch tausend andere Details da sein können, eins schmutziger als das andere, und immer noch wäre ich nicht interessiert gewesen. Nur eines war von Bedeutung: Die Identität der Frau, die bei ihm war, die seinen Schwanz saugte und deren Arsch er verhaute. Meine Mutter.

Ich ging die Treppenstufen nach unten, gelähmt vom Schock, und wusste nicht, was ich tun sollte. Mein Kopf schien einfach nicht begreifen zu wollen.

Auf dem Telefontischchen lagen seine Autoschlüssel. Instinktiv griff ich danach und nahm sie mit. Leise zog ich die Tür hinter mir zu. Ich kletterte hinunter und stieg in seinen glänzenden Saab. So weit weg wie möglich, das war alles, was ich denken konnte.

Sie hatten mich nicht bemerkt, dafür waren sie viel zu sehr mit sich selbst beschäftigt gewesen, und so konnte ich mich auch ungehindert verdrücken und zurück zur Hauptstraße fahren. Im ersten Moment wollte ich Trost bei Josie finden, aber dann entschied ich mich dagegen.

Ich drückte den rechten Fuß durch. Achtzig, neunzig, hundert Meilen. Ich fragte mich, ob ich nicht in ein anderes Auto rasen sollte, dann wäre alles vorbei. Mit diesem schrecklichen Gedanken strömten die Tränen, während ich durch die Nacht raste. Die Wut kochte wieder in mir, aber wenn ich nicht vom Gaspedal ging, würde ich einen Unfall bauen.

Einen Rest Verstand hatte ich mir offenbar bewahrt, denn ich fuhr langsamer. Ich verließ die Schnellstraße nach Hockford und hielt mitten im Wald an, gleich neben der Einmündung eines Holzweges. Ich stieg aus und versuchte, logisch zu denken. Noch war es nicht zu spät.

Ich konnte zurückfahren und das Auto abstellen. Irgendwie würde ich nach Hause gelangen, und dann konnte ich so tun, als wäre nichts geschehen.

Oder ich konnte das Auto des Bastards in Brand stecken. Es würde weithin leuchten, das Signal für seinen Verrat.

Oder ich konnte zu ihm zurückgehen, schwach und unterwürfig auf den Knien zu ihm rutschen, mir das Höschen ausziehen und den Hintern versohlen lassen. Aber die ganze Zeit würde ich wissen, dass er mir keine Loyalität und keinen Respekt entgegenbrachte.

Oder ich konnte meinen Stolz behalten und Beziehung und Job opfern, vielleicht neue Bande zu Martin knüpfen, vielleicht Mr. Phelps' neues Auto klauen, und ganz sicher würde ich mich wieder mit Josie amüsieren wollen.

Die Streichhölzer von der Flying Fortress steckten noch in meiner Tasche. Ich holte sie heraus und betrachtete das kleine Flugzeug im Eingang des Hangars. Ein Streichholz, oder zurück nach Brettenham fahren und weiter Stephens kleines Püppchen spielen. Nein.

Ich wollte wieder ich selbst sein.

Ich riss das Streichholz an.

Ende

Toll trieben es die alten Pariser! Frankreich im Taumel der Lüste

Vivienne LaFay
DIE NICHTE
Erotischer Roman
288 Seiten
ISBN 978-3-404-15993-2

London und Paris, 1920. Milly Belfort, schönes und kluges Patenkind des legendären Freigeistes Emma Longmore, gibt ihr Leben als Blaustrumpf auf, weil sie sich nicht mehr intellektuellen Zielen sondern der körperlichen Lust zuwenden will. Millys Abenteuer mitten im Jazz Age bringen sie von der aufblühenden Filmindustrie bis zu wilden Ausschweifungen auf einer Luxus-Yacht. Aber als sie sich in einen jungen Studenten verliebt, denkt sie daran, sesshaft zu werden. Bis ihr neuer Freund von ihrer wilden Vergangenheit erfährt ...

Bastei Lübbe Taschenbuch